42 m²

42 m²

FABRIZIO MEJÍA MADRID

LITERATURA RANDOM HOUSE

42m²

Primera edición: noviembre, 2016

D. R. © 2016, Fabrizio Mejía Madrid

D. R. © 2016, derechos de edición mundiales en lengua castellana:
Penguin Random House Grupo Editorial, S. A. de C. V.
Blvd. Miguel de Cervantes Saavedra núm. 301, 1er piso,
colonia Granada, delegación Miguel Hidalgo, C. P. 11520,
Ciudad de México

www.megustaleer.com.mx

ISBN: 978-607-314-871-9

Impreso en México – *Printed in Mexico*

El papel utilizado para la impresión de este libro ha sido fabricado a partir de madera procedente
de bosques y plantaciones gestionadas con los más altos estándares ambientales, garantizando
una explotación de los recursos sostenible con el medio ambiente y beneficiosa para las personas.

Penguin
Random House
Grupo Editorial

Pintada de amarillo,
como desde hace cien años,
se cayó mi casa, pero no se calló.
Su voz continúa diciéndome al oído:
"Nunca volverás a vivir en una casa.
También tu porvenir se vino abajo".

Francisco Hernández

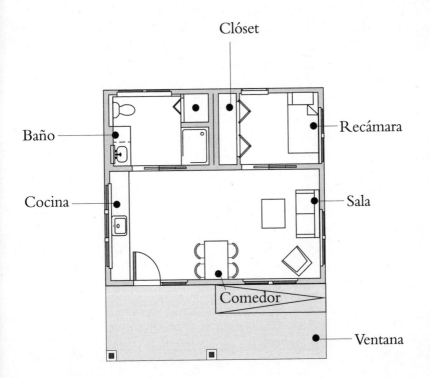

Clóset

Baño

Recámara

Cocina

Sala

Comedor

Ventana

Índice

El rechazo

La incredulidad

Lo insuficiente

EL RECHAZO

I

Nunca tuvimos una casa. Siempre en departamentos; unos con pasillos, otros acomodados en centímetros cuadrados. Unos tan chicos, que las ratas adentro ya nacían encorvadas. Otros tan diminutos que necesitabas bloqueador solar para freír papas. Incluso vivimos en uno en que el escusado estaba debajo de la regadera: durante un año no compramos papel de baño. Cuando vives en tan pocos metros cuadrados la vida ahí dentro es una mudanza perpetua: mover el comedor para abrir la puerta de la cocina, tender la ropa mojada dentro del clóset desalojado, bracear sobre muebles para alcanzar la anhelada orilla del perno de la ventana y abrirla y que entre un poco de aire. No mucho porque no cabe. Todo topa. Te golpeas contra cada mesa, silla, basurero, pared. Al departamento no lo habita el eco, sino las esquinas. En las casas se escucha el espacio. En los departamentos se toca. En las casas miras el camino hacia otro cuarto. En los departamentos siempre algo se te atraviesa.

Para mí, el hogar como carrera de obstáculos encarna la derrota de mis padres. Ellos crecieron en casas y vivieron en departamentos suspirando por el fin de los tiempos: el día en que podrían comprar una casa y regresar a sus propias infancias que, por lo que sé, eran de insultos, amenazas y golpes. Pero, bueno, cada quien regresa a lo que puede: es muy distinto ser abofeteado por tu padre y, luego, correr a tu recámara, que sentarse a llorar justo en la esquina de la agresión. Por eso, cuando la gente se pelea dentro de los departamentos, no tarda en salir azotando la puerta de entrada: afuera es el único resquicio de la fuga.

Yo estoy resignado a vivir en lugares donde, para arremangarte la camisa, necesitas abrir una ventana.

Nacemos y morimos. Ninguno es voluntario. Vivir en unos pocos metros, tampoco. Las ilusiones están perdidas. Recuerdo a mi madre obligándonos un domingo a circular por las colonias ricas de la ciudad para apuntar todos los números de teléfonos de casas en venta. Circular con colores distintos los anuncios del periódico: "GANGA. Cinco recámaras principales. Cocina integral. Sala y comedor grandes. Baño imperial y jardín. Cuatro estacionamientos. Cuarto de televisión. Jacuzzi".

—¿Qué es jacuzzi, mamá?

—Unos peces salvajes de Japón.

No teníamos dinero ni para el alimento de los cruentos jacuzzis, pero las ganas no nos faltaban. Apuntar teléfonos era una enseñanza en la ilusión más boba que existe: el optimismo. Después de los primeros precios, al contado y con préstamos, luego de los cálculos de vender el coche y la lavadora, venía un leve regateo optimista en el teléfono:

—¿Es lo menos?

Las casas inalcanzables se transformaban en otro departamento en alquiler. Las viviendas, como todo, tienen la cualidad de volver a ser novedades a la vista de quien las mira por primera vez, y de convertirse en basura conforme pasa el tiempo. A mí me daba más o menos igual, desde entonces: encontraba un rincón dónde hablar solo y quedito —ya sabía que mis padres estaban seguros de que tenía algún padecimiento psiquiátrico producto de haber ingerido cientos de aspirinas por el cordón umbilical— y ser cada vez más raro. A mi padre le daba lo mismo dormir en un lugar que en otro. El problema era mi madre, que pasaba todo el día ahí dentro. Primero, por supuesto, inventaba un mapa mental de cómo aprovechar mejor el espacio. Urdía cambios de sala, recámara, nuevas lámparas, una tele menos gorda. Era un plan que, como dependía de los ahorros de mi padre, resultaba irrealizable. Venía entonces un periodo de algunas semanas en que limpiar era lo más parecido a comprar algo nuevo. Se pulía, tallaba, mojaba, aspiraba. Era lo mismo pero en otro lugar. Secas las cosas, se veían igual que antes y, quizá, más desgastadas. El fracaso de la renovación comenzaba a extenderse hacia afuera. Las cucarachas eran las primeras: gis chino —mi madre casi salivaba ante la idea de que estaba hecho a base de cristales cortantes que degollaban a cada insecto que osara entrar—, maskin tape en las juntas de las ventanas, jergas en la puerta, insecticidas preventivos, mallas protectoras, cordones de yute estratégicamente colocados a la mitad del pasillo o en la entrada de la cocina. Luego, una involución de esas mismas defensas: el pesticida nos hacía daño a los pulmones, los cristales volaban y nos podrían cortar la tráquea y, una vez más, los pulmones, las jergas acumulaban polvos alergénicos, las mallas y los cordones podían ser traspasados si las cucarachas eran recién nacidas. De pronto, el departamento pasaba de una fortaleza defendible a la choza más vulnerable arrasada por el huracán de las desventuras posibles. Supongo que para no matarnos, mi madre se desviaba de seguir regañándonos a mi padre y a mí por patear desinteresadamente el cordón de yute o dejar mal puesta la jerga debajo de la puerta y la emprendía ahora contra el exterior o lo que ella llamaba "el rumbo". Empezaba con los vecinos de arriba que arrastraban muebles en las madrugadas o ponían música a todo volumen. Su combate por el silencio involucraba tarde o temprano a los policías. Conocí a muchos vigilantes, recién despertados, rascándose debajo de las gorras, y sus distintas formas de abordar el apaciguamiento vecinal. La música o el jaloneo mobiliario cedían un tiempo y, de pronto, volvían. Supongo que mi madre se iba quedando sin energías para reclamar y un día "el rumbo" ya eran las calles que nos circundaban. Siempre peligrosas, sucias, infelices. Recuerdo que varias veces me hizo ver por la ventana para señalarme el lugar del riesgo: afuera.

—Hay robachicos y hombres a los que les gustan las mujeres embarazadas.

A los seis años y hasta la fecha no sé qué quiso describir, pero el miedo al exterior se asentó en mí. Crecí sobresaltado, mirando para todos lados, atento a la jauría que acecha. Es México, después de todo: un lugar en el que todos estamos convencidos que el otro, cualquiera, va a abusar de su poder en cualquier instante. Por eso aquí las palabras deben ser suavecitas, llenas de miramientos, envueltas en los laberintos de las formas cortesanas. Aquí nunca sabes. Y mi mamá lo sabía. Me lo inoculó. Hasta ahora, si escucho un maullido, una pareja teniendo sexo, un tango a lo lejos, lo primero que pienso es que están asesinando a alguien. Es "el rumbo", aquel que se le iba haciendo insoportable, opuesto a la idea de vivir en una casa propia, con peces japoneses, en el final de los tiempos, en completo silencio. La felicidad de mi madre era una burbuja sin bacterias ni robachicos y —sospecho— sin mi padre. A mí la verdad, ella me sabía en cualquier rincón hablando solo, jugando con personajes hechos con los dedos, creo que hasta me olvidó.

Tras su combate y sus derrotas contra el departamento y sus "rumbos", mi madre pasaba por días en los que no despertaba más. Días en los que lloraba en cama o lavando platos, con la radio a un volumen tras el que ocultaba sus menudos fracasos, las lágrimas y salpicaduras de la llave del lavabo camufladas. Traían algún médico. Le acercaba medio vaso de agua y unas pastillas, hablaban mis padres en susurros en la recámara —yo dormí siempre en la sala— y, unas semanas después: a buscar teléfonos de casas en domingo, la gasolina evaporándose en el asiento trasero del auto, llamadas de regateo. Y, un buen día: otra mudanza a otro departamento.

Éste fue el último departamento. Sus cosas en cajas, selladas, irán a una bodega que alguna de mis tías pagará. No recuerdo mucho de los arreglos, sólo el que me toca: venir a cerciorarme si queda alguna caja abierta por ahí, un traste, una mascada, un arete olvidado. Acaso un anillo de bodas. No sé si la enterraron con él. No llegué a su funeral. Pienso que debió irritarla acabar rodeada de tanta tierra, tantas bacterias, dentro de un espacio que no será más su casa, algo así como de 1.87 por 57 centímetros —dice la Wikipedia que eso mide un féretro—. Sin poderse defender de los insectos que ahora mismo la habitan, de los ruidos de los ataúdes de junto, del tipo de riesgos en el "rumbo" de los cementerios: ladrones de criptas, juntacadáveres, mineros de lápidas. Uno que otro perro calloso, gato flejado por aceite de coche, ratas humeantes, un romántico búho. Lo que sea que atraigan los cipreses. Ella, adentro, finalmente sosegada.

Este departamento debe ser el más pequeño en el que vivió pero no el más desvalido. Recuerdo, y dudo de mi propia memoria, que hubo alguno en que el dueño pronunció la siguiente condición:

—Una vez que cobre el cheque con la renta y los dos meses de depósito, le colocamos las ventanas.

He pensado en eso algunas veces: alguien remueve las ventanas de un departamento para garantizar que le paguen. Dudo también de un vago recuerdo en el que mi madre forcejea con un albañil por un cristal. Éste se rompe y mi madre termina con un brazo bañado en sangre. La veo en la cama convaleciente, despeinada, los ojos plácidos de los calmantes, pero no estoy seguro de que sea siquiera una memoria válida o de que entienda la escena. Las vendas en ambos brazos. Mi padre de espaldas frotándose la nuca. Mi hermana por ahí, sentada en cualquier lugar.

Algunas de estas cajas son reconocibles. El baúl amarillo siempre contuvo los adornos de Navidad: las esferas deslavadas, la escarcha pringosa, las figuras de un nacimiento en el que el niño Jesús estuvo perdido desde que me acuerdo. Poner el árbol era un intercambio de gritos cada vez que se rompía una esfera o que se me enredaban los pies en los cables. Mi madre lo barría, una vez al despertarse, otra al acostarse. Decía que las agujas del pino podían enterrarse en los ojos. Era como si el árbol fuera un intruso tolerado, un riesgo medido, una posibilidad de que se nos viniera encima —"no hay que ponerle mucho peso", nos instruía— o se incendiara por un cortocircuito. Todo el procedimiento de adornarlo estaba lleno de advertencias. Y había gritos y llanto cuando una esfera se rompía. Casi siempre ella lo terminaba sola, en la oscuridad de haber bajado la electricidad para que, cuando finalmente lo conectara, nada explotara en mil pedazos. Su último arreglo no era, como es común, poner la estrella en la punta, sino forrar con papel encerado las dos maderas que sirven de patas. Así, argumentaba, la polilla o termitas u hormigas no habitarían en los canales subterráneos de las vigas. Con el papel encerado se morirían de asfixia en el tránsito de sus huevecillos al gran multifamiliar de las plagas.

Al fondo, allá, hay otra caja que ubico: una maleta que contiene fotos y, creo, algún dibujo mío del Día del Padre. Los álbumes contaban las historias de mis abuelos —su matrimonio: ella de trece años; él de 34—, la suya con mi padre —ella de blanco y mi padre con bigote—, y un bebé: mi hermana. Quizá alguna de las vacaciones en el rancho de mi abuelo. Es una maleta cuyo olor tengo más presente que su contenido: una humedad perfumada, una lavanda rancia, un óxido amelazado. Rara vez me dejaron husmear ahí: los polvos podían ser tóxicos y mi madre revisaba cada cierto tiempo su contenido armada con cubrebocas y guantes de cirujano. Acabó por sacarle fotos a las fotos y la maleta se cerró para siempre; las llaves de sus candados, extraviadas. Me pregunto si ahora tengo el derecho de echarle un ojo, abriéndola a la fuerza, aspirando su tiempo. Creo que, mejor, la voy a dejar con las demás cajas. Puede que mi madre tuviera razón acerca de lo tóxica que pueda resultar.

Camino por el departamento vacío. No hay, por supuesto, manchas ni chorreadas de ningún tipo. Sólo vejez. Los lugares se van volviendo opacos, con sombras. Se desdoran. Menguan. Este edificio debe ser de los que construyeron para los que pensaban que, en un par de años, se mudarían a una casa propia, con un jardín y peces japoneses. Y se quedaron ahí, resignándose con cada año que sucedía, con cada árbol de Navidad al basurero, con cada nuevo combate por no ser arrasados. En las escaleras de granito me topé con varios de los —supongo— vecinos de mi madre que tienen esta costumbre de evadirte la mirada. Recordé a uno que tuvimos cuando yo era adolescente. Era un peruano lento que, de pronto, se sorprendía como un actor japonés del kabuki: abría la boca y los ojos por un largo rato —quizá salía de su garganta una especie de quejido, pero no lo tengo claro— y, después, pasaba a recostarse en el suelo. Una vez ahí, seguía con su cara de estupor pero sin siquiera parpadear. Tirado, no había forma de moverlo. Podía quedarse en el descanso de las escaleras o dentro del elevador. Cuando se ponía en la entrada del edificio tratábamos de barrerlo con la puerta, pero no reaccionaba. Su padre, un profesor universitario —creo recordar— sólo repetía disculpas y algo sobre unas medicinas. Me acuerdo que yo pensaba: "Si este peruano fuera un animal, esto de pasmarse tendría que ser una adaptación para una tormenta, para acechar una presa, o para no ser comido. Pero, entre inquilinos, su adaptación es un fastidio". Tras brincar el cuerpo del peruano y mirar la nada dentro de sus ojos, entraba a la casa y veía a mi padre en el sofá frente al televisor. Su catalepsia no era muy distinta:

—¿Qué ves? —era mi pregunta sólo por convivir.

—No sé. Está empezando —respondía monocorde.

Y, entonces, aparecían en la pantalla los créditos del final.

Fue a mediados de ese mismo año que topé a mi padre sentado en la banca de un parque. Fuera de casa se le miraba diminuto, mucho más flaco, casi insignificante, con su suéter deslucido y su portafolio al que le rechinaba el mango. Tenía la cabeza ya casi sin cabello entre las manos y tallaba una colilla debajo de la suela del zapato. No me vio llegar.

—¿Qué haces aquí? —tartamudeó.

—Es un parque. ¿Y tú?

Inventó que estaba esperando a un cliente mientras yo deducía que tenía una amante impuntual. Mis sospechas aumentaron porque nada dijo de que yo no estuviera en la escuela y las confirmé cuando me ofreció un cigarro. Le temblaba la mano mientras lo encendió.

—¿Pasa algo? —le pregunté todavía con el humo dentro de la tráquea, es decir, con un quejido tembleque.

—Perdí el trabajo.

—Seco —era mi palabra favorita en esos años. La apliqué para todo: desde un accidente fatal hasta el frío de una madrugada, pasando por un huevo mal cocido. No quería decir absolutamente nada.

—Cometí un error y me corrieron —se aplastó un poco más.

No tenía caso abundar en detalles. El hombre se extinguía en esa banca y se me ocurrió que podríamos pasar algún tiempo juntos, ahora que ninguno tenía algo importante que hacer, y fue por eso que salió un:

—¿Juegas cartas?

—No le digas a tu madre —me instruyó antes de irse sin responderme.

Durante medio año, todos los días salíamos al mismo tiempo del departamento sabiendo que nos íbamos de ahí a no hacer nada. Él con portafolio y yo con una mochila que traía los cigarros extorsionados. No sé si se iba siempre al mismo parque, en la misma banca, a fumar. Yo pedía dinero en la calle para "mi camión" y me metía a las matinés, sonriendo al constatar lo productivo que puede ser el ingenio. Hasta que mi madre pronunció una orden que, al inicio, pareció enigmática:

—En estas vacaciones —ensartó— no te quiero aquí tirado. ¿Por qué no te acompaña a tu trabajo? —se dirigió a mi padre—. Haz que haga algo de provecho.

Calculamos el reto en silencio y nada debía cambiar salvo por el renovado interés de mi madre en el trabajo de su marido. En medio de pulir los cubiertos —que no eran, ni de relajo, de plata— soltaba pequeñas preguntas:

—¿Cómo es la oficina de tu papá?

—Mediana —nunca he tenido una imaginación desbordada.

—¿Qué dice la puerta de entrada?

—Jefe de supervisión. Superintendente. Super-algo.

—¿Cómo se llama? ¿Es guapa su secretaria?

—Normal.

Y, en efecto, mi madre olía una amante ahí donde sólo existía un solitario del parque. Nunca translúcida, quizá también sospechaba que el hombre había sido despedido. Como siempre entre nosotros, nada se dijo. Verán: mi familia era como una serie de náufragos que se aferra a una viga que flota en el mar. La comunicación era estrictamente para impedir que alguien se recargara demasiado y nos hundiera a todos. Lo demás se obviaba. Era como preguntarnos:

—¿Y estás muy mojado? ¿A qué horas llegarán a rescatarnos? ¿Es eso un tiburón?

En compensación a los intercambios de silencios, existían las conjeturas, las sospechas, las intuiciones. Supe que mi padre lo había percibido cuando comenzó a traer a la casa regalos para mi madre. Así, un día, un collar. Otro cualquiera, una licuadora. Todo convenció a mi madre de que no era el trabajo sino una amante lo que tenía a mi padre ido. Cada ofrenda era una culpa propiciada por su desenfreno.

Un día, que le trajo una caja de chocolates de tienda departamental —caros para alguien que tiene meses sin pegar bola— mi madre se permitió un susurro:

—Lo que le regalarás a la tal Norma.

Como de costumbre, nadie respondió y el comentario fue franqueado por un eco de un relámpago en altamar.

Ese fin de año no fue como todos. En lugar de ir de fiesta o comprar comida para el Año Nuevo, mi familia era ahora tres personas ojerosas, con los cabellos hirsutos, y los dientes apestosos. Dormíamos por turnos, en sillas, en salas de espera, de un hospital en otro, tratando de que en alguno encontraran qué tenía mi hermana. Ella se había ido quedando quieta desde la mañana en que no sentía los dedos del pie izquierdo hasta, unos días más tarde, en que ya no podía moverse. Como una piedra cayendo al vacío, mi hermana sólo parpadeaba y, a veces, lágrimas rodaban por su rostro. Sin gestos ni movimientos parecía mi hermana, pero cada vez menos. Los médicos no daban con la causa: unos decían "enfermedad degenerativa", otros, "autoinmune con daño en sistema nervioso central", otros más, "un virus". Así que mis padres y yo llevábamos varios días insomnes, inapetentes, sin bañar.

Fue entonces que llegaron los gringos. Eran de esas amistades de mis padres, antes de que naciéramos mi hermana y yo, de la época —que ahora contaban como dorada— de su paso por Estados Unidos. Oíamos hablar de los gringos y sabíamos que existían porque mandaban tarjetas de Navidad muy sofisticadas, con lentejuelas pegadas en los gorros de los duendes, con terciopelos rojos adornando a Santa Claus, con algodón para las barbas. Nosotros les regresábamos tarjetas baratas, de indios mexicanos dormidos debajo de una piñata. Pero deben haber sido esos paisajes de la mexicanidad inventada por las tarjetas Hallmark los que impulsaron a los gringos a cruzar la frontera hacia México, después de veinte años de intercambios navideños.

—Alguien va a tener que pasearlos —me dijo mi padre rascándose la barba de tres días en la cafetería del cuarto hospital que visitábamos.

A mí siempre me han dado miedo los extraños y a los gringos no los entiendo: te dominan con su simpleza. Yo estoy acostumbrado a México, a que nada es lo que parece, a que siempre ocurre algo pero en lo subterráneo, como las capas de ruinas de pirámides, conventos, palacios, que están a sólo seis metros debajo de donde caminas, pero que rara vez piensas en ellas. Los gringos son lo que ves. Su pasado son seis cowboys disparando, Al Capone disparando, y Kennedy asesinado. Y eso me pone nervioso. Así que le iba a decir que no a mi padre, pero tuve, al mismo tiempo, un impulso de salir del encierro de los hospitales, de ya no ver a mi hermana impasible detrás de una novela que empiezo y reempiezo porque me da la impresión de que si dejo de ver a mi hermana se va a morir. Es más, no sé el título de la novela. Me duele el coxis de tanto dormir en sillas. Me duele la cabeza. Tomo poca agua porque en el hospital te la cobran y yo no tengo trabajo, ni estudio, ni nada. Y como no tengo nada que hacer tendría que inventarle una excusa para no llevar a los gringos, y no se me ocurre nada en el momento en que mi padre se está rascando la barba de tres días, y ni modo que le diga que tengo que ir a la escuela o que vaya él, que se quedó sin trabajo, y sólo muevo la cabeza; lo que voy a decir es algo que no debo pero es lo único que se me ocurre: "¿Pero qué tal que se muere mi hermana y yo no estoy?", pero no me atrevo a decirlo y, en su lugar, salen las palabras:

—¿A dónde los llevo?

Así que aquí voy, con la pareja Williams, dentro de mi Rambler 1987, hacia las pirámides de Teotihuacán. Es la tarde del 31 de diciembre de 2000 y los Williams están convencidos de que, en esa fecha, los extraterrestres bajan por las escalinatas. No los desmiento por varias razones.

Una, es que ¿por dónde empezaría a explicarles? Otra es pura congruencia existencial. Podría decirles a ustedes que mi idea de un Año Nuevo no es precisamente pasarla dentro de una nave espacial y, luego, no acordarme de nada, pero tampoco es del todo contraria a lo que ha sucedido en años anteriores. No sé si sólo le pasa a mi familia, pero el hecho es que en cada Año Nuevo suceden pequeñas tragedias: alguien tiene que ser salvado de la asfixia cuando intentaba comer las doce uvas al ritmo de un reloj digital, la abuela de alguien cercano se queda seria y, a la hora de despedirnos, se descubre que tiene *rigor mortis* o, simplemente, alguien trae a colación la muerte de Fulano y Zutana (están ahí sus fotografías que nos miran desde la mesa de la sala), o las infidelidades de Mengano (presente en la cena y tratando de esconderse tras el pavo), y todo termina en lloriqueo a la mitad del festejo. También odio las palabras que se dicen en los abrazos. Durante años observé la táctica de mi tía Mercedes: su hermana "la nena" se acercaba sonriente, le daba el abrazo de Año Nuevo, ella le susurraba algo al oído y ¡squisssshhhh!: "la nena" emergía de la experiencia hecha un mar de lágrimas. El año pasado, tras un espionaje acucioso, logré saber que el veneno que inoculaba Mercedes a "la nena" era una sola frase: "Por tu culpa no me casé". Debo informar que las hermanas en cuestión tienen más de setenta años, así que el sentido estricto de la frase puede datar del tiempo de la Revolución mexicana y acaso el novio en cuestión respondía al nombre de Pancho Villa. Ante estas situaciones yo me bebo lo que haya de vino, tequila, cerveza y champaña. Y termino sin recordar la última media hora del año viejo y las primeras horas del nuevo. Por eso no puedo asegurarles que en los Años Nuevos no he sido abducido por extraterrestres.

Los Williams y yo vamos a Teotihuacán casi en absoluto silencio. Él tiene una larga barba cana y overol lleno de botones que dicen cosas que para mí no significan nada:

"Hunter for sheriff", "McGovern for President", "Feed the weed". Ella se ha comprado un vestido bordado en Chiapas que le vendieron en una tienda Wal Mart y que le queda como una tienda de campaña; aunque la miro por el retrovisor y me parece que tuvo una de esas bellezas a la Pocahontas, como Joan Báez un poco masculina, o como Bob Dylan cuando parecía Joan Báez. Son el único tipo de gente en el mundo que es tal como sale en sus películas. Lo que quiero decir es que, por ejemplo, los mexicanos, los italianos, los argentinos, los franceses, los rusos, nos filmamos mucho mejores. Pero no los gringos. Por ejemplo, mister Williams usa sombrero texano y se ríe para sí mismo, con un chasquido, como Clint Eastwood. Lo juro. Entre ellos, los Williams, no hablan, sólo se sonríen. Todo el tiempo. Su cordialidad mutua funciona como una reja: *"No trespassing"*.

—Paremos por cervezas —dice ella.

Y Mr. Williams saca una anforita, bebe, y le da el viento de la carretera. Ella me pregunta si conocí a Carlos Castaneda.

—La verdad, no sé nada de box —le respondo.

Ella me sonríe y mueve la cabeza de un lado a otro, como hindú.

Llegamos a Teotihuacán al atardecer. Los pueblos alrededor de las pirámides ya han terminado su labor diaria: cuidar automóviles que llegan, tratar de vender reproducciones de las pirámides en yeso, dar comida y agua a los turistas. Nadie sabe la historia de esta ciudad ni cómo desapareció. Suponemos que algunos muy asustados por un volcán huyeron y construyeron una pirámide que se parecía al volcán. Suponemos que, unos años más tarde, alguien le prendió fuego a todo. El inicio y el final son oscuros. Sólo tenemos el trayecto entre uno y otro. Pero en los cuarenta, el hermano de mi abuelo conoció aquí a su mujer francesa, a la que nadie aceptó porque era rara, y que terminó muriéndose de un cáncer en el cerebro. Nicole. Por eso era rara, dicen mis familiares cuando la recuerdan, y se quedan callados y culpables. Para los Williams este pueblo no significa nada, si acaso un lugar de paso hacia una nave espacial. No cuento lo de la francesa a pesar de que, de pronto, me descubro buscando indicios de su existencia en el aire de la noche. Para los Williams el final del año 2000 no es, como para mí, la recolección de los rostros de abuelos, tíos, parientes políticos, hermanos, tratando de encontrar una explicación a los días de hospitales, diagnósticos, desvelos, atenciones. Una razón para mi hermana. Nada. Ellos buscan que baje un ovni o, como dicen ellos, un UFO, que se los lleve, de una buena vez, de la Tierra.

Y ahora estamos en el polvo de Teotihuacán y estamos mirando el cielo. Sólo se escucha el sonido de la cerveza resbalando sobre el vidrio. Los Williams están en bermudas y no les importan las hormigas. Yo me rasco de cuando en cuando, pero no digo nada. El mister saca un toque de mota al que llama "angel face", lo enciende, se lo pasa a su esposa, luego a mí. Inhalo el humo. Los veo con los cuellos curvos hacia el cielo, esperando una respuesta. Yo mismo volteo hacia el cielo, pero la risa me acaba por dar. Parecemos flamingos tragando lodo, tragando lodo, tragando lodo. Creo que vomité.

Amanecí dormido en la sala de espera del hospital. Los Williams se habían ido. Mi madre me despertó y me dijo lo que había ocurrido con mi hermana. Abrí un instante los ojos y los volví a cerrar.

Unos días más tarde encontré a mi madre con la maleta de los álbumes de fotos abierta. Entré, cansado de no hacer nada —pasmarse cansa— y ella, sentada en el pequeño desayunador de la cocina, sonrió. La mesa estaba desbalagada entre estar limpia y jamás reponerse de la ruina. Y ella parecía alegre. Dos cosas impensables. La topé en el final de la secuencia de nuestras últimas vacaciones en el rancho de mi abuelo. Me vi a los ocho años al lado de mi hermana. De la nada y presa de una agitación extraña —como las que describe Dostoievsky— revolvió las páginas plasticosas del álbum hacia atrás y avisó:

—Encontré una tuya, de bebé.

Atraje uno de los bancos y me senté a su lado. Vi sus cabellos cayendo canos sepultando el pañuelo que se amarraba a la cabeza antes de hacer las múltiples, interminables, limpiezas. Contemplé unos segundos sus ojeras, luego, sus manos temblorosas sobre las micas. Yo entreabría los ojos de la fiebre, muchos años atrás, ella tomándome la temperatura con uno de esos tubos de vidrio con mercurio adentro —el gozo cuando se rompían y te dejaban jugar con su sustancia disgregada, cuidando de que no se metiera debajo de una uña porque, entonces, todos moriríamos de intoxicación— mientras yo le insistía:

—Cuéntame un cuento.

—No me sé ninguno.

—Cuéntame un sueño —le repetía.

Accedía y me contaba una imagen en la que ella y yo nadábamos tomados de la mano.

—¿Dónde, dónde? ¿En el mar?

—No —se ruborizó, en mi fiebre— en el drenaje.

Entonces bajábamos tomados de la mano hacia los tubos con aguas negras en plena oscuridad. Su tacto, lo único certero, y comenzaba a aclararse el paisaje: las ratas erizadas y las cucarachas fugaces daban paso a una enorme mesa de banquetes, en cuyos sitios se sentaban las tías, mis maestras, los primos, algunos amigos, los vecinos. Mi padre en la cabecera, de esmoquin. Los cubiertos de plata y las fuentes repletas de frutas y quesos exóticos. Las mujeres de vestidos largos, ligeros, colores pastel, joyas en las gargantas y las orejas. Un candelabro que cuelga de la parte superior del tubo mohoso. No puedo olerlo, pero sé que hay una combinación entre aromas y pestilencias de la que los invitados prefieren disimular cuando no directamente ignorar. La mano de mi madre me guía a un asiento junto al peruano pasmado que aquí se carcajea con las bromas de una tía. Tengo hambre pero no me atrevo a tomar una fruta porque pienso que puede estar contaminada. Volteo a ver a mi madre pero ya no está. En su lugar hay una rata que roe una esquina del mantel. Empieza a llover sobre la mesa del banquete. Primero sólo son algunas gotas y después chorros de mierda y lodo. El candelabro cede a la marejada que cae como una ola del mar embravecido contra nosotros. Nos arrastra y yo braceo pero no sé nadar. Busco, ciego, alguna cosa de la que pueda asirme y cuando estoy por sentir la mano de mi madre, me quedo dormido.

Eso recuerdo mientras ella repite que me enseñará una foto mía, de bebé. Cuando finalmente la encuentra, es una imagen de un nene que en otras ocasiones ha pasado por ser mi hermana. Miro la figura: tiene un vestido —pero, claro, es un bebé— y me parece que el pelo es demasiado largo para ser mío. En algún lugar sé que es mi hermana.

—Mírate —dice mi madre.

A punto de levantarme, sé en ese instante que voy a abandonarla, que la dejaré, que me iré lejos. Es por esa certeza que, simplemente, me quedo ahí, sentado junto a ella, fingiendo que soy yo el de la foto, aceptando que el poder de la ficción nos cura aunque sea por unos cuantos instantes.

—Eras un niño lindo —murmura, casi en trance, mirando la imagen de mi hermana.

—Sí, madre. Muy.

Jamás me había tirado al piso frío de una cocina. Es un cuarto dominado por los objetos fijos: la estufa, las barras, la alacena, el refri, la lavadora. Lo que entra en una cocina bulle. Pero no acá, en la última cocina de mi madre. Se escuchan breves, casi imperceptibles crujidos, espectros de ratones de otra época, donde aquí había comida, basura, olores, calor. No ahora. Lo que recuerdo no son las combustiones sino algo helado. Como Breton, cierro los ojos.

Las gotas de frío en las mañanas desparpajadas sobre los cristales no se ven porque las ventanas son "de hoyito" —biselados, aprenderás mucho tiempo después la palabra—, pero anuncian la ida a la escuela, entre el radio hecho trapo del desayuno a fuerzas y el mismo radio lejano de los callejones, ya en el autobús, entumecidas con el frío de esas mañanas en las que no tararears, niño con dos camisetas y tres suéteres en la lluvia, ninguna canción, salvo, quizá, la revoltura entre los sueños, revoltijos, la primera hora torpe, la lluvia por la ventana del salón en cuyas ventanas sí se ven las gotas estallar, escurrir, untadas, sinuosas pero, a veces, en corriente.

Piensas en el frío de afuera y te engarrotas contra los hombros y los muslos y miras —y no— la mesa quebrada del desayunador, los restos en los platos como después de un bombardeo. Tus parientes han salido huyendo, cobardes, del desaguisado, de la catástrofe fija. Tienes la radio con la antena gacha, la mochila roja que pesa socavando los dedos, la puerta que no cuadra, cerrar, irte. Es el inicio del día pero es siempre una despedida; del absurdo de si te quedaras, niño sin tantas camisetas y suéteres de coraza, a ver por una ventana lo lento del día con sus gotas de frío afuera y las modorras flotando, pringosas, adentro. Como cuando te enfermas pero ahora sano. Ver por las ventanas y recorrer con los ojos la extensión donde sólo domina el compás del reloj. Pero hay que irse, así, sin razones, a la escuela del frío, a esperar en la banca de culo aplastado, sin moverse, hasta que toque la campana. Te paras. El desayunador arrasado de despojos es quien se despide, oscilante, de ti.

Como un desertor, le das la espalda.

La cocina de Breton

El sábado 30 de julio de 1938 André Breton se desmayó en la cocina de la Casa Azul. Era su despedida de los amigos mexicanos, Diego Rivera y Frida Kahlo, y de los rusos, León Trotsky y su mujer, Natalia. El viaje a México bamboleó entre el aprecio y el precipicio. La tarde en que se desvaneció apenas acababa de abrazar al líder de la disidencia contra Stalin e intercambiar objetos memorables: Trotsky le regaló el manuscrito del manifiesto que elaboraron juntos en mañanas de pleitos, "Por un arte independiente y revolucionario", y él le dedicó una foto que Man Ray le tomó en París. Ante el ex jefe del Ejército Rojo, Breton confesaría en una carta que "de pronto me sentí desnudado de mis habilidades, presa de una cierta necesidad de esconderme". En el jardín, lleno de cactus, naranjos, bugambilias, diablos de cartón y monolitos prehispánicos, los dos se dijeron adiós como sello a una historia de desencuentros. Unas semanas antes, en un viaje a Toluca, Cuernavaca y los volcanes, Diego Rivera había llevado a sus invitados a una iglesia en Tenayuca. Trotsky, con los brazos atrás, aspiró el tufillo colonial, de inciensos y copal, mientras que Breton se dirigió a las pinturas de exvotos. Uno en particular llamó su atención: "Gracias a la Virgen María por castigar la infidelidad de mi esposo con la impotencia". La imagen pintada con la mano del artesano mostraba a una mujer plácidamente acostada en una cama mientras, de pie, un hombre en calzoncillos y con los brazos abiertos en estupor sudaba. Rivera le tradujo al francés y éste se inclinó para tomar el exvoto y metérselo debajo de la gabardina beige que llevó desde su desembarco en México. Luego, tomaron otros cuatro o cinco más y salieron corriendo de la iglesia como niños que acabaran de cometer una travesura. El parsimonioso Trotsky frunció el ceño y los regañó:

—No se burlen de la fe de la gente. Devuelvan eso.

—No se preocupe, maestro —se defendió Diego— los estamos robando en calidad de arte, no de religión.

Breton apretó los brazos encima de la gabardina. El líder del anti-estalinismo mundial, el de la Revolución Permanente, el biógrafo de Lenin —lo primero que había caído en sus manos en París, en 1925— lo acababa de regañar y él lo había desobedecido. De Tenayuca fueron unos días a Guadalajara y Breton insistió en subirse al mismo coche que el ruso. Tenían conversaciones fantásticas sobre los ajolotes, las mariposas, las plantas, pero cuando empezaban a hablar de política o de filosofía, nadie terminaba a gusto. A Breton le parecía que, en particular, Trotsky no se manejaba con congruencia a su proclamado materialismo y lo redujo en un episodio. Trotsky dijo que uno de los perros xoloescuincles de Frida Kahlo tenía "una mirada amorosa". Al líder de los surrealistas le pareció una broma:

—Maestro Lev —dijo—. La mirada de un perro no puede ser amorosa porque es de perro.

—Mírelo —insistió Trotsky todavía divertido.

—En todo caso, un enamorado tiene mirada de perro —arremetió Diego.

El silencio los invadió en el jardín de la Casa Azul. Los tres sabían que Frida le había sido infiel a Diego con Trotsky y que éste seguía intentando que la aventura continuara. En privado, Frida ya sólo se refería a él como "el barbitas de chivo". Diego no podía hacer más que asestarle de vez en cuando un trallazo porque después de todo, él le había sido infiel a Frida muchas veces, notablemente con su prima. A los franceses las infidelidades no les inoportunan gran cosa, así que Breton simplemente se dedicó a tratar de establecer un lazo entre el ruso y el mexicano.

Él mismo se subió al auto de Trotsky rumbo a Guadalajara para conocerlo mejor. Y lo bajaron. La discusión adentro fue la misma de siempre entre el surrealista y el socialista: mientras Breton trataba de saber los sentimientos de su interlocutor, lo interrogaba sobre sus miedos y lo invitaba otra vez a una sesión con unos chamanes que Rivera y Frida frecuentaban en el pueblo de Los Reyes en Coyoacán, Trotsky le preguntaba incesantemente sobre la redacción de un llamamiento a los artistas anti-estalinistas.

—No me siento capacitado para hacerlo —le decía Breton y señalaba al secretario particular de Trotsky—. Que lo escriba Heijenoort.

Pero esta vez Trotsky no estaba para escuchar que el líder de los surrealistas le delegara a su guardaespaldas un asunto vital para la lucha contra la Tercera Internacional de Stalin. Por la persecución había llegado hasta México a una casa amurallada, con policías afuera durante todo el día, y viajaba a Guadalajara con varios autos de sombra. En cualquier momento podía alcanzarlo la metralla de Stalin y Breton parecía evadir su propia responsabilidad histórica de organizar a los artistas. Es más, el francesito se quejaba de que, a su llegada a México, la embajada no lo había recibido y que, a punto de subirse al barco de regreso, sólo la sonrisa de la enviada de Diego limpiándose el sudor con un pañuelo rojo lo había disuadido. Era cierto que el Partido Comunista Mexicano había mandado a obstaculizar la visita de Breton por sus simpatías con el trotskismo y su relación con Frida y Diego, esos "bohemios de gustos burgueses", pero él, Lev Davidovich Bronstein era, finalmente, el que iba huyendo de las cárceles del estalinismo; llegó a México, seguro de que sería su último lugar sobre la Tierra. Sentía como si Breton quisiera ser su amigo sólo para compartir parte de una persecución política que le era muy ajena. Trotsky no buscaba en México amigos, sólo adherentes. Dentro del auto, Breton pronunció apenas una pregunta:

—¿Y Frida? ¿Ha soñado usted con ella?

Cuando lo bajaron —escribe el guardaespaldas de Trotsky— "la cara de Breton era de un genuino asombro desconcertado". Se dejaron de hablar durante todo ese viaje —Rivera y Breton compraron con afán pinturas, antigüedades, máscaras y fotos de Manuel Álvarez Bravo— y sólo volvieron a dirigirse la palabra en "Las Conversaciones de Pátzcuaro", a mediados de julio: un encuentro entre los dos artistas y el revolucionario que terminó, de nueva cuenta, en un camino lodoso e intransitable:

BRETON: Una revolución mundial es para liberar las fuerzas del inconsciente, del azar y de lo secreto.

TROTSKY: En una sociedad nueva, el arte no existirá porque todos podrán ser artistas. La gente que pinta sus casas no necesitará de cuadros ni de bailarines, porque se moverá con gracilidad por la vida.

BRETON: El surrealismo no es sobre el arte. Es un modo de cambiar la vida, liberándola.

TROSTKY: La revolución puede realizarse sin un nuevo arte pero no viceversa. ¿O es que usted, André, está tratando de asfixiar lo consciente con la almohada del inconsciente?

Breton no pudo responder. Con Trotsky ya dormido en su cuarto —se acostaba a las ocho de la noche— el escritor le preguntó al secretario Jean van Heijenoort si aquello sería una profecía:

—¿Usted cree que en un futuro nadie se seguirá obsesionando por rellenar con colores una pequeña tela?

Cuando Breton se sentía rechazado, se desmayaba o se quedaba afónico. Ése fue el caso al día siguiente de "Las Conversaciones de Pátzcuaro": desfallecido, Breton tenía una laringitis que le impidió volver a hablar, y Trotsky, molesto, se regresó a la Ciudad de México. Frida y la esposa de Breton, Jacqueline Lamba, no eran convidadas a las discusiones porque a Trotsky le molestaba que "las mujeres fumaran". Así que las dos ideaban juegos de niñas, mímicas y, como las dos pintaban, se encerraban a hacer cuadros a cuatro manos. Diego entró alguna vez al cuarto que usaban para divertirse, junto a la leña para las chimeneas, y supo que debía dejarlas solas:

—Nosotros allá —dijo, sacando la panza debajo del overol— discutiendo el surrealismo y la Revolución, y ustedes acá, simplemente haciéndola.

—Sufro de una inhibición ante sus ojos —le confesó Breton a Lamba la noche que pasaron sin Trotsky en Pátzcuaro.

Hasta qué punto Jacqueline Lamba estaba pendiente de la permanente sensación de rechazo con la que vivía su marido, no podemos saberlo. André había sido un hijo no deseado. Sustituto de un primer hijo muerto apenas nacido y de un tío materno que había desaparecido el día de su propia boda, André Robert se había interesado en la poesía a contracorriente de su madre, la dominante Marguerite. El abuelo Le Gougés lo divertía de bebé con una linterna mágica y en su casa de infancia en el 33 de la rue Etienne-Marcel, había visto por primera vez ese libro sobre México, *El indio costal*, de Gabriel Ferry. Los grabados de los indios mexicanos en la guerra de independencia, vagando durante días en el desierto, solos, y tan sólo acompañados por sus "nahuales" —el suyo, lo vio en el jardín de Frida y Diego: un oso hormiguero—, le enloquecieron con una idea de México fantástica y violenta. Su amigo Antonin Artaud, que acababa de regresar de su experiencia con los indios del norte de México justo antes de que él y Lamba se embarcaran en el Orinoco, el 2 de abril de 1938, se lo describió así:

—México es una ola lánguida y caótica.

No, a Breton no le gustaba viajar, prefería que el mundo llegara hasta el número 42 de la rue La Fontaine y lo regara con los ídolos africanos, las máscaras, los cuadros de Picasso, Derain, Man Ray, Miró, Braque, Seurat, Chirico, Duchamp, Picabia. Su departamento en el que se realizaron todas las sesiones en trance de Robert Desnos:

—Trató de comerse todas las monedas que traía en los bolsillos. Encerró durante horas a los demás jugadores retándolos a que se colgaran del tubo de un clóset. Se puso la gabardina como para irse pero sólo dijo: "No voy a despertar nunca más. Me he dado cuenta de que no vale la pena". Tras dos días en que la poesía ya se había transformado en ansias homicidas —Desnos persiguió a Paul Éluard por toda la casa con un cuchillo— tuve que llamar al doctor. Fui a verlo al psiquiátrico pero me negó que yo fuera Breton. "No", me dijo extrañado, "André trató de sacarme de aquí hace años y le dispararon hasta matarlo".

Su departamento al que llevó a sus mujeres y sus refrenamientos desde su primer amor, Mannon, su prima, a la que dejó desnudarse ante él "negándole la omnipresencia de sus encantos". A Annie Padiou, a la que besó una vez en una plaza y dejó que su amigo Théodore Fraenkel se enamorara de ella. A Helena Diakonova, Gala —la mirada de una rata acorralada—, jamás la admiró: tenía demasiados líos entre Max Ernst, Paul Éluard y Salvador Dalí. Breton era un tipo solitario. Un tiempo dejó abierta la puerta de su cuarto de hotel en Place du Pantheón para ver si existía algo como el azar sexual, pero nadie nunca tocó siquiera a su puerta. Nadie, hasta que la castaña, peruana de Iquitos, Simone Kahn, entró a tomar posesión de su departamento de 110 metros cuadrados. Rearregló muebles, descolgó cuadros, movió figurillas de arcilla y cabello de león. Simone fue la Señora Breton como ninguna, más que Elisa, más que Lamba, después. Pero nunca fue una de las mujeres que Breton deseara, las imaginarias: Musidora, la Vampira Irma del cine, la Rrose Sélavy que Max Ernst había inventado —una vez trasvestido como tal, Robert Desnos le pidió matrimonio por telepatía de París a Nueva York y Breton sintió celos—, y sobre todo Nadja. Aunque existió como "la niña extraordinariamente perdida" del café Deux Magots —Frida y Rivera tenían, casualmente, un mono en el jardín de la Casa Azul— que encontró en el mismo día y sin querer a Louis Aragon, André Derain y Breton, la que le robó el suspiro a él, fue la que describió en su novela, la que inventó, no la real. De la Nadja verdadera, Léona Camille-Ghislaine Delcourt, se hartó muy pronto: "Tener sexo con Nadja es como hacerlo con Juana de Arco", le confesó a Paul Éluard, y detalló: "Me ha contado cómo no tiene restricciones para la forma en que consigue dinero para vivir. Eso incluye algún contrabando de drogas". Un 21 de marzo de 1928, Nadja fue recogida por la policía en los pasillos de un motel sarroso con olor a aceite de pescado. Fue internada en el hospital Perray-Vaucluse con "delirios persecutorios" y "alucinaciones olfativas y sonoras". No tenía ni veinticinco años. Murió trece años después, todavía internada, el 15 de enero de 1941, de fiebre tifoidea. La mujer que en la novela de Breton canta

> *Ésta es la casa de mi alma*
> *y sólo se abre al porvenir.*
> *Puesto que en ella nada falta,*
> *mi nuevo amor, puedes venir.*

se había marchitado como "La Flor de los Amantes".

A diferencia de Nadja, con Jacqueline Lamba el arreglo era que sólo funcionaban como una peculiar pareja de acompañantes. El viaje a México con una hija a la que dejaron atrás, Aube Solange, en manos de tías, no les dio mayores remordimientos. Iban a conocer el país del Indio Costal de las estampas de niño, el de Antonin Artaud —"a donde quiera que vaya es un cuerpo extraño"— y, ahí, a conocer a la encarnación trágica de la Revolución de Octubre: el viejo Lev.

Su departamento, cuyos cuartos Simone había bautizado como "el del Silencio y la Sombra" y "del Ruido y la Luz", y que estaba en la misma calle que el Cabaret del Cielo y el Infierno, se quedaba atrás ahora en la Casa Azul donde charlaban Natalia y León Trotsky, Diego y Frida, él y Jacqueline, con un mono araña, Don Fulang-Chang, que se masturbaba contra los hombros de los comensales, un oso hormiguero que cansinamente sacaba la lengüita, y una decena de serpientes que, de pronto, emergían de las malezas del jardín para atacar a los ratones. Antes de enloquecer, Artaud le había dicho, basado en sus experiencias con los tarahumaras de México, los de los pies como viento: "Sé que tú eres del Sol y tu mujer del Mar". Breton no tomó la frase de Artaud en un sentido místico sino como una broma: después de todo, había conocido a Lamba en un espectáculo de cabaret en que ella nadaba desnuda dentro de una pecera gigante, en el Coliséum de Montmartre. En su cartera, Breton llevaba fotografías de su mujer sin ropa para mostrarlas a la menor provocación. Eran fotos de Man Ray. El encuentro con Jacqueline Lamba fue descrito así por Breton:

La había visto dos o tres veces caminar con un indefinible temblor que se movía de un hombro al otro, de la puerta del café hacia mí. Para mí, este movimiento en sí mismo ha sido siempre, en el arte y en la vida, señal de la presencia de lo bello. Puedo decir que aquí, el veintinueve de mayo de 1934, esta mujer es escandalosamente bella. Desde el primer momento, una intuición vaga me había alentado a imaginar que el destino de esa joven mujer algún día, por muy tentativo que fuera, se entrelazaría con el mío.

Quince años menor, Lamba lo había cazado —le escribió pidiéndole una copia de *120 días de Sodoma* de Sade— esperándolo durante semanas en el café de la Place Blanche. Tres meses después se estaban casando; Éluard y Giacometti como testigos. Lo cierto es que Breton no quería una mujer o una persona creativa a su lado, sino una musa. A Simone la había convencido de abortar —"El chiste cruel que comenzó con mi nacimiento debe terminar con mi muerte"— pero a Lamba se lo había permitido porque se enteró demasiado tarde. El hijo no deseado, Robert André, tenía ahora una hija no deseada, Aube Solange. El Breton presto al rechazo y la deslealtad era el mismo que había engañado durante años a su esposa, Simone, con Suzanne Muzard, una seudoaristócrata —Tristan Tzara: "Hemos tenido tanto éxito entre las *socialités* como entre los socialistas"— que se cansó de casarse con otros. A Breton le excitaba no poderla tener y, al mismo tiempo, despreciaba a la muy accesible Valentine Hugo, "el cisne de Boloña", que hizo todo por llamar su atención: anuló su amistad con quien le había puesto el apodo, Jean Cocteau —al que Breton despreciaba—, compró un cuadro de Chirico, aunque no le gustaba, iba a las reuniones del Partido Comunista sin entender una palabra, hasta que un día se tomó un frasco completo de pastillas para dormir y una botellita de perfume. Breton sólo respondió: "Contigo, nunca podría ser yo mismo". Pero no con Suzanne, la inasible, a la que Simone temía. Cuando se enteró que, en una ausencia, Breton la había llevado a su departamento, mandó a cambiar las cerraduras. Furioso, Breton tuvo que hospedarse en el Terrass' Hotel. Por esas coincidencias que les sucedían sólo a los surrealistas —al menos ellos se tomaban la molestia de comentarlas— encontró en el cuarto de junto a su amigo Paul Éluard. Abatidos por los desamores, se sentaron en una cama de hotel:

—No puedo ir a mi departamento porque siguen ahí los albañiles. Lo están remodelando para Gala —suspiró Éluard— y ella jamás lo verá.

—¿Ya está insalvablemente con Ernst?

—Sí. Ella escogió los muebles, las alfombras. Era nuestro departamento. Hasta le compré dos Dalís.

—Espero que Simone no me perdone —interrumpió Breton, urgido de un desahogo—. Prefiero que se largue. Nunca he podido estar casado y menos con una mujer que imagina lo que no sucedió con Suzanne.

—Suzanne es una neurótica.

—Es un infierno sin arriba ni abajo. Tiene la sustancia de una flama.

—Simone era un poco como tu mamá.

—¿Sabías? Me engañó con Max Morise.

—Pero fue Suzanne la que se casó con Emmanuel Berl.

—Ni me digas porque te cuento todo lo que sé sobre tu Gala.

—Lo sórdido siempre le gana a lo admirable.

Subieron unas botellas de vino y tragaron, tragaron, tragaron, en silencio, hasta quedarse dormidos.

Lamba quizá tampoco sabía que a finales de enero de 1928, los surrealistas organizaron una "Conferencia sobre sexo" en la calle de Chateau. Ahí Breton confesó "que no sabía lo que era el placer sexual" y que le disgustaban las siguientes conductas: "El lugar donde todo tiene un precio" (burdeles), "Las formas artificiales de alcanzar un orgasmo colectivo" (orgías e intercambio de parejas), "Las mujeres que están demasiado interesadas en tener hijos" (las negras), "Las mujeres que no hablan francés, las que se pedorrean en tu presencia y las promiscuas", y la homosexualidad masculina. En cuanto a lo del placer sexual, agregó después: "A mí no me importa si ellas se vienen o no porque, de todas maneras, un noventa por ciento de las mujeres fingen disfrutar". Liza, Simone y ahora Lamba habían sido sus esposas pero nunca sus amantes. Cuidaban de él con un erotismo nebuloso y le ordenaban la vida casi como su madre, Marguerite, que lo obligaba a recitar en voz alta desde su recámara las lecciones de medicina para asegurarse de que no estaba leyendo poesía. Iguales, pero de signo contrario, sus esposas debían alentarlo, aguantar sus rabietas, las depresiones por no tener amigos, los reiterados avisos de suicidio cada vez que recordaba el final de su amigo y admirado Valché: "¿Y si uno se mata en lugar de sólo irse?"

De Liza Meyer guardaba sólo un guante en el estudio de su departamento. Su marido se había suicidado y ella fue para Breton "la voz del heliotropo", una chica de veintiséis años que llegó hasta la Oficina de Investigaciones Surrealistas el 10 de octubre de 1924. Ahí, un amable Francis Gérard, que después sería asesor de León Trotsky, la atendió en el horario de 4:30 a 6:00. Contó un sueño sexual que le pareció a Giorgio de Chirico, de visita, "un tanto rayano en la comedia". Ella se acercó a Breton en cuanto lo vio:

—¿Cómo me reconoció, señorita? —le preguntó mucho antes de su fama.

—Sé que se viste de verde, que, aunque sea de noche, se pone lentes para el sol, y que en esa pluma hay tinta color turquesa. Su bastón es de Tahití.

—Está embellecido —lo enseñó a la chica— con venidas de animales, hombres y mujeres, babosas que escalan vulvas, y la visión de un negro barbado con una brutal erección.

No obstante el lenguaje procaz, ella lo admiró y él se enganchó de la forma en que ella lo veía: "Los ojos de una salvaje". Es de esos años que data la idea del "pez soluble", una sensación de estar entre "mujeres elusivas, con pechos como armiños y manos transparentes". Mujeres que, aunque existían, se presentaban ya desaparecidas. Cuando Liza Meyer se quitó uno de sus guantes ya en la mesita del café, Breton se lo pidió de regalo. Muchos años después de muerto, los subastadores de la colección que Breton atesoró en su departamento se preguntaron cuánto dinero podría valer. Algún experto erudito les recordó la frase que de él había hecho Desnos:

—Eso no es un guante. Es un títere al que Breton convirtió en poeta por algunos instantes. Luego, lo desechó.

Lamba sabía de la costumbre casi compulsiva de Breton por desechar a todos los que alguna vez le habían significado amistad o amor. Podía recuperarlos después y lo hizo con Tzara, con Picabia, con Artaud, quienes lo perdonaban por sus desplantes, insultos y desdenes. Las mujeres no eran excepciones. Un día Paul Éluard le preguntaría:

—¿Tienes amigos?

—Ninguno, querido amigo.

Así que en junio de 1938 tenemos a Breton un instante antes de desmayarse. Mira las vasijas de colores en las paredes de la cocina de Frida Kahlo en La Casa Azul. La negrura sobreviene y, detrás de los párpados, mira su casa, la del número 42 de la rue Fontaine. Un número en la puerta, el 1713, justo la grafía de una "A" y una "B". "A"ndré "B"reton. Los cuadros de Picabia, Derain, Man Ray, Duchamp, Picasso, Chirico, Braque, Seurat, en las paredes. Las máscaras africanas, los ídolos polinesios, los exvotos mexicanos, las plumas de animales que nunca ha visto. El guante en la mesa del estudio. El hombre cortado en dos por una ventana, el sombrero de copa y la locomotora, *Las señoritas de Avignon* y Doucet que regateó hasta el final para comprarlo. La muerte anticipada del Congreso de París que fracasó por culpa de Tristan Tzara, *The Sad*

One. Una mujer ahogando a su marido que le ha rogado que lo hunda en un lago, la cabeza obligada, el ojo mordido por una rana. La flor de campanilla turquesa y yo sé la hipotenusa. Desnos en su primer trance. Caía como él en el abismo. Desnos tratando de comerse las monedas que traía en los bolsillos, se jaló el pelo, jajá, demandó su abrigo y no se fue y, luego, después de tratar de "encerarlos" con miel a todos durante horas, y la mañana siguiente, lo que dijo: "Nunca voy a despertar. No tiene sentido despertar".

Irse, eligiendo un pueblo al azar, Blois en el mapa, y subirse a un auto y dejarlo todo para siempre y Aragon y Vitrac agarrándose a golpes dentro del auto. Siempre juntando gente nada más para rechazarla. Siempre queriendo liderar sólo para abdicar. Hacer de un guante un poeta, sólo por unos minutos. Tus únicos amigos: dos pinturas (nunca dices cuáles para no ofender), la obra de Lautrémont, la memoria de Vaché encontrado en un hotel con tres tipos desnudos con las bocas llenas de pelotas de opio. Soy el pescado soluble, toqué los pechos de armiño y las manos de cristal de mujeres que desaparecían. El verde. El turquesa de la tinta. Las mujeres. Mi madre, las lecciones de medicina, los locos en el psiquiátrico que eran mejores poetas que ninguno. La que me desheredó. La Louise de Vache y "el sinsentido de todo", no tener sexo con Mannon, Annie Padiou que me recita Rimbaud:

> Con sus pies entre las gladiolas
> duerme y sonríe como
> un niño enfermo.
> Sin duda sueña.
> Natura, acúnalo en tu calor: tiene frío.

Nos besamos el primero de enero de 1922 entrando al número 1713 con Simone Kahn: la pequeña castaña. Su prima Denise y Duchamp disfrazado de Rrose Sélavy por telepatía. Nadja "extraordinariamente perdida". En el café de los macacos. El chango de Rivera y Frida que se toca sin cesar, que se acurruca en las entrepiernas, que escupe baba. Artaud que me describió México como una ola encantadora y catastrófica.

El viento nos abraza con sus manos frías
y nos liga a los árboles recortados por el sol.
Todos reímos y cantamos
pero ya nadie siente el latir del corazón.
La fiebre nos ha abandonado.

"Nunca voy a despertar. No tiene sentido despertar."

Cuando Breton abrió los ojos lo primero que recuperó fue la conciencia del olor a jitomates fritos y chiles tostados. Después vio, arriba, alrededor, como en una corte celestial, a Frida y Cristina Kahlo, Diego Rivera, León y Natalia Trotsky y a Lamba y Jean van Heijenoort. Sintió una almohada debajo de la nuca tejida con algo que le picó. Cristina le tenía tomada una mano quizá como lo hacía cuando a su hermana le aplicaban la máscara con cloroformo para una operación más. Trotsky miraba hacia Frida que, asustada, decía algo con la palabra "cucaracha", una de las pocas palabras que Breton aprendió en México, junto con "mariguana". Los Trotsky parecían los más agitados.

León y Natalia habían abordado el 19 de diciembre de 1936 un barco petrolero, *Ruth*, en Oslo con destino a Tampico calculado para el 9 de enero de 1937. Esperaban que los nueve años de exilio y persecuciones terminaran pronto, bajo el cobijo del general Lázaro Cárdenas y del pintor Diego Rivera. Natalia veía a León con una mezcla de admiración y hartazgo desde que el Quinto Congreso del Partido Comunista lo había expulsado y enviado a Alma-Ata hasta deportarlo de la Unión Soviética en 1929. Sabía de su estancia en la isla turca de Prinkipo por lo que, ya en Francia y en Noruega, le contó, pero también se forzaba a convivir con un personaje que podía ser cruel, maniático, y necio. Lo que quizá más odiaba era su violencia más extrema: días sin dirigirle la palabra, mientras hablaba en voz baja con los perros y con algunos conejos. De Frida lo supo en cuanto la vio en representación de Diego —quien estaba hospitalizado por una enfermedad de los riñones— y mientras todo eran sonrisas a su arribo a la estación de Lechería en la Ciudad de México. Estaban a salvo pero su matrimonio en duda. Así lo sintió cuando, rejuvenecido León cerró su defensa de los juicios de Moscú ante John Dewey: "Esta fe en la razón, en la verdad, en la solidaridad humana, que a la edad de diecio-cho años me llevé de los obreros del pueblo de Nikolayev, esa misma fe fue preservada en su totalidad. Quizá más madura pero de modo alguno menos ardiente". Esa fe se probó a sí misma en la casa de la calle de Aguayo que Cristina le prestó a su hermana para sus encuentros con "El Piochitas", y en la casa de San Miguel Regla, de Lupe Marín.

Natalia se deprimió con las escapadas de su marido. En una carta le escribe: "Me miré al espejo y me encon-tré con una mujer envejecida. El interior de una se revela siempre en el exterior". Pero ella sabía que hacer un escán-dalo por las infidelidades de su marido, de aquella afición suya por toquetearle los muslos a las mujeres por debajo de la mesa, su gusto por dar sexo oral, sólo podría desacreditar la causa del anti-estalinismo. Él respondió la carta con preci-sión: "Nata: eres mi amor y mi víctima". Siete palabras —en español— que no se comparaban con las nueve páginas que le dedicaba a Frida rogándole que no lo dejara. Frida, acos-tumbrada a juguetear entre los celos de distintos postores, escribía, no sobre Trotsky, sino sobre Diego en los términos más entrañables de los que era capaz:

"Diego todavía pierde sus papeles por todos lados, se enoja cuando alguien lo llama para comer, piropea a todas las chicas bonitas, y a veces se hace ojo de hormiga con algunas que llegan sin avisar con el pretexto de que quieren ver sus frescos, él se las lleva uno o dos días y les muestra los alrededores. Ya no reta a golpes a la gente que lo interrumpe en el trabajo, la tinta de su pluma fuente se seca, su reloj se para y cada quince días lo tiene que mandar a componer. Sigue usando esos zapatos de minero toscotes (que no se ha quitado en tres años). Se enoja cuando pierde las llaves del coche, y casi siempre las encuentra en su propia bolsa, nunca hace ejercicio ni se broncea, escribe artículos para los periódicos que normalmente causan una reacción terrorífica, defiende la Cuarta Internacional a capa y espada y está encantado de que Trotsky esté aquí."

Natalia estaba aislada del resto, que se apartaba, cada quien a su manera: Trotsky no hablaba español y se comunicaba en francés con Breton. Frida no hablaba francés, así que se comunicaba en inglés con Lamba. Diego hablaba francés e inglés pero insistía en decirlo todo en español. Y Natalia permanecía callada sin alcanzar a comprender nada. Más allá de los idiomas, los alegres comensales del jardín del Edén coyoacanense se enredaban entre el sometimiento de Frida al dinero de Diego, las paranoias de Trotsky, las vergüenzas y los celos de Diego, los servilismos de Cristina y Jean. Todo aquello rodeado de policías y agentes de la secreta. Breton veía todo eso desde una distancia casi divertida como la del mono Fulang-Chang, rascándose la entrepierna desde arriba. Todavía no sabían que, mientras fracasaban en el intento por conversar sobre arte y revolución en Pátzcuaro, Rudolf Klement, el secretario particular de Trotsky en sus años parisinos, era invitado a una comida por unos agentes del Directorio Político Unificado del Estado, es decir, de la policía política de la Unión Soviética, a un departamento en boulevard St. Michel. En el aperitivo, Klément recibió treinta y seis puñaladas. En el baño de aquel departamento, le separaron la cabeza del cuerpo con un cuchillo cebollero. Arrojaron una maleta con algunos de sus restos al río Sena. Era una advertencia de Stalin hasta Coyoacán. El siguiente 2 de noviembre, Día de Muertos, Diego pensó confrontar de nuevo a Trotsky con las infidelidades y celos que su llegada generó: le regaló una calaverita de dulce con el nombre de Stalin en la frente. Trotsky, sin entender el significado de esa travesura, montó en cólera y casi llama a sus guardaespaldas a detener a Diego. Éste se rio hasta que le dolió la barriga. Trotsky había reaccionado parecido cuando Breton le dijo: "México es el único país en el que los hombres continúan en pie de guerra. De sus magníficos andrajos nacerá la próxima revuelta". Lo que el ruso venía buscando era justo un lugar donde ya no existiera la posibilidad de que alguien sacara una pistola para matarte. México no sería ese lugar. Su asesino, finalmente, usaría un pico de alpinismo.

Breton no lo sabría sino tiempo después: el lío entre Frida y "El Piochitas" provocaría la salida de los Trotsky rumbo a una fortaleza con una cabaña que contenía policías y conejos, la renuncia de Diego a la Cuarta Internacional con un argumento bastante claro —"Trotsky ataca a los amigos que le hemos ayudado"— y el fin de sus cartas a Frida. De hecho, la separación entre el pintor mexicano y el revolucionario mundial a Frida la pescó en medio de la exposición en Nueva York para cuya hoja de sala Breton escribió: "Su pintura es un moño que envuelve una bomba" —frase plagiada de Tristan Tzara para definir los espectáculos Da-dá y su estancia en París—. Frida jamás contestó la amenaza de Trotsky: "Si Diego rompe con el trotskismo, será el final… de Diego".

Breton sólo abrió los ojos en la cocina de la Casa Azul. Olió la comida que siempre estaba preparándose en hornos de leña, miró los rostros de alarma de sus anfitriones y, detrás de ellos, el techo ahumado con brochazos de cochambre de manteca, tabaco y mariguana. Se llevó una mano al pecho para sentir su pluma fuente con su tinta color verdoso. Se alisó el cabello y quiso incorporarse. Algunas manos lo empujaron de nuevo a la horizontal.

—No te levantes —musitó Diego.

Los dos habían hecho una complicidad ante la mirada terca de Trotsky. "Tuvimos coincidencias en el espíritu creativo, que Lev jamás podría tener porque no comparte nuestras intuiciones".

TROTSKY: Posees el sentido innato de la poesía, secreto que Europa busca con desesperación. Pensar que te vi acariciar un ídolo tarasco o sonreír con esa incomparable sonrisa mortuoria que tienes ante el despliegue opulento de un mercado en la calle. Está claro que tú estás ligado, mediante cientos de raíces, a los recursos espirituales de tu tierra que, para mí y para ti, es la más entrañable del mundo.

DIEGO: Pus, gracias, maestro. ¿Qué se toma?

El encuentro con Diego incluso provocó que Breton le propusiera a Trotsky que el manifiesto internacional de los artistas anti-Stalin fuera firmado por los tres. El comandante ruso se negó y volvió a acusar a Breton de estar jugando al prestigio de la persecución política sin comprometer su nombre y fama internacional en la causa contra la burocracia soviética. Avergonzado, Breton retiró su propuesta pero, ya en la madrugada, se rio con Diego de los arranques del "viejo charal", el pescado soluble.

Breton volvió a cerrar los ojos, mareado. Se visualizó más de diez años antes cuando se amarró dos revólveres a la cabeza, uno apuntado a cada sien. Cómo solían decir él y Louis Aragon que representarían una obra de teatro algún día con cuatro actos: el primero sería del olvido, el segundo de la pasión, el tercero del grito y en el último echarían a la suerte cuál de los dos se suicidaría delante del auditorio.

BRETON: ¿Crees en el Cielo?

TZARA: El cristianismo es un comercial para vender el Cielo.

BRETON: ¿Qué piensas del inconsciente?

TZARA: El pensamiento se fabrica en la boca.

Recordó, después, a un paciente que tuvo en el psiquiátrico Saint-Dizier. Había estado refundido en una trinchera contra los alemanes en 1914. Durante todo 1914. El enfermo estaba seguro de que él había dirigido cada bomba con la mente o con su propio dedo índice. Que la guerra era un espectáculo creado para su propia diversión.

BRETON: ¿Y los muertos?

PACIENTE: Los cadáveres eran de dos tipos: los muñecos de cera o los disecados.

BRETON: ¿Y las heridas?

PACIENTE: Maquillaje.

Volvió a las formas chinescas de la linterna mágica de su infancia. Al Indio Costal, el México que él, Artaud, Éluard y Desnos habían conocido en un libro que se convirtió en lectura infantil. El vértigo del grabado en medio de las páginas de Gabriel Ferry en el que se mostraba a una mujer con cabellos como serpientes, "La Sirena de los Cabellos Torcidos", que no era sino un dolor azteca, el de la "hambre-tierra", la Coatlicue. Pero a él, de niño, mientras su abuelo le leía, no le decían mucho ni los insurgentes mexicanos, Morelos con su paliacate en la cabeza para aminorar los dolores, ni Hermenegildo Galeana cargando su caballería contra los españoles. A él, como a Artaud, le hipnotizó la sirena, una tal Matlacuezc, que emergía del lago de Santa María Ostula, en Michoacán. El Indio Costal de la historia hablaba del "tona", el animal que acompaña tus destinos y que sale de dibujar con una rama en el polvo siluetas de distintas bestias y, justo en el momento de tu primer grito, una de ellas te escoge. A él, Diego le había asignado el oso hormiguero, aunque Artaud, regresado del México empeyotado de los tarahumaras, le dijo que era el águila. Luego, enojado, se la cambió por una chinche. Pero era la mujer emergiendo de la laguna, vestida de blanco, en la novela de aventuras de Ferry, la imagen que veía mientras trataba de dominar su propio desmayo en la cocina de la Casa Azul de Frida y Diego. Las sienes cristalizadas. Recordó la descripción que le leían hasta que la aprendió en esa memoria de la nuca que es la infancia:

"Su consorte, Tlaloc, tiene serpientes que se retuercen en su cabellera, su ojo es el del jaguar y su voz ruge como un toro. Ella está vestida de blanco, tan pura como la flor de la Trompeta de Ángel. Cuando sus cabellos no están torcidos sobre su cabeza, flotan sobre su manto como el velo de una señora de sociedad. Sus ojos son más brillantes que las estrellas y su voz es más dulce que la del pájaro burlón cuando imita el canto del ruiseñor; y sin embargo, es imposible de sostenerle la mirada."

Matlacuezc, Medusa, la mujer de Lot, sin nombre, las sirenas de Ulises, todas eran ese grabado de una mujer emergiendo del agua. Las palabras que pulsan los resortes del instinto: un cuerpo desnudo que se retuerce bajo el agua en una pecera, como Jacqueline Lamba en el cabaret. La Sirena de los Cabellos Torcidos que te encamina a cuevas donde se esconde el oro y a profundidades marinas en las que abundan las perlas negras. De niños, él y Artaud se imaginaban esos lugares, protegidos por jaguares y tiburones. Y entonces venía el Indio Costal, Manuel, el zapoteco, cuya profesión era exterminar a las fieras que resguardan esas riquezas —además, por supuesto de ayudar a independizar México de la Corona española—: "tigrero", "tiburonero", y al que se le llamaba "dragón", durante la novela. La confusión era extrema entre lo que después Breton supo que era el cuerpo de élite que protegía la Nueva España y el monstruo. Artaud nunca lo supo y llegó a México, dos años antes que Breton, preguntando por cuevas, espadas mágicas —recibió de un cubano una daga de Toledo que usó como amuleto— y mujeres que salían del mar. De hecho, cuenta en su primera carta, todavía en el barco, que soñó con una mujer por la que tuvo "un vago sentimiento cuando tenía 18 años pero que se me presentó viuda y ofreciéndoseme". En el sueño de Artaud, un niño se pone en el trayecto entre él y la mujer, "en el momento de efectuar la cosa" y, para mayor angustia, el marido de ella, "sale de las sombras para separarnos".

El viaje de Artaud a México son los 35 días en la sierra rarámuri, en pueblos de nombres que no podría recordar ni el Indio Costal: Sisoguíchic, Cusárare, Norogáchic. Buscando la novela de Ferry la encuentra: el sacrificio de un buey en la plaza de San Andrés del Río, en el "lugar del llanto". Pero su profecía no se cumple: los indios no se echan a reír a carcajadas después de matar al toro. Lo padecen, se asustan, sonríen cuando se salvan de las cornadas pero, al final, asisten a su muerte cubiertos de luto humano. La imagen de este actor y poeta loco caminando por los pueblos de la sierra, con el poco español que aprendió en siete meses de vida citadina, al lado de un intérprete mestizo, bajándose de mulas como —dice la novela— lo hacía Morelos en la Toma de Acapulco, esa imagen alucinaba a Breton. Después de un primer distanciamiento por la extinción de la Central Surrealista en la que el actor emprendió proyectos y puso compulsivamente los papeles en orden, y el poeta-líder sintió que ya no le consultaba sobre esos mismos proyectos, sus ideas se bifurcaron. Artaud buscaba en México un nervio espiritual para reencontrar el velo perdido de la poesía. Documentado en la astrología maya y las deidades mesoamericanas, Artaud seguía teniendo al Indio Costal como un diorama sobre el que fotografiar lo que de México esperaba: una fuente primigenia en la que palabra e instinto estuvieran todavía atadas. La iría a buscar con los indios tarahumaras porque, como actor, necesitaba el espacio y su propio cuerpo para experimentarla, asirse de ella, y captar una memoria sensible de esa experiencia. No Breton. Para él, México servía para encontrar lo oscurecido. Su interés no es por "lo mexicano", sino por las ramas de lo no-occidental. Él necesita imágenes, objetos, palabras. No va en pos de una experiencia corporal. No le maravillan los chamanes, ni la brujería, ni las historias de fantasmas. Le interesa, por ejemplo, el tipo en Guadalajara que está dispuesto a venderle su colección de arte popular pero no por dinero.

—Sólo me puede pagar en billetes de la lotería.

—Pero si eso no es dinero, es papel. ¿Le podemos pagar con cualquier papel? —bromea Diego Rivera.

—Claro que es dinero. Es dinero que va a ser —responde el vendedor de máscaras.

Artaud irá, también, en busca de una cura definitiva para sus padecimientos psiquiátricos que apenas adormece el opio. Eso que describe como "las sienes convirtiéndose en mármoles" y el dolor de cabeza "como patadas de caballos", eso que es la sensación de la realidad esfumándose, debe terminarse si lograra unificarse, dejar de ser pedacería. Los fragmentos lo irritan. "La sensación de estar vidriado, frágil y el miedo". La Ciudad de México le magnifica su angustia de romperse y no poder encontrarse de vuelta:

México es una ciudad de temblor de tierra que no ha terminado de desarrollarse y que se ha petrificado en su lugar. Y esto en el sentido físico del término. Las fachadas se enfilan y forman montañas rusas, toboganes. El terreno de la ciudad parece minado, agujerado por bombas. No hay casa que se esté en pie, un solo campanario. La ciudad contiene cincuenta Torres de Pisa. Y las gentes tiemblan como su ciudad: parece que están en pedazos también ellos, sus sentimientos, sus citas, sus asuntos. Todo es un enorme rompecabezas del que a veces se sorprende uno que puedan recomponerlo, que se pueda con el tiempo llegar a reconstruir su unidad.

En una sola cosa coincidirán Artaud y Breton: el azar en México está a flor de piel. El poeta comerá en la fiesta "del canto del búho" el ser "ciguri" y el principio alquímico del mundo, "peyote". Del cuento *El indio Costal*, Breton se quedará con los grabados. Artaud trata de indagar qué hay detrás de una de las historias que narra. Los personajes miran una montaña rodeada de nubes cuya cúspide se esconde entre brumas. El indio zapoteco cuenta cuál es la razón que oculta. En lo alto de esa montaña —que, en realidad, es una pirámide— se practicaron una noche tantos sacrificios humanos que "la sangre corrió hasta la laguna como si fueran ríos de lluvia fresca". Uno de los condenados, a los que un sacerdote extrae el corazón, se niega a morir: le arrebata su núcleo todavía palpitante al religioso pero se le resbala. Cae en la laguna. Ese indio vadea por las aguas de Santa María Ostula tratando de encontrar el corazón que lo haga, por fin, morir. Avergonzados, los sacerdotes se retiraron del santuario y las nubes tapan el sitio donde la historia ocurrió. Ese corazón es el que Artaud ve en la médula del peyote. Lo come. Lo escupe y vomita. Vaga por la sierra durante cuatro días y, de pronto, se convierte, para los mexicanos, en "un francés al que le urge volver cuanto antes a París". Y regresará para irse a Irlanda y padecer la cárcel y, hasta su muerte, las entradas en el psiquiátrico.

Antes, dejan a un lado las disputas y los dos hablan sobre México.

BRETON: Voy a encontrame con Trotsky y le preguntaré qué piensa de nuestra revolución de la vida.

ARTAUD: La revolución es lo contrario a la vida. Es una fantasía inventada por Marx.

BRETON: La vida como arte *es* la revolución, Antonin.

ARTAUD: En México la revolución ni siquiera alcanzó a rozar el meollo de su vida espiritual. Está ahí, en las danzas rituales, del maíz, las serpientes, la música que no es para entretener sino que te cura.

Se separaron con la promesa de que Breton conociera a los indios. No estaban en su radar, como no lo estaban ni los fantasmas ni la brujería. Él buscaba la belleza como el azaroso encuentro de una mesa de disección y un paraguas, como escribió Lautrémont. Lo halló en los objetos, en el peculiar estado de ánimo del cardenismo, mezcla de pasión e indolencia, en las no-lógicas de ciertas actitudes mexicanas, en el desparpajo de Diego Rivera y los rictus de Frida en los que se confundían el dolor, el aguante y el desdén.

Acostado en la cocina de Coyoacán, Breton pensó por un instante en el desenlace de ambos viajes. Para él, la imagen eran tres maletas llenas de máscaras, exvotos, piezas prehispánicas de arcilla, algunas flores prensadas entre las hojas de libros, un bastón de una danza en Pátzcuaro, una olla de cobre, juguetes de madera en los que boxeaban un ángel y un demonio. Sintió una respiración agitada sobre la parte de su quijada que tendía levemente a la izquierda. Entreabrió un ojo apenas para distinguir el rostro angulado, tosco, de Lamba.

—La Sirena —murmuró.

—¡Lotería! —gritó Diego y aplaudió una sola vez, aliviado.

Breton entreabre los ojos y el sol parece que tiene una mirada, pero una mirada hacia sí mismo. Y el aire es todo como una melodía de ramificaciones gélidas. Y todo construido con columnas débiles que unen su vientre con la mirada ensimismada del sol. La arquitectura es aguada. Las esquirlas de una uña mágica bajan de las ventanas y se crispan en la leña encendida, lejos del pájaro. Alrededor de la montaña el aire es sonoro, compasivo, antiguo y prohibido. La montaña se guarda en un casillero y ese casillero es el alma, el abanico del vientre, lejos del pájaro.

Murmura al cerrar los párpados de nuevo:

—Caigo del cielo.

Siente la mano nerviosa de su esposa sobre la mejilla. Nota cómo se lleva un poco de su sudor. Y la toma de la muñeca, la arrebata. Vuelve a abrir los ojos y la mira con fijeza. Sutilmente ella hace por liberarse y lo consigue. Breton está débil. Es el desmayo pero también el rechazo. Breton nunca tiene a nadie ni nadie lo tiene; quiere pertenecer a un grupo a tal grado que ha formado muchos en su vida, en torno a la poesía, la pintura o la militancia, pero siempre se siente rechazado, con todos dispuestos a traicionarlo, a abandonarlo. Por eso él tiene esa distancia con todo y es el primero en detectar la traición en ciernes para ser él quien abandone, cancele, se separe. No lo esperaba ahora.

Ella sabe que se ha desmayado por lo que sus ojos vieron ese mediodía del 30 de julio de 1938 en esa cocina. Mientras él tenía su pequeño intercambio con el viejo Trotsky —un manuscrito por un cuadro—, ella fue a despedirse de Frida. La culpa fue del ruso: su abrazo fue demasiado corto y su ánimo no fue para charlar en francés con el surrealista.

—El manifiesto —fue lo único que le importó—. Es importante que lo respalden tus amigos artistas.

—Nos escribimos —fue todo lo que pudo responder Breton.

Así que entró antes de lo calculado a la cocina. Lo que vio fue un beso apasionado: Frida sometiendo a su esposa sobre el desayunador, metiéndole la lengua chasqueante, Lamba con los ojos en blanco, las manos recorriéndose la tela de los bordados. Conforme fueron pasando las semanas del viaje a México, Breton especuló en que, quizá, el viejo ruso le habría alcanzado una rodilla debajo de la mesa, que Diego, enseñándole algún boceto, le había palpado las nalgas y quizá subido la falda. Se olió, incluso, que Jean, el secretario, estaba un poco enamorado de ella. Pero jamás pensó en Frida. No es que la infidelidad le asustara, habida cuenta de los triángulos, imaginarios o no, entre Simone, Liza, él y Max Morise; y por supuesto no le espantaba la bisexualidad femenina. Lo que le amedrentó fue la sorpresa. Su mente recorrió ciertas memorias que sólo ahora cobraban sentido: Lamba y Frida alejándose por un pasillo en Pátzcuaro entre risitas; Frida y Lamba entre una nube de mariguana tomando una ducha; el comentario de Frida cuando él mismo le mostró los desnudos de su esposa debajo del agua:

—Yo podría bañarme sólo para volver a coger y coger sólo para volver a bañarme.

Apoyó una mano en la celosía de la cocina, se levantó y acomodó el cabello caído sobre la frente encarando a sus amigos. Todavía mareado, olió los vapores enchilados, respiró la manteca friéndose, cargando parte del peso de su cuerpo en el bastón. Sonrió como pudo. Al salir de la casa, Jacqueline Lamba le pasó un brazo por la cintura. Breton dudó unos segundos pero, al final, la abrazó de vuelta.

Antes de pararme del piso frío de esta cocina tengo una última y vaga memoria de algo que leí o me contaron sobre los últimos días del poeta de la auto-hipnosis, el pasmo voluntario y la palabra automática, Robert Desnos. Los nazis lo apresan el 22 de febrero de 1944 y lo llevan a Auschwitz. En las barracas, por las noches, a la luz de un pedacito de vela, Desnos entra en trance y les lee la suerte a los prisioneros.

—Morirás lejos, en compañía de tus mujeres —les dice.

—Saldremos y nos emborracharemos todos en una playa.

—El custodio morirá en las garras de un cuervo.

Cuando los forman en las filas para llevarlos a las cámaras de gas, algunos prisioneros miran con desilusión y, acaso con cierto despecho, en dirección a Desnos. Él no tiene nada que decir. Hasta ahí llega el poder del artista.

II

Nadie sabe de dónde viene. No importa que te enseñen fotos o filmaciones del momento de nacer.

—Ése eres tú —te dicen.

No eres. Sí eres. No tienes forma de saberlo porque la imagen de un bebé no tiene facciones definidas. El rostro se te va haciendo con sus miedos y derrotas. A esa edad todavía no se te acumulan debajo de los ojos, encima de las cejas, sobre el labio superior, abajo de la barbilla, junto a las comisuras. Ése sí eres. No hay forma de negar la duración de la propia existencia: a falta de espacio en los departamentos en los que viví, lo que siempre se desplegó dentro de ellos fue el tiempo. Todo se me quedó en la cara.

Mi madre guardaba la foto de un infante que alternaba para decir que era mi hermana o yo. Ese retrato debe seguir en la maleta. Quién sabe quién es. Puede ser cualquiera, el que tenga la suficiente fe. No la tengo. De niño soy como a los cinco o seis, no antes. Una sombra agachada al fondo de un pasillo. Correr alrededor de una mesa antes de desmayarme. Despertar y que eso pareciera mi propio funeral. La madre con cara de angustia, las tías llorando. Quedarme viendo por una ventana de la sala un estacionamiento con manchas de aceite de coches y el zumbido del silencio. El primer día de escuela ante la evidencia de que mi madre me abandonaba con unos extraños. Esa congoja del pecho hacia la garganta. Lo único que te queda es la memoria pero nunca llega muy lejos. Muchos de los que parecen recuerdos en realidad son cosas que te contaron tus padres hasta que creíste que las habías vivido. Hasta ahí, también, llegan las ficciones. No tienen límite porque se confunden con imágenes. No se puede confiar en ellas. Sólo en los olores.

Ahora, sentado en la esquina de lo que fue la última sala de mi madre, me acuerdo del olor a quemado. Son dos distintos. Uno es el de casa de mi abuelo paterno, don Manuel, no en Ostula, pero también en Michoacán, cerca de Panindícuaro. Los nombres de los pueblos alrededor me evocan a donde se iba por pan, refrescos, harina de maíz pero, sobre todo, por alcohol: La Vinata, Botello, Zacapu, en purépecha, "piedra preciosa", es decir, pulque. No hay mucho más en los bordes del país mestizo: danzas, vasijas y borracheras. A mi abuelo lo conocí ya de muy viejo, caminando como si aplastara uvas en una vendimia, y moviendo la boca como si siempre tuviera algo que mordisquear. Sus ojos ya eran dos neblinas verdosas. Usaba una escopeta como bastón, aunque tenía, al lado de la puerta, una tranca labrada que le habían regalado los indios. En su pequeño paraje boscoso y con un riachuelo lleno de basura, mi abuelo era un personaje prestigiado. Contaba:

—Conocí a Lázaro Cárdenas y, ¿saben cómo me decía? Mi chaparrito de oro. Así, porque yo le organicé el cableado de la luz en toda esta zona.

El problema con su historia no era que carecía de detalles o de importancia, sino que se repetía seis o siete veces en la misma comida. Así. De niño, me parecía casi tan raro como que se limpiara la boca con un pan o que sus pantalones, afianzados con tirantes, estuvieran eternamente salpicados de aceite o salsa. De cerca, el "chaparrito de oro" olía a leña rancia, a la que se ha quemado más allá del tizón y que sigue prendiendo sólo para ahumar. Era cardenista porque el presidente le había regalado la casa perdida en el bosque donde vivía: Agua Tiznada. Era el cardenismo, una época en la que todavía los servicios a la Patria se pagaban con terrenos, nunca con dinero —del que mi abuelo tenía desconfianza:

—¿Éste qué? —decía tomando un billete—. ¿Es carrancista o zapatista?

Tampoco había mucha diferencia entre lo que consideraba coleccionable: al lado de los libros, lo mismo guardaba idolitos purépechas —que encontró cuando puso los cimientos de la casa—, que cascos retornables de cerveza pringados de una especie de miel con polvo. A mí me daba terror entrar a esa habitación donde, sobre una mesa, estaba empotrada una sierra para cortar madera, canastas vacías en las que se reproducían arañas —las lagartijas simplemente estiraban la lengua— y un nido de avispas.

—Si no las molestas, no te pican —me decía de niño—. A tu papá lo alivié de la fiebre reumática un día que le aventé el nido en la espalda. El susto cura.

Mi padre sonreía con un escalofrío todavía vivo.

Como lo hacía con las historias de caza.

—Yo le enseñé a tu papá la primera regla: lo que matas, te lo tienes que comer. Y la segunda: lo que comas, lo compartes.

Lo de menos era el nombre del animal que a mí no me decía nada —tejón, zarigüeya, lombato, curiácuri— sino la imagen de mi padre, un niño de pantalón corto y calcetines blancos, en medio de la negrura aguantando las lágrimas. Ahí está porque lo ha dejado su propio padre buscando "un animal" que hirió pero no acabó de matar. Tiene frío —le castañean las mandíbulas—, pisa los lodos de la ribera sin ver nada, sólo escuchando, a lo lejos, la agonía de la bestia con una bala adentro. Se lleva la mano a la cara, embarrándose de lodo, sin saber qué hacer: si volver sin la presa —lo que implica un castigo— o internarse sin fin en medio de la noche. Tras horas tiritando sin más cobija que sus propias manos heladas en el hierro de la escopeta, arrástrandola, decide regresar cuando ya no escucha los ruidos de la aflicción mortal de su víctima. En el camino, tras bajar la cuesta del bosque, encuentra a un perro amarillo. Como todo can de pueblo, lo primero es que deje de enseñarle los dientes y convencerlo de que no ataque. Pero es ahí que mi padre, un niño de ocho años, decide hacer lo único para lo que realmente sirve: engañar. Apunta la escopeta y le da al perro en una pata trasera —la izquierda o la derecha, según los varios relatos de mi padre— y lo lleva cargando en tandas de resuello hasta la casa de Agua Tiznada, la escopeta colgando, arrastrada por el sendero.

Al llegar, exhibe la presa ante mi abuelo, don Manuel, quien se lleva la mano al revólver y se lo da a mi padre para que remate. Lo hace pegando el cañón a la cabeza del perro, justo arriba de los ojos donde empieza la pendiente de las caricias. Con un chillido áspero queda desfigurado.

—Lo vas a tener que comer —advierte el abuelo que ya preparaba el castigo ejemplar, es decir, el clóset atrancado con el niño adentro toda la noche.

—Y lo voy a compartir —contesta mi padre en esta historia.

Luego, hacen una fogata, ensartan el cadáver con una pata rasurada en una estaca. Lo cocinan en silencio, sabiendo que tendrán, los dos, que cumplir con las reglas de la caza. La pata enjuta, de perro amarillo, parece que se ha cocinado. De nuevo, el abuelo se lleva la mano al cinto. Esta vez saca una navaja con cuchillo de sierra.

—Haz el honor —le ordena a mi padre-niño.

Corta el pedazo más exiguo que puede.

—Después de usted, padre —se lo extiende traspasado en la punta.

—Es —recordaba mi padre cuando lo contaba, más veces de las que uno puede tolerar— como comer a lo que huele la basura descompuesta, una peste dulzona, como de papaya podrida, como de cáscara de melón con hongos. Y un poco a mariscos.

Ninguno de los dos hombres hizo gestos. Era una regla no escrita de la caza: no rechazar lo que tú mismo habías decidido que debía morir. Uno y otro no están dispuestos a ceder en su hombría para escupir o vomitar. Mastican, mastican, mastican. Mi padre aguanta las arcadas. Mi abuelo quizá también, aunque más habituado a los sabores de lo que corre por esos bosques purépechas.

—Nos terminamos aquella pierna —relata mi padre—. No volvimos a comer en los siguientes tres o cuatro días. Y jamás, nunca más, de caza juntos.

Cuando recuerdo el olor a quemado de mi abuelo no puedo pensar sino en esa historia de mi padre: es el humo del perro sacrificado lo que envuelve su ropa, los tirantes, las manos salpicadas con flores de panteón, los lentes bifocales que siempre dan la impresión de que están rotos.

Unos días más tarde la cercanía de un extraño llegando a Agua Tiznada hizo ladrar al perro local y gruñir al semental de la porqueriza. Don Panchito, el que ayudaba en las labranzas con un perpetuo tumor en el cuello, junto a la manzana de Adán —"el doble pecador", le decía mi abuelo— trajo la noticia.

—Es el señor Rincón, de Villa Jiménez. Que si no hemos visto a su perro.

Probablemente seguía ensartando en un palo y cubierto de moscas panteoneras, que escupen una baba que disuelve los cadáveres.

—Que pase —fue el inicio de una borrachera con pulque, tequila, aguardiente, cervezas. Lo que se dejara servir en un vaso de plástico verde traslúcido.

Se armó un póquer errático, de cartas que no se pueden organizar, de manos que se caen a la mesa, de discusiones de si algo es o no una corrida. Mi padre, a sus ocho años, sabía jugar pero ganó una sola mano. Fue suficiente para que mi abuelo le dijera, casi sin desearlo, sin voltearlo a ver, con los anteojos bifocales chuecos:

—Al fin que no eres mi hijo.

Ofendido, mi padre se retiró a tirar piedritas en el río que ya sólo era el escurrir de aguas en medio de la oscuridad. Pero nunca lo olvidó. Si él no era hijo de su padre, ¿entonces de quién? Recordó las bromas de mi abuelo:

—Te encontramos en el río y tu mamá quiso que te quedaras.

—Eres el recogido. Venías en una caja de zapatos.

—Esa nariz que tienes no se parece a la de la familia.

Por lo que sé, que es poco, las frases le dieron vuelta en la cabeza durante años. No es que mi abuelo lo dijera con claridad pero existían dudas sobre el origen de mi padre. Quizá una infidelidad de la abuela —que murió cuando mi padre tenía siete años, por lo que no estaba por ahí como para preguntarle— o la simple extrañeza de la pertenencia. La paternidad es un dicho, tan dependiente de la fe como: "Éste es tu hijo". ¿Quién lo puede asegurar? Y, en todo caso, ¿qué es ser el padre de alguien? La madre es palmaria: lleva al crío durante los meses necesarios, lo alimenta, lo sabe. El padre no. El padre es una creencia. El padre es una incredulidad.

—Esta nariz —vi alguna vez a mi padre murmurando ante el espejo con unas tijeras en la mano.

Supongo que ése es el lecho sobre el que se fraguó una tarde especial. Era un domingo cansino, como todos, y tocan a la puerta. La idea de que alguien entre al departamento no es parte de lo permitido por mi madre. Cuando tocan, se apaga la televisión, se pide silencio y se otea por la mirilla de la puerta. Lo que mi madre ve, como en el reflejo de una esfera de Navidad, es a un tipo rubio, con los ojos claros y la barba sin rasurar de tres días. Trae una caja bajo el brazo con un moño. Es un regalo. Hay dedos índices estrictamente cerrando labios, susurros, vuelven a tocar. Mi padre se asoma y explica:

—Es el primo Isauro.

Claramente mi madre quiere huir a algún lugar seguro —se ruboriza, se le tensa la quijada— pero opta, como siempre, por correr a recoger los vasos de la mesa, alinear las cortinas, alisarse el vestido, tratar de esconder los pies debajo del taburete del sillón.

Pregunto quién es. Al aire y sin que alguien quiera responderme. Mi hermana está, como siempre, fugada en su recámara. Pero parece que es autoexplicativo: un primo güero de mi papá. Se sienta y percibe el nerviosismo de mi madre que es capaz de emanar la intensidad de su angustia a otro continente. Es una ansiedad contagiosa, como si algo indefinido estuviera del todo mal y flotara como una presencia oscura sobre los demás. Ruborizada, con los dedos engarrotados y una sonrisa tensa, mi madre le pregunta si quiere algo de tomar. El primo pide un refresco pero están prohibidos por mi madre. Opta por un café, pero no tenemos cafetera. Finalmente pide un vaso con agua pero está caliente, porque se hierve de veinte a treinta minutos diariamente, y hoy es domingo y la acabamos de apagar y no sabíamos que vendrías y qué pena pero, si quieres, que vaya mi hijo por tu refresco a la tienda, aunque a esta hora ya también tiene prohibido andar en la calle, los robachicos están desatados. Un té es la alternativa que queda pero sólo hay de manzanilla porque desinfecta y desinflama. Mi padre parece, también, desconcertado.

—Como veinte años que no nos vemos.

—Más —dice Isauro y es del tipo que acumula saliva en las comisuras de los labios. Mi madre, lo sé, ya no tiene más atención que el instante en que vea volar una gota hacia el cristal de la mesa de la sala, la alfombra, la pantalla del televisor; hacer una nota mental de dónde cayó para, más tarde, enguantada, limpiar, recoger, tallar, enjuagar, secar lo ajeno, lo foráneo, el rumbo. Pienso que mi papel es aminorar la tensión y me siento en un extremo del sillón. Mi madre me dirige una mirada de "vete" y no tengo sino una opción, como el té de manzanilla: la recámara de mis padres. No es que esté prohibido entrar a ella, pero hay un sobreentendido de que, si lo hago, no puedo rozar nada. Se entiende que tendría que entrar, cerrar la puerta de la habitación y quedarme parado, quizá viendo por la ventana. Si muevo algo, si se arruga un poco el cobertor porque tuve que sentarme en la cama, si un alhajero es movido un centímetro o un cajón está abierto aunque sea en el escaso espacio de una rendija, se notará y tendré la molestia de mi madre, quien no dirá nada pero pasará el resto de la noche y hasta la madrugada ordenando, limpiando, puliendo el improbable estropicio. Así que me acomodo en el sillón. Hay un breve silencio entre suspiros.

La historia que cuenta el primo Isauro comienza con un:

—Nuestro padre ha muerto.

Es una madrugada de noviembre de 1988 en el rancho AguaTiznada. Lo que normalmente sería una negrura con ronquidos de cerdos tumbados en el chiquero, el resuello ocasional del caballo y el sonido de los grillos, cigarras y las mariposas de noche estrellándose contra la luz de afuera, se ilumina con los faros de una camioneta *pick-up* y un estéreo en el que retumba una polka. Es —dice el primo Isauro— uno de los vecinos de Villa Jiménez —no sé si el mismo del perro, pero no lo creo, porque tendría como 120 años—, que viene a celebrar el triunfo del estallido de una huelga en la siderúrgica Lázaro Cárdenas.

En los tablones roídos de la entrada de la casa, desembarca con botellas, que pone en el lavadero de afuera, junto al calentador de leña, y una baraja nueva. Después de tocar la tela de acero del cubrepuertas, el vecino, cuyo nombre se le escapa al primo Isauro, se mete a la casa de mi abuelo, mueve un sillón de la sala, y se sienta a esperar. Mi abuelo baja en esa pijama que nunca lava, lodosa, orinada, coluda, tentaleando con el pie derecho cada escalón que cruje. Ya está ciego. Pregunta "quién anda" con una voz suave, aunque en la espalda carga una de sus escopetas. Resulta que es el vecino que viene entequilado y con ganas de apostar.

Los dos conocidos comentan la huelga en la acerera encabezada por "los cardenistas". Son los seguidores del hijo del General, pero mi abuelo, siempre confuso, dice:

—¿Sabes cómo me decía Lázaro Cárdenas? Mi chaparrito de oro. Yo ayudé a electrificar toda esta región.

Tiene décadas viviendo solo, escuchando el box en la televisión, instruyendo a caporales que van a cuidar su huerto de aguacate y acaban robándole. Y quedándose, poco a poco, entre neblinas. Tiene una rodilla que resortea porque se la fracturó y nunca soldó derecha, y se la soba mientras se relame al oír el chasquido del alcohol sobre el vidrio y oler el destilado que hace mucho no prueba porque no ha tenido a quién mandar a Botello, La Vinata, Pandindícuaro.

El juego comienza con dos manos ganadoras de mi abuelo pero eso es sólo lo que el vecino le hace creer: una escalera real y un *full*. Mi abuelo no ve, pero está convencido de que puede saber el valor de las cartas con los dedos, a pesar de que se trata de una baraja nueva. El vecino acaso notó la ceguera de su contrincante desde que bajó la escalera a tientas o cuando le prendió un puro al que tuvo que perseguir con el cerillo. El abuelo no se lo dirá porque, para él, nada ha cambiado desde que Lázaro Cárdenas gobernaba el país. No ha envejecido, no está ciego, no es una hilacha al garete de la fortuna. Se sirven más tequilas y el vecino pasa a la ofensiva, a veces, igualando y otras subiendo la apuesta. Sin inmutarse, el abuelo aguanta las derrotas, jugando a que podrá recuperarse en la mano que sigue. Por supuesto que sabe que está en manos del vecino de Villa Jiménez. Pero todo es ya una escenografía para no diezmarse ante sí mismo. Entiende que va a perder pero quiere conocer la forma. Los tequilas le ayudan a mantener el estómago firme y la certidumbre de que el mundo no se ha movido y que, si lo hiciera, él sería el mismo para siempre. El tercer trago lo convence, en segundos, de jugar otro juego. Es entonces que apuesta su casa.

El primo Isauro opina que el vecino debió suspender el juego, tapar la botella y clausurar esa noche de juerga. Quizá el abuelo, envalentonado por el alcohol, lo retó a quedarse, vociferando que no era un verdadero amigo, hombre o camarada. Los que estamos familiarizados con las grandes ciudades podríamos pensar que todo esto no es más que una treta del vecino que, conociendo la ceguera de mi abuelo, llegó con toda la intención de despojarlo. Pero en el campo las cosas suceden de distinta forma y acaso nada estuvo fraguado, pero se desató conforme la noche se puso ebria, los egos se pusieron machos, las secuelas se debilitaron.

La baraja se mezcló —el sonido de las esquinas abofetándose—, se partió, se repartió. Cambio dos, cambio tres; las indicaciones mínimas de si el contrincante tiene o no una buena mano.

—Esta casa —pronuncia mi abuelo con el furor del desenlace.

—La mía —iguala el vecino.

—¿Sabes cómo me decía Lázaro Cárdenas?

—¿Chaparrito de oro?

—Tengo la escrituras de esta casa aquí pero, ¿y las tuyas?

—Mi palabra vale —dijo el vecino.

Parece, según el primo Isauro, que el vecino de Villa Jiménez se montó en su camioneta con los primeros trinos que anteceden el amanecer. No se sabe si iba con la convicción briaga de ir por sus escrituras o si, convencido de que estaba a punto de cometer un robo, se arrepintió antes de mostrar sus cartas. Lo único seguro es que despertó por la tarde en la sala de su propia casa con la vaga sensación de que había jugado y apostado a decenas de kilómetros de ahí.

Por lo que hace al abuelo, los sucesos posteriores a la partida —en su doble sentido de marcharse y jugar— son brumosos. Pudo ser un descuido o completamente intencional. El hecho es que, cuando el vecino de Villa Jiménez se enteró de lo ocurrido, sólo dijo:

—Pobre viejo.

Lo mismo dijo mi padre cuando Isauro llegó al desenlace de su historia:

—La casa se incendió y nuestro padre murió adentro.

Pudo ser que el abuelo, viendo el riesgo de quedarse sin lo único que tenía, tomó una garrafa de gasolina del cuarto de la sierra y las avispas, y la roció sobre las maderas crujientes de la casa. También pudo suceder que se quedara dormido con el puro encendido y éste quemara, poco a poco, el sillón de la sala, la duela bajo él y, eventualmente, todo a su alcance.

—Era lo único que tenía: la casa que le había regalado Lázaro Cárdenas —murmuró el primo Isauro con los dedos de ambas manos entrelazados.

—Su herencia se quemó —murmuró mi madre desde el comedor donde permanecía parada, expulsada de su propia sala, expectante ante la llegada del desconocido, todavía ruborizada.

Y es que el vínculo con el primo, no era tan obvio, como nada lo es en tierras purépechas o, para el caso, en las familias.

—¿Cómo te enteraste? —preguntó mi padre tiritando un poco en su íntimo descampado.

—Vivo en Botello. Yo sí me quedé.

—¿Lo veías seguido?

—No seguido, pero sí le daba sus vueltas: el día de su cumpleaños y los primeros días de cada enero.

—Es que el primo Isauro era como un hijo para mi padre. Un hermano mío —explicó mi padre con torpeza—. Cuando llegó lo recibimos así y eso nunca cambió.

—Más o menos —dijo Isauro—. Podríamos decir que fue al revés. Pero a estas alturas ya qué importa quiénes sí éramos sangre y quiénes no.

Mi padre abrió los ojos con un pasmo que lo recorrió de la nuca hasta la espalda y bajó por ambos brazos. Lo que yo sabía es que eran como trece hermanos y, si hacías la cuenta, entre que los abuelos se juntaron y la muerte temprana de mi abuela, no alcanzaban a ser paridos más que en camadas.

—Sacaron las cenizas entre unos caporales de Agua Tiznada y ayudaron otros dos de al lado. La semana pasada, el jueves, enterramos pedazos con la ropa pegada a la piel.

Mi madre cerró la puerta de la cocina y encendió la radio.

—Pobre viejo —fue lo que dijo mi padre sobre el suyo.

—Te traje esto —extendió el primo Isauro la caja de regalo.

Mi padre extrajo la pieza para llevársela delante de los ojos. Extendí la mano, interesado, pero la volvió a guardar y la tapó.

Nunca volvimos a hablar de la muerte ni de la vida de mi abuelo ni de quién era realmente hijo de quién. En las familias, hablar puede ser una competencia para:

a) Saber quién tiene la razón —los demás tendrán sólo la culpa.

b) El honor de ser más respetado o querido que los otros.

c) Decidir quién tiene el poder de hacer el mayor daño.

En mi familia simplemente no se hablaba. Las dudas, las nebulosas de lo real y sus inferencias, iban quedando como fierros viejos en una estación de trenes. Los mirabas todos los días hasta que sólo eran evidencia de que, en algún pasado, habían pertenecido al tránsito diario de los ferrocarriles. Nunca supe qué le ocurría a mi padre cuando dejé la cocina, donde se esparcían las fotografías de bodas y niños, y entré a la sala.

Él se veía los pies y parecía estar saltando, con un pie encogido y, luego, con los dos, un dibujo de "avión" invisible: 4 y 5; 7 y 8. Lo hizo varias veces con una sonrisa tembleque para sí mismo. Pasé por detrás del sillón y me notó.

—Son mis zapatos nuevos —dijo.

Lo hizo como un niño orgulloso y pensé en varias preguntas:

1) ¿Por qué te compraste esos zapatos justo en este día, después de volver del hospital y mi hermana.

2) ¿Por qué lo celebras tanto? ¿Es porque de niño, con otros diez hermanos, nunca tuviste cosas nuevas?

3) ¿Con qué dinero los compraste si todo lo que haces es ir al parque y fingir que tienes trabajo?

4) ¿Cuánto dinero te has gastado, sin ingresos, en regalitos para mi madre?

5) ¿Y cuándo piensas entrar a la cocina a ver los álbumes de fotos regados en el desayunador?

6) ¿O esperas que ella salga de su embotamiento para ordenarte que limpies algo o dejes en su lugar otra cosa?

7) ¿No tienes algo qué decirme?

8) ¿Jugaste rayuela de niño?

9) ¿Qué creíste al final? ¿Que eras un hijo o sólo un "recogido"?

Paso de largo y guardo su sonrisa bobalicona para otra ocasión. Supongo que el fingir que tiene un trabajo —¿o ya tiene otro?—, el hospital, mi hermana, mi madre, el abuelo, el primo Isauro, lo han dejado en un estado de liberación. El que se sintió de niño, jugando avión, como si tuviera zapatos nuevos. En ese baile en el que se te exigen dos piernas cuando pensaste que sólo usarías una. El desparpajo pero también lo escrupuloso de esa danza. La sonrisa y la atención. El único baile en familia que podrías legar.

Camino el pasillo del departamento a toda prisa. Quiero huir y abandonar todo. Salir, saltar por un tragaluz. Pero me detiene lo que veo por la ventana: dos barcos se separan en un instante y cada uno navega en una dirección opuesta.

No es que realmente estén detrás de la ventana, sino que existen entre mis ojos y el cristal. No son nítidos, pero sé lo que quieren decir. Que, en este preciso instante, puedo ver dos existencias: yo mismo viviendo solo en un cuartucho de azotea rodeado de botellas. No me veo infeliz. La otra imagen: yo mismo viviendo en un departamento que sé que es mío, con una mujer. Ella se abraza de mi cuello y se ve feliz. En esta imagen tampoco me veo infeliz. Me pasmo frente a esa ventana. Tengo diecisiete años y puedo verme a los veinte, a los treinta, a los cuarenta años. No sé calcularme la edad. Pero ahí están los dos trayectos: la incredulidad y la insuficiencia.

Me veo de espaldas, mientras dos trenes pasan junto a mí. Yo, en medio, el cabello agitado, la vibración de las llantas sobre los rieles ferrosos en el corazón. Estoy en medio. Si me muevo un poco hacia cualquier lado, uno de los trenes me arrollará. Cierro los ojos.

Lo peor ya ha sucedido.

La sala de Traven

El martes 8 de octubre de 1963 B. Traven quemó papeles en su chimenea. Lo hizo por decepción, no por demencia. Rosa Elena Luján, su esposa desde hace seis años, lo miró pero no hizo preguntas. Ya sabía que muchas de ellas no tenían respuesta, a pesar de los esfuerzos obsesivos de su marido. Parado delante de las flamas en Río Mississippi 61, en la Ciudad de México, el primer recuerdo de Traven era un barco. Pero no había forma de saber si era real o implantado por algo que le contaron de niño. Era un barco fantasma. En su mente se presentaba como una cubierta con un barandal azul con tumbonas en las que mujeres en vestidos blancos agitados por la brisa salteaban palabras con los hombres de sombreros. En cubierta había niños que corrían, que jugaban a esconderse en los huecos de las cajas que contenían tubos. Él no se ve entre ellos, sino como un testigo. Según sus cuentas, siempre variables, tiene dos años. No tiene padre y su madre, que lo sostiene en brazos —la frazada es azul, también—, se va de Chicago a Alemania. Por un programa de mano del teatro que guarda sin saber por qué, su madre puede ser una actriz. Llevó ese papel entre su ropa en los cinco viajes a la selva de Chiapas, lo guardó en un cajón de su escritorio en el Parque Cachú de Acapulco, y finalmente lo envió a la Biblioteca del Congreso en Washington para que lo archivaran. Ése es el único vínculo con algo real, lo demás son líos, laberintos de nombres, fechas de nacimiento, orígenes espectrales. Supone que su madre es la actriz del musical, una tal Frau von Sternwaldt. Cree recordar que se llamaba Josephine o Stephanie, o las dos, pero no lo sabe. A veces piensa en Emilie. Lo ha investigado, sin levantar sospechas, pero no encontró nada. Jugó con las letras del apellido hasta encontrar "von Warnstedt" y a dos familias que vivieron en Lübek, en dos pueblos: Traventhal y Marutendorf. Usó los dos nombres como propios pero nunca ocuparon el suyo que, ha llegado a suponer, carece de importancia: ¿Qué dice sobre alguien un acta de nacimiento? Un nombre, una fecha, los padres. Él sabe que no tiene padre y que su madre murió, quizá, cuando el tenía seis, en 1895 o 97.

Tiene esa otra imagen, la de un amontonamiento de tugurios en Múnich, tiznados por las chimeneas. Hay mujeres esperándolo, con los rímeles y los bilés corridos, que se levantan las faldas a su paso. "Schöner Junge", dicen en un eco. Luego, un pasillo oscuro en cuyo final truenan las llamas de un fogón. Hay una mujer con el cabello estropajo, que suda y gime debajo de una sábana empapada. Huele a leña verde y a orina. Tiene espuma en la boca. La levantan entre dos muchachos y la sacan del cuarto donde hay un urinario. Es su madre. Se ha envenenado. Se ha suicidado y a él lo dejan al cuidado de las otras mujeres, putas que, cuando le hablan, le tocan la cara. Puede ser que alguna se llamara Josephine. Se queda junto al fogón. Es invierno. Quizá 8 de octubre. Tiene esa fecha en la cabeza. Sobre una mesita de madera a la que le falta una pata y se recarga contra uno de los muros del galerón donde duermen las mujeres, está el programa de mano del teatro. Más tarde, cuando lo envía a la Biblioteca del Congreso, vemos que se trata de una ópera, no de un musical y que —escribe en la carta a un "Dear Sir" anónimo— se presentaba en el mismo sitio donde la Compañía Prusiana de Teatro solía hacer sus puestas en escena. Agrega: "Sólo a una de las intérpretes se le denomina como 'Frau', pues es parte de la nobleza prusiana". Ésa cree que es su madre. En todo caso, entreverando sus letras obtuvo sus dos apellidos: Traven y Marut. Su madre acaba de morir. Él toma el papel de la mesa y se echa a caminar. Regresará a Múnich cuando tenga un nombre, además de el de "muchacho hermoso" del albergue de mujeres chimuelas y desgraciadas. Con distintos nombres, orígenes y profesiones volverá una y otra vez a San Cristóbal de las Casas y a Ocosingo, en la selva y las cañadas chiapanecas; a Tampico sólo cuando John Houston filmó *El tesoro de la Sierra Madre*; a Acapulco y su jardín; y a la Ciudad de México, a sus hoteles, a las cajas de correos del Banco de México, y a su casa con animales y macetas de Río Mississippi.

En el nuevo fogón, el de 1963, sesenta años después, siente la mirada de su esposa. La observa de vuelta, entre la niebla, acalorado por el esfuerzo de recordar lo inasible, de tratar de ir hacia atrás hasta que le duele la quijada. El perro terrier, Tabasco, también lo observa con atención, ladeando la cabeza. Lalo, el mono araña, rasca tratando de llegar a los tiestos de la terraza que, ya sin aguacates ni limones, aguantan la helada de la Ciudad de México. El perico duerme. Son las tres de la mañana.

—Mis cosas —explica Traven.

Igual que la madre que tiene en la cabeza, Traven fue Ret Marut en el teatro municipal de Essen, en Danzig, Düsseldorf y, sobre todo, en Múnich. En 1915 fue a visitar los tugurios en los que su madre se suicidó. El mismo portón enrejado lo condujo a un pasillo ahora lleno de soldados. En los mismos camastros de las putas, asfixiándose igual, heridos y derrotados. Como en un juego para saber si sus recuerdos eran o no reales, preguntó por Josephine, por Emilie, por Stephanie.

—Aquí nunca tuvimos enfermeras —fue la respuesta.

A los siete años, recuerda haber repartido periódicos de puerta en puerta, el lodo congelado en los pies descalzos y, así, despojado de sus propios pies, lustrando zapatos. Una vaca, quizá una lechería. Sabe ordeñar, pero no se acuerda dónde aprendió. De sus viajes, le ha hecho una lista a su esposa:

—China, la India, Japón, San Francisco y Mazatlán.

—¿A los cuántos años?

—No sé. Después de los once o doce. Limpiaba cubiertas, ayudaba en el fogón, con el carbón. Fui un "traven", como dicen los marineros.

—¿Qué quiere decir "traven"?

—Polizonte. Soy un polizonte de mi propia vida.

Luego, Múnich: ya es Ret Marut. En alemán "ret" es macerar en agua una tela: su pasado polizonte. Escribe sobre las condiciones de los soldados que han vuelto mutilados, enloquecidos, de la guerra perdida. Se hace periodista. Como actor tuvo una mujer, Elfriede Zielke —con la que tiene una hija, Irene—; como periodista, a otra Irene, Mermet.

Rosa Elena le ha preguntado sobre las mujeres en su vida.

—Ninguna puede ser acusada —Traven dice con una sonrisa pícara— de no quererme por quien soy.

Se refiere acaso a Elfriede, la actriz que conoció a los diecinueve años en Crimmitschau, con la que viajó a Berlín, y con la que estuvo hasta que comenzaron a llegar flores a los camerinos. Eran de un hombre que firmaba sus tarjetas de amor como "Herr Garding". Sin duda estaba mejor pertrechado que él para sostener a una actriz y a su hija de cinco años. Nunca lo vio. El día que supo que se encontraría con su mujer, dejó a la niña jugando a maquillarse y ponerse los zapatos de tacón de su madre. Una niña actuando como adulta. Fue la última imagen de su vida como actor mientras la rendija de la puerta se cerraba despacio, en silencio, sin que nadie lo notara. Sintió una liberación, corrió por la Veteranenstrasse, desde el número 47 hasta la estación, y tomó el tren a Múnich. Del trauma pasó a la reinvención. De Elfriede a una Irene a la que recuerda ayudándolo a repartir, otra vez, periódicos. Pero ahora es el periódico de los dos, *Der Ziegelbrenner*, "El quemador de sello" —lo que queda inscrito, grabado, indeleble con fuego—, en el que Ret Marut firmará los manifiestos anarquistas. Brevemente ha sido "Richard Maurhut", pero fue sólo para escribir su desahogo sentimental contra Elfriede, *Carta a la Honorable Señorita S.*, una novela epistolar en la que un abandonado soldado marcha hacia el frente deseando que lo maten los franceses. En el *Ziegelbrenner* hay tanta emoción, pero se ha derivado en política, la política de los que están convencidos de no ir a la guerra y, de regreso de las trincheras lodosas, cambiarlo todo para volver a empezar:

¿Debemos abolir la propiedad de los medios de producción? No, charlatanes. Abolan sus calzones.
　　¿El conocimiento es poder? No.
　　¿El saber nos hará libres? No.
　　Sólo la acción nos hace libres.

La libertad en el tumulto que se organiza para detener un tanque blindado Mark IV durante la Revolución de noviembre de 1918. Los obreros que acaban de ser licenciados del frente de guerra se abalanzan sobre la estructura curva y tiran de los pedazos de acero hasta destruirlo. Los guardias de la socialdemocracia, la de Friedrich Ebert, abandonan el tanque con los brazos en alto. Ret Marut da las órdenes en su voz de actor de teatro. Irene Memet lo observa desde la ventana del departamento donde duermen entre la imprenta y los tipos móviles. Es el 8 de noviembre, un día después de que Múnich se ha proclamado República de los Trabajadores y Soldados. Sesenta ciudades han electo consejos ante la caída, en Berlín, del último de rey de la dinastía Hohenzollern, y en Múnich, de Luis III, Ludwig Luitpold Aloys. En imitación de Lenin y el rebase por la izquierda, los espartaquistas de Rosa Luxemburgo buscan derrotar a los ministros de la "democracia bruguesa" y avanzar hacia el gobierno de los soviets, los consejos. Es el tiempo de la acción y Ret Marut da la orden de fusilar a los leales a la socialdemocracia. Bajan del blindado de cabeza, tomados por decenas de manos. Son puestos contra un muro. Suenan las descargas con humo de nuevos fogones. Caen los traidores.

—Viva Eisner —gritan los conflagrados.

Es el primer ministro interino, Kurt Eisner, un escritor, un dramaturgo y un líder carismático que impresionó a los Marut-Mermet con su encendida oratoria:

—Es momento de los derrotados. Es el momento de los excluidos. Nunca más un burgués nos mandará a otra guerra perdida. Ha sonado la campana de nuestra guerra, la de la Bavaria roja.

Luego las asambleas tumultuosas que olían a tabaco y cerveza, a sudor y sangre coagulándose. Es la Revolución que, por fin, se desenrolla como una bandera rojinegra en la huelga general y las discusiones entre anarquistas, socialistas y comunistas. Nadie tiene mayoría y, a veces, todo depende de la inopia:

—¿Quién se propone para encabezar la Jefatura de Prensa?

No hay respuesta en el aletargamiento en que ha caído desde hace horas la asamblea. Irene grita:

—Ret Marut.

—¿Se apunta alguien más, camaradas? ¿Nadie? Queda Marut a cargo.

El director, dueño y principal columnista del *Ziegelbrenner* reparte a la semana unos mil ejemplares y tiene un suscriptor en México, en Tampico, pero se ha hecho notable por su exigencia ante el editor de la hoja volante de los católicos, el *Neues Münchner Tagblatt*, de que le publicaran un artículo "contra Dios y la Iglesia". Al negarse la hoja diaria, Marut los acusará de "falta de objetividad" y la mandará cerrar, no sin amenazar con el fusilamiento al equipo de redacción.

Se levantan las manos de los soldados, campesinos y obreros para elegirlo como el encargado de proponer una prensa "libre".

—La prensa debe ser socializada —escribe Marut en un informe de la comisión—, quitada de las garras de los dueños y puesta al servicio de esta comisión.

Irene lo abraza y besa. Esto también es hacer la Revolución.

Desde las oficinas de la República de los Consejos en Bavaria, Marut convertirá a su periódico en vocero del movimiento con llamados a la acción —que, en ese instante, significa unificarse contra las "desviaciones socialdemócratas"— y con "recuperación de experiencias proletarias": un número especial dedicado a "los obreros mexicanos". Llena de pacas con periódicos, olor a tinta y sudor de cerveza, la oficina mantiene contra una pared a quienes se ha detenido por "propaganda oligarca": desde periodistas hasta repartidores son amarrados de las muñecas y reprendidos "para que abandonen su deslealtad". Muchas veces Irene Memet mira a su esposo empujarlos contra el muro y sacar una pistola para que sepan que va en serio, que sólo hay una advertencia.

Mientras la República se va a pique —Eisner llama a una elección el 12 de enero de 1919 en la que sólo obtiene el 2.5 por ciento de los votos— Marut endurece su comisión. Afirmando que el rumor es parte de la información socializable, el director del *Ziegelbrunner* arma un comando de niños que espían en la calle, en los cafés —piden limosna—, en los bares. Los niños señalan a posibles detractores y cada uno es llevado a la oficina a enfrentarse a las amenazas.

La República de Bavaria comienza a naufragar entre los llamados de los comunistas a pactar un frente que incluya a la socialdemocracia y el envío de tropas desde Berlín, para pacificar la zona y evitar lo que parece convertirse en una azonada independentista. Sin apoyo de los votantes y con el asesinato de Rosa Luxemburgo en Berlín, donde las tropas leales a Ebert y los paramilitares anti-comunistas han tomado las fábricas, Kurt Eisner decide dimitir al cargo de primer ministro el 21 de febrero de 1919. Rumbo a la asamblea de los consejos, un nacionalista le dispara por la espalda. La noticia corre de boca en boca. De nuevo, se abren trincheras en las calles, aparecen incendios, hay disparos por la ciudad y algunos fusilamientos sin juicio ni sentencias. Ya no se sabe quién es leal y a qué. Los *freikorps*, los paramilitares anti-comunistas, se despliegan por la ciudad en preparación para una represión generalizada.

Irene Mermet le propone a Marut huir, pero él se niega: en la crisis de sucesión, ha sido nombrado Jefe de Prensa de la República Bávara.

—Un capitán nunca abandona su barco antes de una tempestad.

—Pero esto es un naufragio.

—Los ahogados tienen su honra.

El funeral de Eisner cruzó Múnich, entre soldados, obreros armados y campesinos con hoces. El jefe de la partida militar, Adolf Hitler, marchó con los anarquistas, los comunistas, los activistas que bamboleaban entre la derrota en la Gran Guerra y la urgencia de que todo pudiera renacer. Johannes Hoffmann, el ministro de Cultura de los consejos, dio el discurso fúnebre. Sabiendo que han sido derrotados una vez más, los consejos se aferran durante tres meses a una asamblea permanente cada vez más vacía en la que las órdenes del día consisten en denunciar desapariciones, y decidir fusilamientos. No hay mucho más que hacer, más que aguantar con dignidad.

—Es la hora de los canallas —sentencia Marut en un editorial del periódico.

—Es hora de desaparecer —reclama Irene.

El primero de mayo de 1919, las tropas de Berlín entran a Múnich. Detienen a Marut. En una sentencia colectiva se acusa a todos los jefes de los consejos de "alta traición", es decir, se les condena a muerte. Hoffmann ha huido a Bamberg, desde donde llegó a un acuerdo para reprimir a sus propios aliados, comenzando el 13 de abril. Ya no existe la lealtad y es hasta ese momento que Marut decide escapar. Él mismo contará en un artículo publicado en *Der Ziegelbrenner*, desde Viena, que aprovechó una trifulca entre los detenidos y los custodios —el general Von Epp— y que, sólo por azar, logró a duras penas huir del paredón. Con Irene y tan sólo un atado de ropa camina rumbo a Colonia y terminan los dos recorriendo los tres kilómetros y medio de la Kurfürstendamm de Berlín vendiendo "muñecas de trapo" para subsistir.

El día que Irene lo abandona, Marut decide publicar el último número de su periódico. Es octubre de 1921. Algunos camaradas le han dado asilo en un departamento atestado de pulgas que, igual que los damnificados de la vida, se refugian del invierno. Se vuelve a encontrar a uno de los sindicalistas de la revolución de Bavaria, a Rudolf Rocker, que sí padeció la prisión. Lo invita a la reunión de los sindicalistas anarquistas que se va a organizar entre la Navidad de 1922 y el 3 de enero de 1923.

—Tengo la representación de la Confederación General de Trabajadores de México —sonríe Rocker—. Entre otras.

Con un ojo siempre puesto en México —leyó, igual que Breton y Artaud, una versión del Indio Costal, la de Mayne Reid con los grabados de L. Huard—, no asistió a la reunión, dado que ahora se consideraba un prófugo de la justicia. Empezaba, de nuevo, el juego de los nombres.

Unas veces como liberación de un pasado desconocido, otras como forma de escapar. Habría un tiempo en que el laberinto de las identidades se acercaría casi como una prisión. Como la de Brixton, en Gran Bretaña, el 15 de febrero de 1924, a la que va a dar porque no puede responder las preguntas de la aduana portuaria:

—¿Por qué intentó viajar a Canadá sin pasaporte?

—Lo perdí en el incendio de Chicago.

—¿Es usted norteamericano?

—Sí, pero no tengo cómo probarlo.

—Su apellido suena escandinavo.

—Noruego. Mi abuelo es noruego.

—¿Tiene alguna carta que lo identifique?

—No, los noruegos son viajantes. Nacen en los barcos.

—¿En qué barco nació usted?

—¿Cómo voy a recordarlo si estaba ocupado en nacer?

—¿Dónde vive?

—Tengo un solo hogar: yo.

Al salir de la prisión, Traven vive en el East End londinense, donde se publica algo muy parecido a su *Der Ziegelbrenner*, *Freedom*. Hay una portada de ese año, 1924, con el dibujo un poco deformado de un Pancho Villa: "México Revolucionario". El prófugo, el ex convicto, ahora entra a México por Tampico ese mismo año y escribe en una de las entradas de su diario, el 26 de julio:

"El bávaro de Múnich ha muerto."

Y unas líneas más adelante:

"En México se considera de mal gusto, de hecho insultante, preguntarle a alguien por su nombre, ocupación, origen y planes."

Ante la chimenea de la calle de Río Mississippi sabe que esas dos certezas se esfumaron quince años antes. En los veinte, en los campos petroleros de Tampico, Traven era "un gringo" más, con un acento de dobleús que sonaban a ves. Uno de los tantos trabajadores de los pozos del Águila, uno que se asomaba a las asambleas sindicales sin atreverse a participar. Le habían dicho:

—El gobierno mexicano practica un deporte con los extranjeros que opinan de política.

—¿Qué deporte?

—Que te deporte.

Entraba y salía de las oficinas petroleras y conseguía trabajos temporales, de noche, cuidando inyectores de agua al subsuelo, vigilando el sobrecalentamiento de las poleas, barriendo los galerones con camastros de "los muertos de hambre". Por todos lados los mismos cobertizos de filas de jergones para dormir, las goteras, las pesadillas, los mosquitos. El olor a aceite crudo que embarraba todo a su alrededor; los rostros pintados e irreconocibles. Los rostros sin rasgos de los anónimos negros del combustible. Las galeras durmientes de toses de las putas, los soldados, los petroleros. Los insomnios. Traven no dormía y, cuando lo conseguía, tenía los hábitos de los que siempre lo han hecho solos: se abrazaba, descansaba una mejilla sobre el codo, se sostenía la mano en un hombro y le brincaban los pies y las manos. A veces, pulía las mueles hasta rechinarlas. Así dormía en el Southern Hotel de Tampico. En su estancia en las haciendas del golfo de México, el catre de los tierras pantanosas sólo cambió por las hamacas. No lo dejaba dormir el ruido de la selva: los swisheos de los insectos, el arrastrarse de unas patas en la oscuridad, los repentinos aullidos de monos o el silbido de un ave nocturna. Recordaba el árbol selvático de los grabados de Lucienne Huard en *El Indio Costal*: como las lechuzas de Goya, los jaguares aparecían en una nube sobre el incauto durmiente. Esa pesadilla en el Hotel Imperial de Tapachula. En el Hotel Gillow, de Isabel la Católica 17, Traven nunca durmió. Sólo recibió ahí algunas cartas que le dejaban a nombre de María de la Luz Martínez. Pero fue ahí donde conoció, en la azotea, a Edward Weston y a Tina Modotti. Tomaban vistas panorámicas del centro de la Ciudad de México, mientras discutían —ella a gritos, él más hiriente— si se quedaban o se iban a Estados Unidos. Weston no sólo le enseñó a Traven el manejo íntimo de las cámaras plegables de placas, sino que lo animó a hacerse fotógrafo.

—Hay una expedición a Palenque donde te podrían emplear —le avisó.

—¿Expedición punitiva?

—Sí, contra un insecto que aquí llaman "langosta", igual que la cena.

—Fotos de nubes de insectos —frunció la boca Tina, se acomodó el pelo y recargó ambas manos en el pretil mirando la calle desde arriba.

Del 21 de mayo al 6 de agosto de 1926 "El fotógrafo noruego Törsvan" se subió a mulas que columpiaban las grupas con parsimonia, en veredas que subían y bajaban de cañadas para llegar a una selva. El fotógrafo no sacó la cámara ni una sola vez. Al llegar a San Cristóbal de las Casas, se despidió del líder, el arqueólogo Enrique Juan Palacios, y se internó en la montaña con su recién conocido intérprete, Vitorino Trinidad. No le interesaban tanto las pirámides mayas como quienes ahora vivían en torno a ellas. Si en los veinte, el tema de sus novelas es el petróleo y la avaricia —*El barco de la muerte*; *El tesoro de la Sierra Madre*; *La Rosa Blanca*—, la siguiente década consagraría seis novelas a la caoba y el dolor. Los obreros, los indios, eran como los marineros de un barco fantasma: lo épico estribaba en su anonimato.

—Si supiera quién soy yo y quiénes ellos, no podría volver a escribir —le dijo a su esposa Rosa Elena Luján.

El Indio Costal y su leal Clara, el negro, en las lagunas oscuras en las que el remo sobre la superficie se parece al aceite, las aldeas de indios que surgen de pronto de un pedazo de selva que creíste desierto, la nada verde durante días, la nada en la que desapareces. En Ocosingo es

"El Siñor Lázaro", ingeniero y dueño de una posada. Al menos así lo dirá otro de sus guías, Amador Paniagua:

—Parece que lo habían atacado unos enjambres de avispas. Lo vi dando traspiés por una vereda y lo tuve en mi casa, en la parte de afuera, sobre un catre de yute, con un tul para que ya no le picaran más animales. Por la fiebre, estuvo delirando durante día y medio. Salían como gruñidos de su garganta. De su cara salían pústulas que se iban madurando y explotaban con sangre y pus. Le vendé la cara más para no verlo que por las infecciones. Al rato, mi mujer y yo estábamos convencidos de que se iba a morir ahí, así que lo cargamos hasta el cementerio. Lo acostamos en la tierra, entre las cruces. Y pasaron tres días exactos y vamos viendo que, de en medio de la noche, aparece un hombre grande, caminando entre las ramas con la cara vendada. No veía bien y se iba tropezando. Por los golpes o porque no sabía dónde estaba iba gritando. La gente empezó a decir que era Lázaro resucitado. Se fue hasta la entrada del pueblo y se desvendó la cara. Hubo como un silencio porque creíamos que sería una calavera, pero no, era un "siñor", como dicen aquí a los blancos. Se agachó y empezó a asustar a los niños con una palmada, tratando de atraparlos. Ellos huían carcajeándose. Habían entendido que todo era un juego, al que no debían temerle. Pero nos impactó a todos. Todavía hoy la gente sigue hablando de los muertos que resucitan en ese cementerio para perseguir a los niños. A él toda la historia le sonó muy diferente. Me dijo: "Imagínate. La última rebelión sería contra la muerte misma".

"Se acomodó el sombrero y se fue. Lo volví a ver varias veces. Pasaba a saludarnos y a jugar con los niños del pueblo, que vio crecer. Me preguntaba mucho por Simojovel, o por las monterías, los leñadores esclavizados en las fincas. Nunca lo vi tomar notas. Yo creo que tenía muy buena memoria.

Luis Spota tenía 23 años en 1948 pero tenía nueve como entrevistador. Ya había sido director de *Últimas Noticias*, un diario vespertino, en el que sustituyó a las crónicas de Salvador Novo con una columna de filtraciones. No era un buen periodista, pero tenía muchos contactos. Modelo de Carlos Denegri, que vendía la información para que no fuera publicada —"Cien por una infidelidad amorosa, mil por una traición política"—, Spota se propuso en 1948 encontrar a B. Traven. Estaba de moda. Un año antes, John Huston, con Humphrey Bogart, había filmado su novela, *El tesoro de la Sierra Madre*, en Tampico, las aguas termales de San José Purua, en Michoacán, y, finalmente, para terminarla en California. Los rumores de la ausencia del autor en las locaciones se reforzaban con las historias de su agente, Hal Croves, un hombre que usaba saco y corbata aún a 34 grados a la sombra. El propio John Huston había observado con suspicacia el que Croves no sólo conociera el texto de la novela de su representado, sino sus motivaciones, la forma en que se había pensado y estructurado. Como dijo, "era más Traven que el mismo Traven, al que jamás vimos". La red del escritor para esos años ya no eran obreros queriendo sindicalizarse o indios que lo protegían en las selvas. Era amigo del fotógrafo de cine Gabriel Figueroa, cuyo hermano Roberto estaba casado con Esperanza López Mateos, hermana, a su vez, de uno de los políticos más influyentes del alemanismo y que llegaría a ser presidente de la República. Esperanza era la traductora al español de las novelas de B. Traven y, por supuesto, fungió como agente literaria para que llegara a los ojos de Hollywood. Con Esperanza, Traven tenía en común no saber de dónde venía. Sin apellido paterno y casada con su primo, Esperanza jugaba a lo mismo que el novelista: especular que era la hija ilegítima de una aristócrata de Buckingham con un español, Gonzalo de Murga, que la había dado en adopción a una viuda mexicana, Elena Mateos. Sus enredos molestaban a su hermano,

Adolfo, ya para entonces senador por el estado de Puebla y tenaz enemigo de quien Esperanza ostentaba como amigo y camarada: el socialista Vicente Lombardo Toledano.

Lo otro que tenían en común era la pasión por conducir aviones. Traven cruzaba la frontera norte de México en aeroplanos que le prestaba un piloto en Houston, Texas. Como Esperanza era su agente literaria, le da permiso para representarlo en Nueva York, donde se discuten los términos finales del contrato con Huston. Ella toma su propio avión para llegar. Se encuentra ahí con su antiguo amante, Henry Schnautz, uno de los guardaespaldas de León Trotsky. Y, luego, con la pantalla de ir a negociar en vez de encontrarse con los agentes literarios de Traven en alemán, checo, francés e italiano, recauda fondos para fletar un barco que se llamaría el *Exodus*, para llevar judíos de Europa rumbo a Israel. En medio, se reenamora de su amante, el trostkista norteamericano que cuidó a su líder cinco semanas y falló. A él le dice una nueva broma: que Traven es su verdadero padre. Y el amante lo cree. En torno a la filmación de *El tesoro de la Sierra Madre*, Esperanza y el propio Gabriel Figueroa desatan una manía por la identidad de Traven: que es hijo ilegítimo del káiser Guillermo II, que es un cerrajero, Otto Feige, que es Jack London o Ambrose Bierce.

Esto último le divierte a Traven, por dos razones: que nunca se supo dónde ni de qué murió el ácido "Bitter" Bierce y el año de su desaparición: 1914. A partir de que se entera de la especulación de que ambos escritores son el mismo, Traven comienza a insinuar que él llegó a México ese año y no, le ha informado a migración, diez años después. Investiga los últimos días de Bierce, escribe un retrato sobre el periodista y cuentista para, más adelante, quemarlo.

Entre 1883 y 1910 una debacle mayor ocurre en la vida del escritor Ambrose Bierce. Ese año se separa de su esposa,

Molly, después de haberle encontrado una carta de amor de un actor danés. En 1889, tan sólo seis años después, el hijo mayor de Bierce encuentra a su amante, la voluptosa Eva Atkins, en la cama con su mejor amigo, Neil Hubbs, les dispara a los dos y, luego, se suicida. Bierce escribirá uno de sus cuentos más notables, *The Affair of Coulter's Notch*, en el que un soldado cañonea su propia casa con su adúltera mujer y su hijo adentro. Del suicidio de su primogénito, Bierce escribirá: "Cuando los jóvenes mueren antes que los viejos, la maquinaria natural funciona con una fricción llamada dolor". En esos años, Bierce trabaja para William Randolph Hearst, el magnate de los periódicos, y le ayuda en su campaña para que el presidente McKinley desate la guerra contra España. Bierce está en contra de la guerra en Cuba y Filipinas, pero acepta seguir a Hearst en la aventura, mientras apunta: "Los norteamericanos somos una raza de glotones y borrachos a quienes se les ha obsequiado el dominio de los abstemios. El negocio de ser una nación es tan lejano a la moral como el del ladrón y el pirata". En la Navidad de 1901, el segundo hijo de Bierce muere de neumonía por quedarse dormido de borracho en las calles de Nueva York todavía con un costal de juguetes por repartir a los niños. Seis meses después, el presidente McKinley es asesinado. Bierce y Hearst son acusados por la opinión pública de instigar el odio con sus textos en los periódicos. La carrera de Hearst hacia la senaduría por Nueva York queda truncada. Bierce se deslinda de su antiguo jefe así: "Los diarios de William Randolph Hearst son ya indistinguibles de los carteles de un circo". Sin trabajo y sin casa, el escritor deambula entre San Francisco, Nueva York y Los Ángeles. En 1905 su ex mujer, Molly, muere de un infarto. Ambrose Bierce se ha quedado solo en la Tierra. La única de sus hijas sobrevivientes, Helen, está casada y no se han visto en diez años. En una carta enviada a su amiga Amy Cecil en la que le da indicaciones para que arroje al mar, en su viaje rumbo a Japón, la pistola con la que se suicidó su hijo, el escritor satírico le confiesa: "Llevo una vida de poco esperar —nada en particular, excepto el final de todo—. No tengo incentivos, ni ambiciones sino de seguir adelante con las menos fricciones posibles. Muchos observadores dirían que la paso bien y eso es lo que me digo. Pero malditos los que inventaron esa cosa gris: pasarla bien".

Es ese abandono crucial el que señala sus actividades entre 1906 y 1910: recopila sus aforismos en *El diccionario del diablo*, que se publica bajo el título de *The Cynic's Word Book* y publica 12 volúmenes con sus cuentos, memorias de la Guerra Civil, fábulas, historias de fantasmas y poemas. Toda su literatura es una reflexión esférica sobre la muerte violenta: las batallas —verdaderas masacres— entre el sur y el norte, su distanciada ironía sobre la pequeña vida de los hombres, el regreso de los muertos en forma de espíritus burlones, su melancolía socarrona. En el prólogo a sus obras reunidas, Bierce escribirá una definición más: "El humor es tierno, pues acaricia lo que ridiculiza. El ingenio, por otro lado, acuchilla, pide perdón, y vuelve a acuchillar". En ese estado de ánimo, lo toma el terremoto de San Francisco el 19 de mayo de 1910 del que sale huyendo para irse al bosque, donde conoce a Jack London. El autor de *White Fang* le recomienda visitar el Cañón del Colorado para que apacigüe su escepticismo frente al cosmos. Bierce le toma una foto al lugar y escribe que le resultó un lugar perfecto para suicidarse. Tras una última visita al cementerio, a ver las criptas de su ex esposa Molly, y de sus dos hijos, la decisión de Bierce parece tomada: irá a México a que lo mate Pancho Villa.

El 27 de enero de 1913, le escribe finalmente una carta a su única hija, Helen: "No deseo yacer por ahí. Ese asunto está arreglado y no te molestaré con los restos mortales de tu padre. La lucha en México me interesa. Quiero bajar ahí para ver si esos mexicanos saben disparar". Comienza así una lenta despedida de las varias vidas que tuvo. Primero, le cede la totalidad de los derechos de sus obras a su mecanógrafa, Carrie Christiansen. Luego, avisa de su intención de morir en México. Le escribe a su sobrina, Lara: "Iré a México y espero no terminar de pie contra una pared, fusilado como un Gringo. Aunque eso sería mejor que terminar en un coma, ¿no? A lo mejor me fusilan como a un Gringo. Eso me ahorrará la edad, la enfermedad o rodarme por las escaleras de un sótano. Ser un Gringo en México —¡Ah! Eso es eutanasia—". Y, por último, emprende un viaje por los sitios de la Guerra Civil en los que combatió y, después, describió en sus cuentos: *Chattanooga, Chickamauga, Murfreesboro, Shiloh*. Lo imaginamos caminando lentamente por los sitios de las batallas, haciendo memoria, como en ese cuento suyo, *A Resumed Identity*, donde un soldado llega a curarse de las heridas de una batalla en Stone River, sólo para descubrir que las balas no le traspasaron la cabeza ayer, sino hace 40 años, que ya no es el muchacho de la Guerra Civil, sino el anciano del inicio del siglo.

En Nueva Orleans, un reportero reconoce a Bierce de sus andanzas en el periodismo, y le hace la pregunta de qué está haciendo tan lejos de sus sitios habituales, Nueva York, Washington, San Francisco. Él le responde: "Voy a México porque me gusta el juego, el combate, y quiero verlo. Los norteamericanos se quejan mucho de que son las víctimas allá. Voy a verlo por mí mismo". A lo que se refiere es a las decenas de reclamaciones que los norteamericanos tenían contra el proceder de Pancho Villa como gobernador de Chihuahua: les expropiaba sus ranchos ganaderos y les ordenaba salir de México. Uno de ellos, William Benton, decidirá dispararle al propio Pancho Villa en Ciudad Juárez y acabará desarmado. El lugarteniente de Pancho Villa, Rodolfo Fierro, obligará al norteamericano a cavar su propia tumba en Samalayuca y lo asesinará, no con una pistola, sino con la pala.

El 13 de noviembre de 1913, el viejo escritor, asmático, de bastón, solo, cínico, melancólico en la carcajada, llega a Ciudad Juárez y el 26 de diciembre ha alcanzado a las tropas de Pancho Villa en Chihuahua. En el último telegrama que le envía a su mecanógrafa, dice que acompañará a los revolucionarios mexicanos a la toma de Ojinaga. Sabemos que esa toma armada del villismo sucedió el 11 de enero de 1914. Pero, entre el telegrama y esa fecha, también sabemos que Ambrose Bierce ya está muerto. Desaparece sin dejar cadáver en el desierto mexicano. Ha encontrado su último lugar sobre la Tierra: el México violento que le ahorrará, según él, la enfermedad y el declive. Pero éstos ya han sucedido: Ambrose Bierce cumple con la idea de que escribir no es crear, sino deshacerse de memorias, episodios, obsesiones. Cuando hubo terminado con la creación como autodestrucción, le queda sólo un camino, el suicidio, y eso es México. No es un acto solitario con una cuerda y una silla, sino siendo partícipe de una revolución, de la fiesta de las balas, de la euforia de fundar una nueva dominación. México es la posibilidad de sentirse vivo justo cuando más cerca tienes a la muerte.

Hasta la fecha no sabemos, ni Traven logró averiguarlo, cómo murió Ambrose Bierce, "Bitter" Bierce, como le llamaban sus críticos en la prensa. Tenemos tan sólo, como en toda narración, un dato, una especulación, y un acto de magia. El dato es que, en 1919, el periodista texano, George Weeks, publicó en el diario mexicano *Excélsior* que Bierce había muerto fusilado en el verano de 1915 por el general Tomás G. Urbina en Icamole, un punto del desierto cerca de Torréon, Coahuila. Según esa versión, Bierce había traicionado a Pancho Villa y desviado un cargamento de armas para su enemigo, Venustiano Carranza. Habría sido fusilado en medio del desierto y quizá obligado a cavar él mismo su tumba. Icamole queda lejos de todo, nadie fue a buscarlo.

La especulación es que, en las tropas de Pancho Villa, se hablaba con frecuencia de un tal Jack Robinson, un Gringo Viejo —como dice la novela de Carlos Fuentes— y asmático, al que el lugarteniente Rodolfo Fierro mató en Guadalajara en 1914. Se dice que ese Jack Robinson era, en realidad, el escritor Ambrose Bierce. Se le atribuye a Fierro ese crimen porque, como pasó a la historia como el que, con dedo fácil para el gatillo, promovió en la Revolución mexicana "las fiestas de las balas", es creíble como versión.

Y, por último, el acto de magia. En 1940, Helen Bierce, la anciana hija de Ambrose, organiza una sesión espiritista para que su padre le cuente, mediante una ouija, cómo realmente murió. Los asistentes, colaboradores de Bierce, uno de sus editores y su taquimecanógrafa asisten de noche a la casa de Helen, se toman de las manos, como les indica madame Lecourtier, la médium, sienten la presencia y toman el deslizador de madera de la ouija. Preguntan cómo es la muerte. Señalando las letras, el fantasma de Ambrose Bierce les responde:

—La muerte, hasta para mí, querida mía, siempre será un misterio.

Luis Spota invitó a comer a Carlos Novoa, director del Banco de México, en febrero de 1948. En los digestivos —brandy en sol y sombra—, le asestó el motivo de su "reiterada amistad":

—¿Me puedes decir si en las cajas de correos hay uno a nombre de B. Traven?

—No, Luisito —dijo Novoa, a sabiendas de que el joven era amigo de su jefe, Ramón Beteta, y que era del agrado del presidente Miguel Alemán—. Los apartados postales son confidenciales.

—¿Para quién?

—Correos es parte de nuestros recursos estratégicos.

—Pero imagínate al presidente otorgándole el Águila Azteca al más famoso de los cuentistas mexicanos. Imagínate: un criollo como Miguel Alemán premiando a un indígena, que es B. Traven.

Días después recibió un telefonazo de la secretaria de Novoa:

—¿Señor Spota? Su escritor recibe cartas en el apartado de la Señora Ma. de la Luz —así dijo— Martínez.

—¿Ella va por sus cartas?

—En veces —así dijo— se las reenviamos a una dirección en Acapulco.

Fue así que Luis Spota llegó una mañana muy temprano, acompañado de dos fotógrafos, al Parque Cachú, un jardín privado de enredaderas de frutos rojos con las semillas obscenamente por fuera, árboles de naranjas y palmeras, en Costa Grande 901, hoy Pie de la Cuesta 115. Durante casi veinticinco años, Traven había fingido ser nadie. Luis Spota sabe que si realmente Traven vive ahí será muy fácil de ubicar: debe ser un rubio entre morenos; el que no se broncea, sino que se pone colorado. Primero va a ver a María de la Luz fingiendo un reportaje sobre el marañón, un fruto exótico del trópico. Ve pasar a un hombre con pinta de extranjero con unas tijeras de podar. Pregunta sin mucha convicción sobre él.

—Es un un ayudante —responde María de la Luz, cuidando en todo momento que no se piense que es su pareja sentimental—. No tiene amigos y nunca habla con nadie. Eso sí, trabaja mucho en el jardín y en su oficina.

Después de fotografiar sin ganas a los árboles del marañón, Spota ubica al güero trabajando en una esquina del jardín de tres hectáreas. Lo saluda quitándose el sombrero para abanicarse:

—¿Qué haciendo?

—Acabo de matar 32 mil hormigas. Son las del día pero mañana vuelvo a matarlas, hasta que se acaben o se exilien

—responde Traven sin sospechar que en torno suyo hay una emboscada.

—"Exilien" es una palabra grande para un jardinero. ¿De dónde es usted?

—Soy americano —responde Traven.

Spota lo revisa. Es su primer encuentro, el 17 de julio de 1948: "Tímido, pequeño, con un sombrero de paja desvencijado, pantalones de franela terregosos, una cámara costosa al cuello. Está algo arrugado del rostro, delgado, bronceado, los ojos azules y unos labios casi imperceptibles. Tiene el cabello cano, las manos callosas. Es frágil pero fuerte".

Lo que inicia como una invitación a tomarse "una" cerveza, termina cuatro horas y media después. Hablan de la situación del mundo en guerra, de los inmigrantes, de la libertad y del anonimato. Acaso Traven haya desconfiado pero no lo suficiente para protegerse. El martes 20 Spota mueve la manija de la habitación del jardinero gringo. Se trata de esculcar, de catearlo. Una primera comprobación: hay una máquina de escribir sobre un escritorio. El periodista abre los cajones: plumas, cuadernos de notas, un sacapuntas. Cuenta con el instrumental del escritor. Hay dos cartas. Una es de Gabriel Figueroa dirigida a María de la Luz Martínez avisándole que adentro hay otra carta, de Joseph Wieder para el "V". La otra carta está dirigida al "admirado Vikingo" y el remitente es conocido: Avenida Coyoacán 1106. Es la casa de Esperanza López Mateos. Spota hace que uno de sus ayudantes tome nota, luego cierra la puerta y espera al escritor fantasma. Cuando llega la conversación es sobre B. Traven. El jardinero Törsvan acepta haberlo leído. Se engolosina con sus interpretaciones:

—Ningún extranjero tiene el conocimiento de México como él. Yo pienso que ha recibido ayuda de alguna mujer muy inteligente. Una mexicana.

Spota: ¿Cómo? ¿Por qué una mujer?

Törsvan: Por la compasión con la que Traven escribe de los explotados.

Spota: ¿Un hombre no tendría esa compasión?

Törsvan: Difícilmente. Véame. Yo no podría.

Spota: ¿Es usted escritor?

Törsvan: Hago mis intentos pero no los publico. Son nada más para mi entretenimiento.

Spota: ¿Es usted B. Traven?

Törsvan: No soy yo. Lo conozco, pero no soy él.

Spota: ¿Y dónde lo podemos encontrar?

Törsvan: Tengo entendido que vive en un psiquiátrico en los Alpes suizos.

Spota: ¿Cómo se llama ese hospital?

Törsvan: No recuerdo, pero sí llegué a escuchar hace unos meses, quizá por Navidad, que el hombre había muerto en Davos.

Spota: ¿De qué murió?

Törsvan: Por su propia mano.

Spota: ¿Y usted por qué lo conoció?

Törsvan: Porque soy algo así como su primo.

En la revista de la que Spota es el editor no caben de la emoción: "*Mañana* descubre la identidad de B. Traven", titulan la portada del 7 de agosto de 1948. Traven la recibe como lo que fue: una trampa. Siendo él un maestro de las ilusiones, manda una carta a Londres para que la reenvíen de su parte desmintiendo a Spota. Pero el reportero tiene recursos de muchos tipos. El Instituto Politécnico Nacional analiza el papel, la tinta y el sobre. Concluyen los químicos: todo es producido en México y hasta precisan la marca de la cinta y la máquina de escribir con la que se escribió: una Remington con cinta negra Pegaso. Spota vuelve a la carga con esa nueva revelación. Rodeado de sus libros que avanzan hasta tocar el techo de su departamento en Río Mississippi, escribe una última advertencia para la revista *Mañana*:

—Si continúan en este absurdo, me mataré.

Spota no pretendía ese desenlace ni la responsabilidad sobre un suicidio. Ambicionaba un reconocimiento. Ese año, a sus 23 años, consiguió que le dieran el Premio Nacional de Periodismo. El presidente Miguel Alemán no obtuvo lo que buscaba para entregar su premio: B. Traven no era un indígena.

Delante de la chimenea que se alimenta de sus papeles, Traven no le guarda rencor a Luis Spota. En cambio sí recuerda con amargura la carta que ese mismo año, 1948, recibió de quien se ostentó como su hija, o más bien como hija de Ret Marut: Irene Zielke. Le respondió el 20 de julio, justo cuando Spota se metió a esculcar los cajones de su escritorio en Acapulco:

Es notable la cantidad de estratagemas que la gente usa para acercarse a la gente con un nombre —escribe Traven en un juego algo perverso—. Esta estudiante de filosofía es la novena muchacha de todos los hijos ilegítimos en busca de un padre que me han escrito en los últimos diez años y de los cinco continentes. Hace cuatro años una mujer de Saskatchewan, Canadá, usó a un abogado para decirme que era mi verdadera madre, de quien me habían separado de niño. Llegó a esa inteligente conclusión por las descripciones de las tormentas de nieve en alguno de mis libros. Por supuesto, demandó una pensión alimenticia. Otros "parientes" han surgido en Checoslovaquia y Polonia, pero también de Chicago: los parientes de un tal Víctor Bruno, que desapareció hace treinta años en México. Una revista en Nueva York publicó esa historia y ahora mucha gente me llaman Bruno, a pesar de que no es ése mi nombre.

Quince años después, en 1963, B. Traven quema, entre otras, la carta de la hija de Ret Marut. Se chamuscan frente a sus ojos frustrados los almanaques de apellidos de la nobleza prusiana, las notas periodísticas en Alemania que aseguran haber encontrado una liga entre un cerrajero y él, las declaraciones del director de cine mexicano, Chano Urueta, que se le presentó a John Huston para cobrar los derechos de *El tesoro de la Sierra Madre*. Algunos equívocos lo hacen sonreír, otros simplemente lo van minando. No sabe quién es, aunque ya se inventó un presente. Pero conocer tu nombre bautismal y los de tus padres no cambiaría la cosa en su esencia: nadie sabe de dónde viene. Cuando se muere uno, queda el parte médico y una tumba. En su caso, bajo el nombre de Traven Törsvan Croves, de Chicago, dejó de respirar a las 5:50 del 26 de marzo de 1969, a los 78 años, a causa de un cáncer de próstata y la esclerosis de los riñones. Fue cremado en el Panteón Civil de la Ciudad de México. Días más tarde una avioneta Cessna con Federico Cannesi, Gabriel Figueroa y el alcalde de Ocosingo, Chiapas, tratan de sobrevolar el río Jataté para esparcir ahí sus cenizas. No lo logran por la proximidad de un huracán y las arrojan en cualquier parte. Esa noche el alcalde da una cena en su honor y, en la alegría de los aguardientes, promete que Ocosingo será nombrado oficialmente "de Bruno Traven". Nunca se realizó tal proeza.

De vuelta en la casa de Río Mississippi, su esposa recolecta los efectos personales, las libretas, los separadores de libros, los subrayados. Encuentra un papel doblado, sin sobre, escrito ya en el dolor de la agonía:

"Puedes decir que Ret Marut volvió a morir."

LA INCREDULIDAD

III

Apartamiento, apartar, repudiar, expulsar, excluir, alejar, renuncia, desaire, desprecio, desdén. Mudarse por primera vez solo es estar dispuesto a:

a) Estornudar y que nadie te responda "salud".

b) Barrer y no poder responsabilizar a nadie más de tal mugrero o esa chorreada.

c) Lo mismo que la anterior, pero con las cosas perdidas.

d) Estar alerta de los ruidos en la puerta de la entrada, la cocina, el baño. No todos provienen de un extraño enemigo; hay que habituarse a que, por las noches, muebles y refrigerador conversan.

Sentado sobre una caja de cartón en la sala de lo que fue de mi madre, debo decir que vivir solo fue, entre otras muchas, poder beber en privado. No es que el alcohol estuviera prohibido del todo —las dos cervezas estrictas de mi padre sellaban el final del domingo— sino el perderse en él. Nunca le he encontrado el sabor —"Oh, Dios mío, no puedo dejar de degustar esta abrasión en mi garganta"— o el ambiente —"Nos vamos a tomar otra para ver cómo no nos acordamos ya de ese chiste"—, sino sólo la capacidad de extraviarme en él. Dejar de ver, de oír, de caminar derecho y de hablar fluido no es algo digno de compartirse. Considero que la desconexión, como todo derecho humano, no debe lastimar a los otros. Para ejercerla, siempre me salí de la casa paterna y, para regresar, jugué al acecho con mi madre. Las primeras veces ella ganó todas las manos: confrontarme en mi lamentable estado con gritos, críticas ácidas, denostaciones fáciles, burlas. Aprendí mis lecciones en esa forma de la humillación permanente a la que llamamos ser un hijo. Entonces, calculé los movimientos necesarios para llegar desde la puerta del edificio hasta la puerta del departamento sin ser sorprendido. Eso —aprendí rápido— incluyó no rodar por la escalera. Después, sacar las llaves de tal manera que no friccionaran su ruidito metálico unas contra otras, poniendo dedos entre ellas o dejando que se equilibraran en el vacío. Insertar poco a poco, en un coito romántico, las llaves en sus cerraduras. Darle la vuelta contando en cada segmento dos o más segundos, siempre atento a cualquier ruido de alguien despertándose en el interior. Tener la puerta abierta y deslizarla hacia adentro con parsimonia o, en tiempos de lluvia, con la madera hinchada, de un certero empujón. Cerrar con semejante cautela. Caminar, con los zapatos en la mano, por el piso del mapa mental de las juntas que crujen bajo tu peso. Aguantar la respiración, la tos o la risa en el trayecto. Lentamente subir el resorte del sofá cama procurando que sus inevitables torsiones hicieran ruidos lo suficientemente espaciados como para no despertar a nadie. Desdoblar la sábana como si fuera el ala quebradiza de una mariposa nocturna, cuyo pelo con polvo no quieres esparcir. Con ambas plantas del pie bien apoyadas hacer el movimiento de sentarse poco a poco sobre la cama. Una vez posado, subir ambas piernas al unísono y, en un solo movimiento, meterlas a la sábana y taparlas. Si alguien se despierta durante la progresión de este laborioso procedimiento, taparse la cara con la almohada puede evitar un mal encuentro.

—¿A qué horas llegaste? —preguntó cientos de veces mi madre en la ambigüedad de saberlo y fingir desatención.

Una pregunta así se enfrenta con otra imprecisión:

—¿Como a las dos, dos y media? Comí mucho ajo.

Lo del ajo tiene como objetivo distraer la conversación, aunque, la verdad, no tuve casi nunca mucho que charlar: bebía solo, entre caminatas de un lugar a otro, dejaba las cantinas sin pagar mis cuentas, me echaba a correr al sentirme descubierto, me sentaba en columpios de parques desiertos, me llenaba las bolsas de cosas encontradas: muchos naipes de barajas para siempre incompletas. En esos primeros años de alcohol solitario pude haber corrido con una capa negra por los callejones y taparme la cara, con ella envuelta en un brazo, de los rayos del sol. A veces me encontraba con unos patrulleros. Desde dentro de su automóvil acechante, con las luces apagadas, me iluminaban con una linterna de halógeno. Me tapaba la cara con el dorso de la mano:

—¿Qué anda haciendo, joven?

—Pues ya a dormir.

—¿Por qué tan de noche y solito?

—Me dejó mi novia.

Lo de la novia tiene como objetivo sellar con un puente de empatía —a todos nos han abandonado— lo que pudiera convertirse en una retahíla de explicaciones. No hay razones para beber. Sólo el deseo, ansia, de desconectarse. Pero la policía toma como suficiente el desamparo personal. Supongo que se irían comentando dentro de su patrulla sus amores fallidos. De cualquier forma, mi madre alzó la apuesta en el juego: comenzó a cerrar con llave la puerta. Toqué un par de veces y caí, de nuevo, en la secuencia interminable de ser un hijo.

Esa vulgaridad requería una respuesta de ingenio. Ante un kilo de rudeza, un tanto de donaire. Mi réplica inicial fue dejar entreabierta la ventana de la sala. Fue un olvido imperdonable de la naturaleza de mi propia madre: verificaba hasta tres veces las llaves del gas, las puertas y las ventanas, además de un par de veces las jergas entre el suelo y la puerta, las mallas metálicas en los respiradores del baño, las luces apagadas. Ahí residía la clave. Lo último era la luz de la sala. Esperé afuera del departamento hasta que se extinguiera. Luego, suponiendo que todavía traía reloj de pulsera, tomé veinte minutos, tapándome un ojo porque sólo así puede enfocarse en esas condiciones. Mi madre era insomne, pero no tenía por qué estar alerta al sonido de una copia de sus llaves en la cerradura, ni al del virar en el picaporte hasta contar cuatro, ni de los pasos de mis calcetines etílicos, apestosos, agujerados, entrando a su recámara. Escuchar las pesadas respiraciones y dos bultos de sombras. La luz de la calle iluminando, como un milagro celestial, la luna —el mueble así llamado— y, encima la cartera cada vez más delgada de mi padre. Sentir las escamas del falso cocodrilo. Extraer la tarjeta de débito, sentir en la penumbra los números realzados, mientras caminas de regreso a la puerta, esta vez con un poco de prisa. Abrir la puerta. Ponerte de vuelta los zapatos fríos y desacomodados de la caminata nocturna y, con un dolor en los talones, emprender la fuga.

Mi padre tardó algunos días en bloquear su tarjeta y pude sacar el poco dinero que le quedaba. Sé que suena un tanto frío, pero de que él siguiera comprándole regalos a mi madre que lo hacían cada vez más sospechoso de infidelidad, a que yo tuviera dónde vivir y, sobre todo, beber a solas, no existía paridad. Eventualmente conseguí un trabajo. Me dieron una credencial fotocopiada —"seguridad nocturna", decía—, una especie de permiso oficial, que me colgué del cuello, un silbato y una chamarra para el frío. Velar un conjunto habitacional no es un oficio sencillo. Tu principal adversario es quedarte dormido de aburrición. Por eso los cuidadores tienen pequeñas televisiones, radios. Libros jamás he visto, por lo que sospecho que los veladores son analfabetas en su mayoría. Yo metía una botella. Como digo, lo interesante del alcohol no es a qué sabe sino la forma que tiene de separarte, de apartarte, de ti mismo. La diversión es dejar de sentirte progresivamente. A veces muy poco a poco y, otras, de un mazazo. Dentro de la cabina de vigilancia las ideas se iban evaporando, antes de entrecruzarse, hipócritamente, engañando a las demás, sirviendo de paño de lágrimas, vertiendo su verdadera naturaleza odiosa, haciendo muecas que no resultaban sino patéticas. Luego, uno se va horas en el vapor que se disipa, abre uno la boca hasta que le gotean los dientes, los ojos se ponen calientes en los párpados, se sumerge en uno la ola cálida del desecho. Todo puede ser en un minuto: el recuerdo se hace tristeza infinita que te lleva a las lágrimas: "No sé por qué he nacido", o la memoria te hace sonreír hasta que emergen dos, tres carcajadas solitarias. Sientes simultáneamente que todos te quieren y ninguno. Que podrías hacer todo y, cuando tratas de mover una pierna, te tambaleas y casi caes. Hablas mucho solo sobre nada y, si llegas a ver una hormiga caminando en tu pantalón, le adviertes sobre las consecuencias. Beber hasta desacomodarte. Beber por la incredulidad de que lo que te rodea sea tan solemne —eso te incluye— y que no pueda ser borrado de un golpe, como la palma de la mano abierta tirando las cosas sobre una mesa. Beber es no creer y por eso se le condena. Y yo estoy de acuerdo: la sospecha de que estás parado sobre el absurdo no es algo que quieras compartir con tu pareja, tus amigos, tu familia. Porque es una certeza intestinal, más que un descubrimiento. La idea de que el mundo seguiría existiendo con o sin tu final, un abrumador sentido de que el resto se encargará de que todo siga fluyendo hacia el fondo de la botella.

Por eso nunca me importaron las marcas, o los precios. De verdad. Sí, es cierto que uno tiende a romantizarlo, a tratar de que eso por lo menos tenga una lógica civilizada: hecho de caña cacheteada en el rayo del sol de la Tegucigalpa, embutido en arcones viejos de madera podrida, destilado por las manos explotadas de unos niños en Camboya. Sabor a vainilla afrutada con trembleques de ácido ascórbico marinados en suaves tintes de osobuco de ternera y mejorana y, hacia el final, el fogonazo que le hará perder la conciencia. La segunda copa contiene el mismo líquido pero ya no el discurso justificatorio. Lo demás es estar pasmado y eufórico y apagado y embrutecido e iluminado. Y está sonando el teléfono del 201 y cómo se contesta y me giro en la silla pero casi me caigo otra vez, y dónde suena, tiene —creo— una lucecita amarilla cochambrosa y ya la viste y oh, es terrible, dejó de sonar. No debió ser tan importante. Pero, ahora las luces de un coche que interrumpen el estado de postración con tanto esfuerzo alcanzado y hay que empujar la manivela hacia abajo para que pase por debajo de la pluma metálica, de cebra amarilla, y dejarla caer, cuidando que no sea sobre el cofre del coche, que ya ves que los vecinos cuidan mucho sus coches y no les gusta que el zaparrastroso del centinela de noche parezca que siempre tiene los ojos enrojecidos de la sabiduría más arcaica, la de que nada importa y todo puede volar que nadie nos va a extrañar.

Ser el velador en el turno de una a seis de la mañana me permitió tener una casa para mi solo: un cuarto arriba del "salón de juntas" de la administración vecinal. Cabía un catre al lado de un hoyo de cemento que —se decía— podía manifestarse como baño y una puerta que cerraba. No tenía ventanas y, una vez adentro, me dejaba la ropa interior, me tapaba con la colcha puerca donde cientos de generaciones anteriores de pulgas habían dejado una profunda huella en la historia de esa colcha, destapaba otra botella y bebía hasta quedarme dormido. No lo hacía de corrido. Eran descansos intermitentes, hilvanados por los ruidos de una unidad habitacional: el de los botes de metal en la basura, el andar de los coches sobre veredas de piedritas, un eventual ladrido o berrido infantil. Rara vez pasaba algo en el "salón de juntas". Se escuchaba un tirar de papeles sobre una mesa, unos jadeos, un "quítatelo", un "métemela por aquí", y un "¿trajiste el condón?" Nunca supe quiénes eran los calentados y, por más que hacía figuraciones por imaginármelos frondosos, turgentes, saludables, siempre tuve la idea fija de que eran dos gordos, a los que se les caían las pelucas. Hay gente a la que beber los pone fogosos. A mí me pone realista. La otra cosa que llegué a escuchar fueron las elecciones. Se ponían abajo de mi cuarto las urnas y se formaban filas de gente desde temprano. Me arrullaba con la idea de la democracia. Es muda.

A veces pensaba en mis padres y mi hermana. Ninguno de los dos años que estuve de centinela sentí verdaderos deseos de volver a saber de ellos. Imaginaba sí, las posibilidades de separaciones, enredos, peleas, azotones de puertas, llantos que su vida en juntos provocaba. La familia no es el mejor lugar para educar a un hijo. Bebía, pues, durante mi noche y durante la noche de los demás. Sé que, eventualmente, esa disciplina puede costarte la vida: el hígado se petrifica, ya un nudo de fibras correosas, los riñones dejan de almacenar orines, el estómago se ulcera porque, han de saber, el apetito se extingue por completo. Es como si el cuerpo no necesitara nunca más que sus litros de alcohol para sentirse dentro de él mismo. Como si el cerebro ya sólo trabajara en la condición nebulosa de una medusa que avanza, ondulando, bajo un mar en calma cuyo mayor movimiento es el de las partículas ante una luz precaria.

Y, lo curioso, es que avanzas tú también, tus pies hacia cualquier lugar: del catre al baño; del cuarto de vigilancia —en el que, a veces, entran los otros vigías pero no te hablan porque ellos sí son "seguridad privada" y sus identificaciones no son fotocopias, sino placas de metal en el pecho— a la escalera, hacia afuera, por la vereda, a la calle, al supermercado. Una vez adentro puedes ver las miradas de reprobación de la cara un tanto hinchada, la mirada hermética, la mandíbula desencajada, los pies caminando como si tuvieran esquíes. Recorres los pasillos sin hambre, sin interés, sin voluntad y, de pronto, se te ocurre que necesitas un cuchillo. Hay chicos muy puntiagudos, de sierra, con los mangos de plástico o de madera o de imitación madera o de imitación plástico. Ves uno grande, crees que se llama cebollero y es perfecto para saber tu verdadera naturaleza: apartarte. Beber es apartarse de uno mismo, sumergirse en un lugar donde no estás ni tú mismo ni los demás, sino una maraña de movimientos involuntarios, unas ideas que no sabes de dónde vienen y que, si les preguntaras a ellas, a las ideas, quizá se burlarían de ti. Beber es entrar, cada vez, a ese lugar que siempre es distinto —no hay borrachera igual, aunque puedes llegar a creer que se repiten con hastiante regularidad—, del que se te borran cavernas, algunas olas y dentro de la que pueden pasar hordas de personas a las que, incluso, les hablas pero no eres tú. Beber es volver al origen de todo, cuando fuiste una marioneta.

Estás de acuerdo en que la visión de ver a alguien separándose no es agradable, por eso lo practicas solo en tu cuarto de vigilante. Por las noches, en tus noches, en las de los demás. Estás seguro de que puedes descubrir algo. Que todo esto, el alcohol reventando todos los días, nuevo en sus rayos iluminadores, viejo en sus tenebras sofocantes, de ninguna época en los borrones que sólo llegan en forma de flashazos intermitentes. Imágenes repentinas, días después, en los que, parece, te avergonzaste, que tu cuerpo se resistió con una sudoración que pudo tener una conciencia de lo que ocurría, pero que no recuerda exactamente qué fue. La vida secreta del beber.

Una noche tomé el cuchillo. Una idea vino sola, agitando la cola, o más exactamente, sacando burbujas del aire en el cuartucho. Me incorporé en el catre con la manta enrollada. Era invierno. Una cucaracha se había quedado parada en un rincón y escuché sus patas escarpadas atorarse con alguna pelusa del suelo. Encendí mi linterna de centinela y la alumbré. No se echó a correr, sino que disimuló que no existía, que realmente no estaba ahí. Tomé el cuchillo que guardaba bajo la almohada por si alguien, alguna vez, me saltaba para asaltarme —a mi cuerpo, que era ya lo único que me quedaba después de bloqueda la tarjeta de mi padre— y lo empuñé. De un tajo corté a la cucaracha en dos. Sus patas traseras se agitaron, y una mitad salió corriendo hacia un lado. Su cabeza quedó quieta en la otra parte de su cuerpo. Durante un instante vi el movimiento de una de sus partes y el pasmo de la otra. ¿Qué era lo que, en una mitad, provocaba el reposo y, en la otra, la premura? No era la vida. Era la muerte.

A partir de ese momento corté otras criaturas: plantas, que daban igual; una mosca panteonera a la que sometí a toallazos, una cucaracha semejante, pero menos segmentada, acaso una cigarra con el cuerpo transparente lleno de pintas marrones, como las manos de un anciano. Todas, salvo las plantas que quizá se estremecían un poco, se movían apresuradas después de separadas. Apartarse, irse a un apartamiento, conllevaba seguirse moviendo, a pesar de que estaban ya muertas. ¿Qué eran esos últimos instantes?

Imaginé a mis padres comprando en un golpe de suerte un departamento. Dejar de rentar, ser propietario, implica que ya sabes que morirás en ese lugar. Es terminar con la precariedad. Pero, a pesar de saber eso, la gente se sigue moviendo dentro de su última morada, sin atreverse a pensar que nunca más se mudará, que ya ha muerto, aunque no quiera reconocerlo.

No sé qué me pasó esa noche en particular. Me hallo en una montaña inundada, único lugar donde yo me sé a salvo de la barbarie de unas guerras que ya llevan años y de la ola delictiva en las ciudades que con toda impunidad va en aumento; en forma de sirenas de patrullas y ambulancias. Allá afuera. La primera tormenta me impide salir de mi cuartucho y, completamente solo, salvo por la compañía de una hornilla eléctrica, considero que muchas veces, al tratar de unir de nuevo un cuerpo destazado, sucede que algo simplemente se ha ido de él y que es a lo que llamamos vida. Lo que se va.

La multitud de órganos, apéndices y secreciones sirve muy a menudo de disculpa a nuestros malos olores, torceduras, flatulencias que nos dominan, siendo un Estado mucho mejor regido cuando hay pocos órganos y, sobre todo, flatulencias institucionales, pero muy estrictamente olisqueadas, así también, en los lugares del gran número de cosas que nos habitan y cuelgan por doquier, creí que me bastarían los cuatro siguientes reglas:

Fue primero no cortar mi propia capacidad de entendimiento pues, sin ella, terminaría por cortarlo todo, sin método, e incluso sin el propio entendimiento, sostenido en esa capacidad desde la que les escribo. Como en todas mis anteriores incursiones en el misterio de la vida, jamás había notado evidencia alguna de ese misterio e incluso comenzaba a dudar de si existía como tal o sólo como secreto. Decidí cortar sólo lo que se presentase tan clara y distintamente a mi entendimiento como algo factible de seccionarse, que no hubiese ocasión de dudar.

Lo segundo, dividir cada una de las partes en cuantos segmentos fuera posible y examinarlas con mi entendimiento incólume.

Lo tercero, ordenar en una mesa todas las partes de mi cuerpo, empezando por los objetos más simples que fueran todavía reconocibles, como el dedo gordo del pie, para ir ascendiendo poco a poco, gradualmente, hasta el conocimiento de los más compuestos, de ésos que nos dicen los médicos que existen en nuestro interior y que jamás verá el común de la gente que prefiere ser anestesiada mientras le meten mano, e incluso suponiendo un orden entre los que parecen incompatibles como la nariz y el píloro.

Y el último, hacer en todo unos recuentos tan integrales y unas revisiones tan generales, que llegase a la revisión integral y al recuento general, de tal forma tan absolutamente generalizada e integral, que lo que constituía el misterio de la vida quedara solo, temblando en un rincón del cuarto, y tuviera que acercarse al fuego para calentarse o sufriera un instante de nostalgia por su cuerpo y se sintiera tan marginado por los demás, tan general e integralmente omitido, tan específico y fragmentario, que tomara la opción de salir desde su misterio hacia mi filosofía.

Esas largas series de tormentos y laceraciones, que los faquires acostumbran emplear, para llegar a recaudar apenas unos centavos que luego son robados por el mono que mueve el organillo, habíanme dado ocasión de imaginar que todas las partes del cuerpo de las que el hombre adquiere dolor, malos olores o hemorragias, se siguen unas a otras en igual manera, y que, con sólo abstenerse de admitir que alguna no es separable y guardar en la memoria el orden en el que estaban armadas, no puede haber ninguna, por lejos que se halle de la mano con el cuchillo o por oculta que esté dentro de alguna cavidad, que no se llegue a alcanzar, cortar, analizar y explicar. Y no me cansé mucho en buscar por cuáles era preciso comenzar, pues ya sabía que por las más simples y fáciles de conocer; y considerando que, entre todas las partes a la mano, los mocos son los menos dolorosos de extraer, metí dos dedos en cada fosa y hurgué. No había mucho ahí y tuve que rascar y jalar para encontrar lo que toda filosofía intenta: un pequeño residuo que, quizá, era más imaginación que materia. Y lo coloqué donde iría mi nariz separada algún día sobre una mesa. Mas no por ese reducido éxito me detuve a contemplar mi obra, sino que continué con las siguientes partes. Miré mi pie y lo corté de un tajo que me dejó temblando y a medio camino, pues faltaba traspasar el hueso y completar el seccionamiento. Después de algunos insultos a Mí Mismo y a la Naturaleza de las Cosas, al Sentido de la Vida, y a la idea de que nacemos separados de nuestra propia familia, comencé a brincar sobre el pie derecho de puro dolor. La sangre manaba a cántaros y tuve que remojar y secar mi pie izquierdo ya desprendido del todo para poderlo ver clara y definidamente. Y ahí estaba sobre la mesa, en uno de los extremos y me concentré entonces en seccionarlo en partes siempre más simples: separé cada dedo y, después, cada pequeño hueso que lo compone, los ligamentos a ambos lados para recordar, después, cómo es que estaba unido. Mientras este trabajo acaparaba mi atención, la sangre seguía surgiendo de la herida inflingida, pero con esa curiosa mezcla de prisa por abandonarme y deseo de ensuciar el cuartucho todo. Me apliqué entonces un torniquete que detuvo la hemorragia. Mareado, consideré que el cuerpo es un asunto que duele sólo cuando sigue pegado a sí mismo y que, ya seccionado, como mi pie desmenuzado sobre la mesa, no duele. Y después consideré que la sensación del pie separado no existe y que se sigue sintiendo como si todavía estuviera ligado a la pierna y no sobre una mesa. Y, por último, noté que el pie sobre la mesa no siente la frialdad o aspereza de la mesa misma. Así llegué a una primera conclusión que me había arrojado el método mismo: que la manera de no volver a sentir dolor es quitarse el cuerpo todo. Y creo que fue justo después de inteligir esa consideración que me desmayé.

No había conquistado ni la mitad de la labor que me proponía llevar a cabo cuando sobrevino la segunda lluvia que amenazó con inundarme. Cortado por la mitad y caminando con las manos, apenas tuve la estatura para mirar por el debajo de la puerta. El descenso de la temperatura ayudó en algo a mis propósitos, pues la sangre emerge con menos rapidez que en el Ecuador y gira de un modo distinto en cada uno de los hemisferios. Fue entonces que, absorto en mis meditaciones, sentí el mareo de nuevo, y tuve que comenzar a considerar la posibilidad de beber algo más. Y como no había mucho a la mano que estuviera fresco, salvo mi propio pie izquierdo que gustoso habría cocinado e ingerido, pues, simplemente lo hice, entre tragos desesperados, creo que en una hornilla eléctrica que había en el cuarto y que, a veces, se me presentaba como una chimenea; otras, como un horno de leña. Aprovechando la modorra que viene con la digestión decidí probar suerte con mi brazo izquierdo, pues, siendo diestro, sería el más fácil de segmentar. Pero me detuve, no por un prurito al dolor o a la sangre, sino debido a una razón clara y definida de la que me acababa de acordar: todavía necesitaba los dos brazos en su lugar.

Para empezar a destruir un palacio de gobierno, no basta con agarralo a mazazos o darle de cañonazos, sino que también hay que proveerse de un proyecto para construir uno nuevo en su lugar, acaso más grande y ostentoso, en dónde pasar cómodamente el tiempo que dure el gobierno revolucionario o de transición, que puede prolongarse durante un siglo y varias series de purgas y ejecuciones. Es justo el lugar desde donde mejor se ve la guillotina. Así, pues, con el fin de no permanecer irresoluto en mis acciones, mientras la razón me obligaba a serlo en mis cortes, y no dejar de vivir, desde luego, con la mejor ventura que pudiese, hube de hacerme de un cuerpo nuevo, que podría ser como la sede desde donde se decidiría el futuro de los hombres y las mujeres. Nunca de los niños, pues éstos carecen de futuro, según la opinión más extendida y razonable.

Había decidido esto mucho antes de alojarme en este inmundo cuartucho de vigilante o lo que mi cerebro sumergido y flotando como una medusa me dijera pero, por el furor de encontrar víctimas propiciatorias, me había olvidado de ello hasta el grado de estar a punto de cortarme uno de los brazos. De tal suerte que extraje de debajo de la mesa las piezas que con tanto cuidado había ido seleccionando para mi nuevo cuerpo. No estaban muy frescas en definitiva pero al menos no tenían todavía la consistencia como para deshebrarse. Otra ventaja del clima era que podrían conservarse durante un lapso más amplio que en el Ecuador. Las piezas provenían de tres víctimas recientes, las últimas tres, de hecho, originarias de la misma ciudad, a no pocos kilómetros de aquí, de donde supongo provenían, o quizá algunas fueran inmigrantes.

La primera fue un cura. Pues si hemos de seguir las leyes y la costumbre, conservando constantemente la religión en que la gracia de Dios hizo que me instruyeran desde niño, algo de mi nuevo cuerpo habría de tener las cualidades de un sacerdote. No me refiero a lo espiritual que está tan presente en ellos como lo está en un caballo masticando un ladrillo de sal, sino a sus bien alimentados intestinos y a su placidez y pachorra tan absolutas que sus tejidos apenas han sido recorridos por el humor del pánico, la angustia o la desazón. Sus manos intocadas por el trabajo fueron mi mejor opción y dí gracias a Dios de poder separarlo de su cadera y columna que, robustas, soportaban cabalmente su exceso de peso, su risa incontenible y los cuerpos de algunas criadas. De hecho, lo ataqué justo cuando, de espaldas al altar, hacía el truco de cargar con cada brazo a dos criadas quienes, entre risitas, se dejaban levantar con las zapatillas a varios centímetros del piso. "Las voy a ascender al cielo", decía el cura, seguramente después de que las criadas le habían pedido tan sólo un aumento de sueldo. Y ahora que veo los pedazos del cura, ya no se ven tan robustos, ni aluden ya a su risa o a su placidez. Tampoco contienen la historia de las criadas que, despavoridas, salieron del convento pisando dentro de sus cubos con agua y dando grandes alaridos para que alguien auxiliara al párroco. En todo caso, ni Dios acudió en su auxilio.

Mi segunda proveedora fue una sirvienta extraviada en el estacionamiento o una señorita de las que asisten, en falda azul marino y calcetas blancas, a la regularización de sus cursos de matemáticas. La seguí durante horas y noté lo firme y resuelto de su caminar, a pesar de que se encontraba perdida. Y es que las sirvientas que se pierden nunca andan errantes ni menos se detienen, sino que caminan derecho hacia un lugar fijo, sin variar la dirección por aspavientos o dudas, pues de este modo, si no llegan precisamente adonde quieren ir, por lo menos acabarán por llegar a alguna parte, en donde es de pensar que estarán mejor que no en medio del estacionamiento, ante un centinela sucio con un cuchillo en sus gargantas. Y así, puesto que muchas veces las acciones de la vida no admiten demora, es verdad muy cierta que si no está en nuestro poder el discernir las mejores opiniones, y aunque todo sea mero azar que interpretamos tranquilizadoramente en nuestras cabezas como una dirección que nos sacará de nuestro extravío, decidirnos por algunas y considerarlas después, no ya como dudosas, sino como sigue caminando y encontrarás la salida, porque la razón nos ha determinado que lo es. Y esto fue justo lo que la sirvienta extraviada encontró al final de su camino. Fue una salida, un tanto definitiva e irreversible, pero ella qué iba a saber. Y así, mientras la despojaba de sus piernas firmes y resueltas, de sus muslos y pies concisos, pensé que la sirvienta no debía ya agitarse por haber tomado un camino erróneo, pues, si se hubiera mostrado vacilante, yo jamás la habría elegido y, a estas fechas, seguiría perdida en medio del peligroso estacionamiento.

Mi tercera víctima fue un mendigo. Juzgarán acaso mi elección como extravagante, pero permítaseme explicarla. Un mendigo es alguien quien se ha despreocupado del mundo a tal grado que no siente deseos de estar sano, estando enfermo, o de estar libre, si lo encarcelan, que no tiene deseos de poseer otro cuerpo eterno o alas para volar. Mi sujeto estaba hundido en sus pensamientos en el arroyo de la calle, entre camiones y escapes, murmurando un poema o una canción. Nadie tan sustraído al imperio de la fortuna, y a pesar de los sufrimientos y la pobreza, en competencia tan legítima con su propia situación. Pues, ocupado sin descanso consigo mismo, persuadido tan perfectamente de que nada tenía en su poder sino la canción que balbuceaba, ni siquiera reclamó cuando le corté la cabeza. Decapitada, su boca terminó su vida silbando los primeros acordes de una canción que no reconocí.

Estos tres ejemplares eran acaso la síntesis de lo que debía ser la vida humana, en lo esencial: desenfadada, decidida e inmersa en sí misma. Y, cociendo sus partes entre sí, dí forma durante las siguientes horas, y de trago en trago, a mi nuevo yo. En el lapso que esforzadamente hube de tomar hilo y aguja, pegamentos y brochas, clavos y martillos, continué destazando partes de mí mismo para cenar. Debo de ser muy poco alimenticio, pues pude notar que mis miembros adelgazaban y que la pequeña barriga que anteriormente me precedía a todos lados, simplemente desapareció.

Al contemplar mi obra casi terminada, consideré que el resultado distaba en mucho de una figura plenamente humana, pues carecía a cabalidad de proporciones semejantes: las piernas de la sirvienta adaptadas a las caderas, columna y tronco de un cura gordo, con la cabeza y brazos de un mendigo asemejaban a un circo de tres pistas sin realmente un lugar en el que posar la mirada y muchos lugares para esquivar. Reconocí ante mí mismo, ya que no existía otro en este cuartucho tapiado, que si mi búsqueda hubiera sido de carácter estético, quizá el cura estaría vivo y la sirvienta en mi lecho, pero ése no es en absoluto el objetivo de mi indagación. La estética es uno de los juicios más dudosos y pensé que, con el tiempo, aprenderían a apreciarme por lo que soy y no por lo que parezco: un rompecabezas de carne armado con la astucia de unas tijeras melladas.

Mientras mordisquea mi mano derecha y mis dos orejas con sangre cocinadas con los jugos de mi nariz, fui asaltado por una duda: ¿Cómo iba a transmitir mi yo al nuevo cuerpo? Y, en tal caso, ¿qué era lo que debía transmitirse? ¿Dónde residía? ¿Cuál era su materia? ¿Qué era ese yo?

Procedí entonces conforme al método que ya antes me ha servido para dilucidar ciertas cuestiones que, por mucho hablarse y hablarse, suelen enredarse en múltiples griteríos, y terminan por vaciar las sobremesas de las cantinas, y el dueño nos pide amablemente que nos retiremos o avisará a la policía. Por principio de cuentas, la vida, tomada como "lo que se va", carecía de respuestas claras y definidas, así que la eliminé del asunto. Para ello tuve que amenazarla con un cuchillo y fue a esconderse debajo de algún mueble. Dudo que haya abandonado el cuartucho debido a que ya no se podía salir de ahí, debido a los portentosos aguaceros.

En segundo lugar, pensé que ese "algo" que yo estaba buscando era una voz que se pensaba a sí misma como enjaulada en un cuerpo. Es la voz que decide que lo que dice de sí misma se refiere a mí, que incluye a mi cuerpo, a veces, y con frecuencia lo excluye, cuando se pone a criticar mi narizota o el tamaño de mis orejas tan despegadas del maxilar como afectadas por una ráfaga de viento. La voz, por todo lo que sé, reside en el cerebro pero no es el cerebro mismo el que me piensa, sino una mente que habita en mi interior que, dividida en voces e imágenes, olores, recuerdos, logra darme la sensación de ser yo mismo. Esta segunda idea tampoco me satisfizo, pues provenía de mi propia voz y estaba yo obligado a dudar de ella, pues nunca se presenta como una razón clara y definida, sino como un parloteo sin interés alguno.

Mi tercer intento trató de prescindir de mi propia voz con todas sus opiniones, prejuicios y simplezas, tan segura de sí misma hacia afuera y tan desprotegida cuando ejerce la autocrítica, y puse la mente en blanco. Pasé de esa manera un tiempo prolongado pero mi vocecilla no dejaba de decirme: "blanco" o "nada". Era irritante. Una tormenta eléctrica estalló afuera, iluminando la sombra del cuarto con un lenguetazo. Decidido a encontrar mi esencia y negándome ya bastante irritado a que mi naturaleza, razón y capacidad de discernimiento fueran aquella vocecita incoherente en mi cabeza, compuse la pequeña guillotina que para el desenlace había traído también hasta ese cuartucho inmundo. Y, debajo de su hoja sin usar coloqué mi cuello y corté la cuerda.

Una vez que las tormentas me dejaron abandonar por fin el cuarto, regresé a la ciudad con una bolsa vacía y varios kilos y sangre de menos. Había encontrado una respuesta a tantas penurias y, si bien no satisfacía las grandes empresas para las que hasta esa fecha me sentía llamado, era una respuesta definitiva. En cuanto vi una taberna me dirigí a ella y, sentándome sin mucho equilibrio, pues una de las nalgas gemelas había sido consumida en una noche de mucho apetito, dejando a la otra solitaria y refunfuñando, me pedí un poco de comer y algún aperitivo para calentar el cuerpo que me quedaba tras tantos días a la deriva invernal. Dispuso el azar que el comensal del codo de al lado fuera un profesor de filosofía que, harto de las argucias de alguna mujer y de su mejor amigo, se había decidido a separarse de las grandes ciudades y ahora observaba, en estas tierras universitarias, el proceder monástico de dar caminatas, pensar, leer y escribir un poco sobre sí mismo y el mundo. Era una persona afable, en busca de la sencillez de la gente del campo, aunque un tanto extraño en sus maneras, pues no me interrogó sobre dónde había estado sino qué me había sucedido. Encontré su pregunta un tanto impertinente y, lejos de mis impulsos habituales, quise matarlo con mis propias manos. Incluso, palpé el cuchillo cebollero en la bolsa de la chamarra de vigilante.

Pero, de inmediato, juzgué esa decisión como irracional, por lo que aproveché su impertinencia para revelarme como lo que soy, un estudioso de la vida humana.

Entusiasmado por encontrar a un pensador en estas tierras de ordeña y estiércol, el profesor se presentó e hizo traer una botella de un aguardiente de lo más corriente. Pronto estábamos muy tomados y él comenzó a preguntar por asuntos que yo considero de la más profunda intimidad:

—¿Quién te cosió esas heridas? Parece el trabajo de un sastre ciego —balbuceó.

—Yo mismo —respondí clavándole la mirada.

—Pero, ¿te caíste de un camión andando? —siguió.

—Las secciones me las infligí yo mismo, en busca de respuestas claras y definidas. Luego, pasé a poner todo en orden, incluso mi propia cabeza separada de mi cuello.

—Eso no es posible —contestó—. Yo he sido perfectamente sincero sobre mis actividades e intenciones y usted responde a toda confianza con una mentira.

—Le digo que es verdad. Pruebe lo contrario —lo reté.

—Pero es evidente su mentira, señor mío —se sirvió otro trago el profesor—. El ser humano no está hecho más que para infligir heridas en otros, no para sí. El dolor provoca un desmayo en cuyo tiempo usted se habría vaciado de sangre. Y nadie, amigo, puede decapitarse y luego volver a ponerse la cabeza.

—No es eso lo que he hecho —le respondí con más sinceridad. Y pensé: "Acabo de llegar y estoy a punto de revelarle mi descubrimiento al primer desconocido que me topo".

—¿Y qué es entonces lo que ha hecho?

—No lo sé con exactitud.

—Explíquese.

—No sé si sería prudente.

—Vamos, tome un poco más de esto.

—Usted es un escéptico. Jamás me creerá y terminaremos a golpes —le advertí.

—No se preocupe —respondió el profesor montándose las gafas que le escurrían por el puente de la nariz—. Si en algún momento su historia me parece una ficción, me levantaré de esta silla sin decir palabra. ¿De acuerdo?

—Bien —accedí—. Hay dos cuerpos en mi cuartucho de centinela. Uno es el mío y otro hecho de restos que fui recolectando para tal efecto.

—¿Para cuál efecto?

—Mi idea era buscar en mí mismo la esencia de lo que soy con el método de ir eliminando lo que no lo es.

—¿Qué no es?

—Eso. Me fui cortando en pedazos hasta encontrar lo que no puede desprenderse, la esencia.

—¿Y esto es su esencia, mi amigo? —se rio señalando mi cuerpo.

—No, éste no es mi cuerpo cortado. Éste es otro que me hice a medida. Un nuevo cuerpo, como se tienen nuevos gobiernos cuando se destruyen los anteriores.

—Estamos hablando en metáforas. Ya me había usted asustado —respiró el profesor—. Le diré algo sobre las transiciones a la democ…

—Lo que digo no es una metáfora —le apreté el brazo y comenzó a chillar que lo soltara—. Éste no es mi cuerpo, es el cosido.

—Pero ¿qué dice?

—Yo qué sé. Eso fue lo que ocurrió en el cuartucho. El cuerpo con el que llegué todavía está ahí dentro, muerto, destazado, decapitado.

—¿Y cómo lo sabe? —saltó el profesor conteniendo el aliento—. Las partes de varios cuerpos no son tan fáciles de volver a unir y, si no le incomoda, ¿de dónde sacó la sangre para el nuevo cuerpo?

—Las partes todavía tenían sangre dentro de ellas. Este cuerpo no es el mío, sólo lo es la mente con sus recuerdos, olores y parloteos incesantes sobre mí mismo.

—Vaya caso. Me gustaría estudiarlo. Beba un poco más.

Y le conté, quizá con una prosa que con frecuencia perdía el sentido tratando de ser precisa, sobre mi niñez, mi padre, madre y hermana, los rechazos o quizá le conté sobre mi carrera como vigilante o mis amores siempre imaginarios y esfumados en las neblinas de lo inoportuno. Hubo un momento, no se cuál, en que yo hablaba conmigo mismo, tropezándome, bregando como por un bosque helado, y tampoco importó que todo el tiempo yo tuviera la noción de que el profesor, en efecto, se levantó de su silla y se fue sin pagar.

La idea de que uno tiene un Yo es una de las cosas mejor repartidas en el mundo pues, salvo los avorazados que tienen personalidad múltiple, todos tenemos al menos uno. Suele suceder que, aunque teniendo ya uno, la persona que lo porta quiera que este Yo sea más grande, querido por todos, o que se sobreponga a la muerte de su mamá, pero eso no hace sino complicar las cosas. También existen quienes lo poseen, pero que nunca han reparado demasiado en ello, salvo para voltear la cabeza cuando alguien les silba en la calle. O están los que, como yo, se despiertan una mañana y se sienten un tanto faltos de él, con los ojos enfebrecidos, la boca seca, los tambores en las sienes, y se detienen un poco a reflexionar:

—Pienso, luego, ¿cómo llegué a estar acostado en este catre?

El saber cómo llegamos a casa por la madrugada es la única cosa que nos hace hombres y nos distingue de los animales, a quienes les da más o menos lo mismo masticar a la dueña de una casa o a la de otra. Quiero creer que esa capacidad está entera en cada uno de nosotros, quizá con la excepción de los que leen noticias deportivas, y en especial en mí, y seguir en esto la común opinión de los filósofos, que dicen que el más o el menos es sólo de lo que te bebiste, de la velocidad con que lo ingeriste, de si la botella tenía o no una etiqueta del responsable de la destilación y, por supuesto, de si incurriste en la triste acción de tomar de los sobrantes de los que ya se habían ido.

Pues tales frutos he recogido ya de ese método que, aun cuando en el juicio que sobre mí mismo hago, procuro siempre inclinarme del lado y desde luego hacia el lado de la desconfianza, mejor que del de la presunción, es decir, que siempre soy más proclive a pensar que soy otro y no yo mismo, por lo que tiendo a reclamarle al tipo del espejo dónde me ha dejado anoche y, al ver que él no sólo no me responde sino que me imita, monto en una cólera biliosa en la que el otro termina gritándole al del espejo que le diga dónde me ha dejado o lo matará porque al tipo que está buscando lo necesita para actividades tan vitales como mirar, cuidar, vigilar, contestar el teléfono, subir la pluma y pedir, y aún exigir, bebidas en el supermercado.

Puede ser, no obstante, que me engañe y, en efecto, mi método sólo sirva para concluir que soy cualquier otro. Viendo que era capaz de dudar de la existencia de la noche anterior, incluso fingir que no me dolía la cabeza, se seguía muy cierta y evidentemente que yo era alguien capaz de ponerse a dudar de la noche anterior. Conocí por ello que yo era una sustancia cuya esencia y naturaleza toda es engañarse a sí misma y que no necesita, para ser, de vivir en una pocilga como ésta, ni depende de evidencia material que no pueda ser limpiada, trapeada o escondida detrás de una cómoda; de suerte que este Yo, es decir, el amo de mis propios recuerdos, por la cual yo soy lo que soy, aunque no me guste lo que soy y tenga serias sospechas de que mis padres nunca quedaron en nada complacidos con el triste resultado que soy, pues cada vez que los imagino, bajan las miradas y se estrujan las manos bajo la mesa, ese Yo es enteramente distinto de la cara que traigo, y hasta más fácil de deshinchar que ésta y, aunque la jeta que me cargo no fuese, mi Yo no dejaría de criticarla.

Después de esto, consideré, en general, lo que se requiere para considerar algo en general y no tuve ni idea. Pues como ya acababa de hallar una respuesta que sabía que era fácil, pero que, al mismo tiempo, quizá mi aliento me decía que no lo era, pensé que debía saber también en qué consiste esa desazón. Y habiendo notado que en la proposición: "yo pienso, luego, nadie me trajo a casa", no hay nada que me asegure que digo verdad, sino que veo muy claramente que para borrar una noche o lo que se dijo en ella es preciso ser, haber sido otro o no ser nadie en absoluto, juzgué que podía admitir esta regla general: que las cosas que concebimos muy clara y distintamente son una pedacería que da pena mirar.

Y así, volví a la cama, y me dormí hasta que se me cayó una pierna.

Les dirán que así me encontraron, ahogado de borracho y con un cuchillo en la mano. Que tenía pequeñas cortadas en las piernas y brazos y, quizá, una herida más o menos profunda en la cabeza. Les dirán muchas cosas. Como que ese día me despidieron, escoltado por los policías hasta el ingreso peatonal. Que me insultaron y me empujaron por la calle, hasta la entrada del metro. Pero yo les diré que nunca me resistí porque, sin saber si era yo o el otro, simplemente me dejé llevar. Sabía algo que ellos no: que la fe es algo que se te resbala, que beber solo es hacerlo sin Dios.

Y tal es la naturaleza de mi primer departamento.

El comedor de Burroughs

El domingo 23 de septiembre de 1951, William Burroughs se cambió del departamento ocho al cinco de la calle de Orizaba 201. Lo ayudó Juanita Peñaloza, una de las dueñas y ex criada de Trotsky:

—A ver si aquí se le olvida todo —le deseó.

Dos semanas antes Burroughs había asesinado a su esposa, Joan. El ocho lo limpiaron John Healy y Louis Adelberg Marker antes de que llegara la policía: recogieron las jeringas, las 30 botellas vacías de esa semana —sólo Joan se tomaba dos de ginebra al día—, los inhaladores exprimidos de benzedrina, los escapularios con heroína dejados por ahí, entre las páginas de los libros. Joan y William se estaban limpiando de drogas y habían ideado una forma de aminorar el ansia anhelante del síndrome de abstinencia: fumar y beber. Pero, tras el asesinato, la policía podría deducir la culpabilidad de Burroughs tan sólo por una pipa untada de mariguana quemada o un reguero de botellas y ceniceros rebosantes. La frase que usaron para referirse a México, D.F. —"México es mi lugar. Quiero vivir aquí y que mis hijos crezcan aquí. No volvería a Estados Unidos bajo ninguna circunstancia. Aquí hay una cultura básicamente oriental (80 por ciento indígena) en la que todo mundo domina el arte de ocuparse de sus propios asuntos. Si alguien quiere usar un monóculo o llevar un bastón, no lo duda un segundo y nadie lo nota. Los chicos y los hombres mayores pueden ir del brazo y nadie se mete con ellos. No es que a los mexicanos no les importe lo que otros opinan de ellos. Es simplemente que a nadie se le ocurriría criticar al otro. Por eso, nadie trata de ocuparse de los asuntos de los demás"—, no era seguro que se aplicara ahora que la policía investigaba el crimen. Así que los amigotes entraron por una ventana al ocho y recogieron lo inculpatorio. Eso incluyó dos revólveres .45, varios cuchillos cortos de sierra y una flecha boliviana. Así que cuando Burroughs cerró la puerta del cinco, ya sin Joan, tomó algunas de sus cosas, los zapatos, un abrigo, el bastón. Un frasco de mejorana, que su esposa fumaba cuando extrañaba la mariguana y que hacía que el comedor oliera a cochinita pibil, quedó entre sus dedos. Lloró un poco. No lo había hecho cuando su hermano Mort llegó al hotel Reforma para llevarse a los niños, Julie y Billy, siempre sucios, moquientos, con las plantas de los pies negras de tierra. Sólo pidieron botellas de bourbon y ron y tragaron, tragaron, tragaron hasta quedarse dormidos. Antes, sentados uno a lado del otro en la cama, platicaron de ellos dos:

—Mamá te manda dinero para los abogados.

—Aquí los abogados son gratis. Lo caro son los sobornos.

—Mamá cree que fue un accidente.

—Mi abogado también lo cree.

—¿Tú que crees?

—Alguien lo hizo. Alguien apretó el gatillo.

—Tú.

—No estoy seguro. Desde temprano en la mañana de ese día sentí que algo iba a salir mal. Lloré sin razón cuando oí el silbato del afilador en la calle.

—Mamá siempre te disculpa porque eres el listo. Mi hijo médico. Mi hijo inventor, como su abuelo. Mi hijo nunca tiene la culpa de que lo detenga la policía con drogas, armado y estrellando un coche.

—Cállate. O empiezo a hablar de lo que ella piensa de ti.

Callados, sobre la cama del hotel Reforma, bebieron hasta embotarse y dormitaron hasta el siguiente día en que Billy y Julie fueron llevados de regreso a Estados Unidos. Burroughs debía esperar a que Bernabé Jurado, su abogado —"abogángster", le decían en los pasillos de la Procuraduría de Justicia—, se comunicara desde su oficina en el Palacio de Iturbide. Unos días después, día 7 de septiembre, el juez Eduardo Urzaiz Jiménez y el ministerio público Rogelio Barriga Rivas asintieron al argumento de Bernabé Jurado:

—La muerte de Joan Vollmer fue producida por el arma de fuego que el acusado, justo en ese aciago instante, tenía en sus manos.

Mientras Burroughs estuvo en la crujía H de Lecumberri, los amigos y Eddie Woods enterraron a Joan en el Panteón Americano en la fosa 1018, con un vestido bordado con flores comprado en el Mercado de Balderas. Salió el 21, con una fianza de dos mil trescientos doce pesos. Encontró a la ex criada de Trotsky en la escalera y pidió que le ayudara con las pertenencias de Joan —él no podía tocarlas— y él mismo mudó el sillón de la sala y las sillas del comedor. Con las cosas alrededor se sentó a contemplar lo que Joan dejó en el mundo. Cogió la mejorana y la olió. Miró de reojo el bastón de ella, de su mal cuidada infancia poliomelítica. Estaba seguro de que la amaba tanto como ella a él. "Una relación muy cercana", le definía, desde su distancia gélida, de ojos de pescado congelado. Despiertos hasta las ocho o nueve de la mañana, hablaban toda la madrugada, de espíritus, la decadencia de Occidente, la telepatía —Joan estaba convencida de que los sacerdotes mayas controlaban así a la población indígena—, el uso de las drogas y su eterna preocupación por abandonarlas. A veces tenían sexo. Sentían los huesos el uno al otro, sudaban olores químicos sobre las pieles, se venían seguido.

A ella se le hinchaban las venas por la anfetamina, y había que tener cuidado para no lastimarla. Pero, siempre eufórica, insomne, comiendo apenas, Joan se reía de su esposo por las temblorinas repentinas que le daban, a la hora del misionero, por el alcohol y, sobre todo, la heroína. Algunas veces a los dos se les soltaba el estómago sin ninguna razón, a la mitad de la cogida. Por la mañana, solían reírse del mugrero sobre el colchón, antes de que William se quedara dormido tomándose un tequila de cuarenta centavos el cuarto, y Joan fuera a la azotea a dejar a los niños para que jugaran, alegando un día sí y otro también que oía a los vecinos amenazándose de muerte, secretándose obscenidades, carcajéándose.

—Las mujeres para mí —solía decir Burroughs— son como las tortillas. Es mejor eso que nada de nada. Me puedo comer decenas de tortillas pero siempre se me va antojar un filete.

En la ciudad su filete era Ángelo. Le parecía un muchacho japonés con la piel morena. Le pagaba dos veces a la semana por meterse a los baños del bar Linterna Verde en la calle de Monterrey. No era como el antro al que Ginsberg, Kerouac y Neal Cassady iban en Reynosa, Tamaulipas, el Joe's, en Miguel Alemán y paseo de los Virreyes, en el que entras entre humos por una puerta custodiada por dos enanos. A uno le compras un boleto que el otro te recoge enseguida. El piso está pegajoso y se amontonan las mesas de metal en un semicírculo en torno a la barra. Ahí despacha el Joe Ortega, que es un gordo con la camisa abierta y el pecho cubierto de una alfombra angora. Tiene el pelo largo y rizado y, cuando sonríe, filos de oro en los dientes. Parece un cliché pero es cierto: tiene un oso negro en una jaula, llamado Henry. A las doce de la noche empieza la apuesta. El que pueda tirar a Henry bebiendo whisky, no paga la cuenta. El oso debe pesar unos cien kilos. De visita en el rancho de Burroughs, a las afueras de Huntsville, en el condado de Walker, Texas, Kerouac, Cassady, Ginsberg y el mismo William entran al concurso entre semana, el fin de semana. Buscan formas para ganarle al oso: comer mucha grasa antes de empezar a beber, tomar de la botella sin respirar —Burroughs está convencido de que buena parte de una borrachera es la mezcla del alcohol y el bióxido de carbono—, tratar de diluir el whisky con una cantimplora que Neal Cassady usa en sus largos recorridos en auto para beber y desbeber. Nunca lo logran. A las dos de la mañana, momento en que aparecen, saltando la barra, los travestis, todos van dando tumbos para mear en el aserrín y saludar a los leones que los miran con aburrimiento desde una jaula que casi tapona el pasillo. El Linterna Verde huele a pisto, semen, sudor, vómito pero, sobre todo, a orines. Sólo una vez, el bravucón Neal Cassady aseguró que había tirado al oso Henry:

—Míralo. Se está cayendo —le dijo a Joe Ortega.

—Se está rascando contra la reja —explicó el dueño—. Paga y vete.

Como Cassady se negó, ya necio de whisky, Joe sacó la llave de debajo de la barra —de donde muchos sacarían la cachiporra o una pistola—, y liberó al oso. Los cuatro escritores habían experimentado terrores en sus vidas: contra la policía por delitos desde intoxicación pública hasta complicidad en un homicidio —Kerouac estuvo en un barco de guerra—, pero jamás ante un animal salvaje. Con una regla de madera contra la nuca, Joe hizo que Henry se parara en dos patas. Rozó el techo del bar. El instinto que les quedaba en mitad de la borrachera hizo que los cuatro se enfilaran hacia la puerta rodeando al oso. Éste les soltó una caricia de garras chatas y salieron aventando billetes. Pero volvieron una que otra noche a buscar hombres desnudos en los baños o para retar, una inútil vez más, al oso.

En ese tiempo, Burroughs tenía unos cuantos meses con Joan. Estaba claro que él prefería a los hombres pero esta loca le recordaba mucho a su propia madre:

—Sabe a la gente desde que la conoce —le contó un día a Allen Ginsberg—. ¿Sabes? Esa cualidad instantánea de penetrar a una persona de un solo indicio. Si es bueno, si es malo. Como mi madre, Joan es una psíquica natural.

Cuando se conocieron en la Universidad de Columbia, Joan no sabía que William era gay. Lo sabía de Ginsberg porque era muy poco discreto. De Kerouac y Cassady sospechaba una ambigüedad que rondaba la prostitución. Quizá porque no pudo discernir de entrada la lejanía de Burroughs fue que le interesó cuando fueron compañeros de departamento. Joan ya tenía a Julie y estaba todavía casada con Paul Adams, a quien convenció de su paternidad aunque ni ella misma sabía. Paul Adams llegó un día de improviso a visitar a su hija y a su todavía esposa. El departamento de la 115 Oeste, entre Morningside Drive y Amsterdam, al lado de la Universidad de Columbia, apestaba a gente que sudaba y rara vez se bañaba. Los vio nerviosos, controlados por su propia agitación, inhalando botes de benzedrina, fumando mariguana para bajar un poco el estrés y discutiendo tirados en sillones, los ceniceros atiborrados con colillas a medio apagar:

GINSBERG: La decadencia no es real. Es sólo una forma del escepticismo.

KEROUAC: No podemos más que ser decadentes. Los nuevos románticos sólo podrían existir fuera. ¿Y dónde es fuera? ¿En alta mar?

CASSADY: Dentro de un deportivo a 120 kilómetros por hora sin destino fijo.

JOAN: Eso es de machos. Afuera es aquí, en una cabeza que se olvide de olvidar.

Paul Adams se paró por unos segundos en la entrada, la puerta abierta de par en par. Luego, se aclaró la garganta:

Adams: ¿Para esto estuve peleando en una guerra? ¿Para mantenerlos a ustedes?

Joan: Ay, Paul, bájate de tu superioridad moral.

Cassady: Pero antes cerciórate de no caerte desde tan alto.

Paul Adams le dio una última ojeada a la esposa de la que deseaba divorciarse cuanto antes: brincando sobre sus nalgas en el cojín del sillón, con los rasgos saltados, huesuda, pálida, había perdido mucho cabello. Unos días después de ese encuentro conyugal, Joan sería desalojada de su departamento, el de todos, por deber seis meses de renta. Fue la primera mujer en ser diagnosticada en el Hospital Bellevue como psicótica por uso de inhaladores para la tos: escuchaba conversaciones inexistentes, de vecinos que no estaban. Veía filamentos transparentes que emergían de su piel, luces de coches que no transitaban en la calle. Fue por eso que Burroughs se fijó en ella para tener sexo. Cuando le dijo que estaba embarazada, Burroughs no se alegró ni molestó, sólo dijo:

—Un aborto es un homicidio.

Billy nació con bajo peso, sarpullidos y una urgencia por llorar a todas horas. Llamaron al pediatra de guardia en la universidad. Su diagnóstico fue demoledor:

—El llanto no es más que síndrome de abstinencia, Joan, William. Es adicto a la anfetamina. Podría resolverse si usted le da de amamantar porque su leche debe estar saturada de esa mierda que se meten. Estoy tentado a llamar a Servicios Sociales para que se los quiten de encima. Pero creo que ustedes son más listos que eso.

A los pocos meses, Billy se mordía los brazos de forma compulsiva y se los amarraban a la espalda por lo que, cuando empezó a tratar de caminar, se golpeaba la cara al caer de bruces. Siempre estaba tratando de alcanzar a los trece gatos que los Burroughs mantenían para divertirse con torturas psicológicas: les hacían ahogamientos de mentiras, les echaban arena en los ojos, los amenazaban con incendiarles las colas. Uno de los gatos se llamaba Jane Bowles —explica Burroughs— "por delicada y completamente incapaz de cualquier violencia".

—A ésa le hacíamos de todo sin que protestara. Podíamos matarla si queríamos. Como a Jane.

A pesar de provenir de una familia rica del sur conservador en Saint Louis, Burroughs había rondado la violencia con cierta costumbre. A los cuatro años tiene un recuerdo de una agresión sexual. Su nana, Mary Evans, una galesa tetona y vivaz, lo lleva a un día de campo con una amiga, Jane Reilly. Se internan en un jardín privado lleno de flores y, en algún momento, aparece el novio de ésta, un veterano de la Gran Guerra, que no puede mover la mano izquierda. Mientras Jane Reilly se desnuda, la nana toma a William por la nuca y lo conduce hasta donde el veterano está recargado contra un árbol y bebiendo de una anforita. Puede recordar que la nana le indica que se hinque. Él se siente un tanto incómodo pues nunca ha visto al veterano quien, riéndose, se abre los botones de la bragueta.

—No mires allá —le dice la nana señalando a su amiga desnuda—. Mira esto, mejor. De cerca. Míralo de cerca.

Sin recordarlo del todo, Burroughs cree que esa tarde vio cómo las dos mujeres tenían sexo entre la hierba, mientras el hombre se reía, buceando en su bragueta con la mano que le quedaba sana. El niño deseó la muerte de su nana. A los pocos años, Burroughs descubre que, si le da azúcar a las hormigas y luego las hace caminar hacia gotitas de yodo, explotan. A ello le llama "soplos de vapor morado". Se hace un adicto a ver desaparecer a las hormigas en el aire y, una tarde, acerca a una de las hormigas, que aparentemente se ha dado cuenta de la trampa, con un dedo. La mano izquierda resulta gravemente herida con el triyoduro de nitrógeno que reacciona con la humedad de la piel. En el hospital, un médico le administra, por primera vez, un elixir de la suavidad: morfina. Él le cuenta a un entrevistador treinta años más tarde:

—Ésa fue la herida de mi vida. Por esa herida en la mano izquierda se introdujo el Espíritu Sombrío. Fue la misma mano que me corté cuando tuve un brote psicótico por usar hidrato de cloral. Es un químico que te tranquiliza y te hace olvidar, pero a mí me dio por rebanarme la mano. Era yo defendiéndome del Espíritu Sombrío que ya habitaba mi cuerpo.

Tuvo tres orgasmos memorables en su vida. Poderlos contar ya es un problema pero, de hecho, confiesa que hasta los veintidós años pensaba que los niños salían del ombligo de las mujeres:

—Yo sabía que tenían un hoyo allá abajo, pero no pensé que también salieran niños por ahí.

Instruido por sus compañeros de Harvard, él sabe desde los trece años que los hombres le atraen. Uno de los tres orgasmos fue con Jack Anderson, que era bisexual. Como a Neal Cassady, le fascinaban los tríos, pero comprendía que uno siempre tiene una preferencia mayor por uno u otro sexo. Jack Anderson tenía novias y sólo toleraba sus coqueteos porque lo consideraba alguien de prestigio con quien relacionarse: la forma en que lo "interesante" derrotó a lo "bello". En sus inexpertos veinte, Burroughs cree que puede evitar que Jack siga teniendo novias con un ultimátum:

—Si sigues viendo chicas, me mato.

Tomó una cantidad considerable de hidrato de cloral, porque ya conocía los efectos que tenía en él. Era martes, un 23 de abril de 1940. Caminó por la Sexta Avenida desde la calle 42 buscando tiendas de empeño. Traía cinco dólares en la bolsa y buscó tijeras para cortar aves. En los días de Acción y Gracias en casa de su abuela materna, él siempre se apuntaba para cortar el pavo, seccionando con toda limpieza cada coyuntura cartilaginosa. Por 2 dólares 79 encontró una cizalla con una hoja curva y serrada y otra firme para sostener la carne en su lugar. Recorrió en trance las calles con las tijeras en la bolsa y se metió al hotel Ariston, al cuarto 201. Mientras enseñaba su licencia, el gerente lo miró con complicidad: el baño del hotel se usaba para encuentros homosexuales. No sospechaba que lo suyo eran los desencuentros.

—Tomé un largo aliento y presioné la manija rápido y fuerte. No sentí dolor. El dedo meñique cayó sobre el mueble del vestidor. Giré la mano y miré el muñón. La sangre fluyó por fin y me pegó en plena cara. Sentí una repentina compasión por el dedo que yacía sobre el mueble, algunas gotas de sangre reuniéndose en círculo alrededor del hueso blanco. Las lágrimas salieron. "No es nada", pensé.

Guardó el dedo en la bolsa del chaleco. Buscaba llevárselo a Jack Anderson en un gesto "vangogheano", pero tenía una cita con su psicoanalista, el doctor Herbert Wiggers. Le marcó y cambió la cita a Central Park, que le quedaba de camino a ver a su desdeñoso y compartido amante. El doctor lo miró un segundo, con un trapo empapado en sangre en la mano izquierda, y lo calmó para revisarlo en una clínica, la Payne Whitney. Unos minutos después, Burroughs estaba internado en el pabellón psiquiátrico diagnosticado con "demencia precoz". Él prefería llamarle "psicosis orgásmica". El episodio le duraría dos años más. Una tarde de mayo de 1942, tras sólo una semana de vivir con él, Burroughs supo que ya no sentía atracción por Jack Anderson. Para demostrárselo le propuso un trío con su nueva novia, Ellen. Terminó por correrlos de la casa a los dos, la ropa y las maletas arrojadas a las escaleras. Lo hizo con la mano izquierda, consciente de que ésa era la del Espíritu de la Maldad.

Se la miró un instante mientras pensaba en qué hacer con las cosas de Joan. Podía incinerarlas y, con ellas, las vibraciones, las energías negativas que guardaban. Él todavía conservaba el armario que él mismo y Kells Evans, su compañero en antropología maya en Columbia y su vecino en Texas, construyeron alternando capas de acero —se suponía que tendría que ser fibra de mineral, pero no la encontraron— y madera. Era un improvisado Orgone que, según los experimentos del expulsado del círculo psicoanalítico, Wilhelm Reich, restauraba los "biones" micromoleculares, las energías de vida que amarraban todo el universo. Burroughs había llegado a la conclusión de que existía también una energía "mortal", una especie de radiación que invadía lugares y cuerpos del planeta. El Orgone le permitía huir de la "radiación expansiva-negativa" que inundaba el valle de Walker County:

—Uno no se da cuenta de hasta qué punto Estados Unidos te hunde, hasta que te alejas de él.

Desnudo, se metía al clóset y se sentaba durante horas sin nada que pensar. Era la idea de Reich adosado con lo que el propio Neal Cassady le había contado:

—Ni el alcohol ni las drogas logran la vacuidad de mirar a una pared blanca durante horas. Lo único otro es subirse a un coche y manejar.

A limpiarse las energías, Burroughs le llamaba "experiencias orgásticas". Con Joan, pensaba que el orégano —por simple aliteración verbal— estaba emparentado con el "org" griego (excitación) y el orgasmo. En todo caso, los esposos creían en una libido colectiva, social, que la autoridad se encargaba de reprimir y que se podía restaurar metiéndose al armario y fumando la especia. Burroughs a veces lo aplicaba, en forma de humo, a su mano izquierda, seguro que ésa era la puerta para que el mal se introdujera a su cuerpo. Estaba seguro de que el Orgone ayudaba, además, a liberarse del síndrome de abstinencia y las ansias por comprar morfina.

La Ciudad de México le daba, por un lado, tranquilidad y, por otro, una terrible angustia de muerte: apreciaba que los borrachos se pachequearan en los parques y que, cuando pasaba la policía, intercambiaran poco más que insultos; pero se sentía obligado a cargar con varias armas, entre pistolas y cuchillos, para defender a su familia:

—México es siniestro, tétrico y caótico como un sueño. Cuando un mexicano mata es casi siempre a su mejor amigo. Les aterra más un conocido que un desconocido.

La violencia a la que estaba habituado pasaba por el episodio de Lucien Carr y David Kammerer en la calle 118 Oeste, en el 421. De Lucien, Allen Ginsberg hizo un retrato de embelesamiento:

—Burroughs y Joan tenían la réplica de un cuadro hipnótico de Henri Lucien Rousseau, *La gitana durmiente*. Era un león al lado de una mujer negra que dormía con un bastón en la mano, bajo la luz de la luna. Lucien era tan encantador que dejé de mirar el cuadro para admirarlo a él. Un chico angelical, rubio, pálido y un hueco en la mejilla como si bebiera el viento y comiera un montón de sombras como si fueran carne.

El cuadro de Rousseau, inspirado, por supuesto, en los grabados del Indio Costal, con sus leopardos subidos en las nubes de los árboles, está relacionado con la belleza de Lucien Carr pero también con el episodio que los llevó a todos los amigotes a declarar ante la autoridad policíaca. El detonador fue la insistencia de David Kammerer, unos quince años más grande, para que Lucien se convirtiera en su amante. Lucien era completamente heterosexual, si tal cosa existía en la Columbia que lentamente iba entrando en la posguerra. El chico jugó entre novias con las que iba al cine y a los cuartos prestados con la condición de que no mancharan las sábanas, con una especie de extorsión a la que sometió a Kammerer durante los exámenes. El profesor dedicaba tardes enteras a redactarle los trabajos a cambio de una mirada, una caricia distraída, que lo dejara admirarlo desnudándose.

Todo se complicó la madrugada del 13 de agosto de 1944. A las tres de la mañana, el profesor Kammerer y Lucien estaban muy borrachos caminando abrazados para no caerse. El maestro empezó con sus cosas, a resbalar la mano para palpar al estudiante. Resistiendo los embates, Lucien lo enfrentó con una negativa. Kammerer sólo dijo:

—Me lo debes. Sin mí, hace mucho estarías fuera de la universidad y serías uno más de los chicos bonitos que lavan platos en Denny's —lo abrazó con fuerza.

Dentro de la bota, Lucien guardaba un cuchillo. Empinado, con el profesor obligándolo a que se la chupara, alcanzó a sacarlo del tobillo. Era un cuchillo de combate, usado contra algún nazi y comprado en una tienda de empeños. Lucien se lo enterró a Kammerer, furioso. Fueron doce veces en total. Sin saber si estaba o no muerto, cargó el cuerpo exangüe y lo tiró al río Hudson. Caminó de regreso, pensando, todavía borracho, si había sido capaz de un acto tan definitivo, él que siempre se preguntaba por una generación —la suya— incapaz del riesgo. En el departamento de los *beats* el único que podía atender a la realidad era Jack Kerouac que lo escuchó sin atinar a entender el homicidio.

—¿Me estás platicando una película? —fue su primera reacción.

Tallándose los ojos, pudo elaborar un mínimo esquema de acción:

—Cámbiate la camisa. Guarda el cuchillo. ¿Y eso?

—Son unos anteojos. Me quedé con sus lentes.

Fingiendo ser paseantes sanísimos de la mañana, entierran los lentes en el parque de Morningside, frente a la iglesia de Juan El Divino y caminan hasta la calle 125 Oeste, en Harlem, y arrojan el cuchillo por un respiradero de la estación del metro. De regreso se meten a una matiné: ven

Las cuatro plumas de Zoltán Korda, una historia sobre Harry, quien deserta de su batallón del ejército británico en misión contra los rebeldes egipcios para, más tarde, regresar como infiltrado y liberar a sus compañeros soldados que han caído presos de los árabes. Las plumas se refieren, por supuesto, a la cobardía pero, en el contexto del homicidio, también a lo gay. Tras hora y media de la película de acción de 1939, Kerouac y Lucien se internan en el Museo de Arte Moderno para mirar durante una hora una pintura de Pavel Tchelitchew, *Las escondidillas,* un cuadro donde se adivinan los rostros de unas niñas en el follaje de un árbol en cuyo centro, de espaldas, otra se pierde en la oscuridad.

Ante el homicidio de Kammerer, los amigotes *beats* reaccionan, cada quien a su manera, pero jamás tomando el crimen como algo trágico.

BURROUGHS: Kammerer se lo merecía. Le diste justo lo que estaba pidiendo desde hacía tiempo. Él se lo buscó. Tú sólo se lo diste. Y de qué forma.

JOAN: Era un tipo asqueroso. Nadie puede esperar que le devuelvan el deseo. El sexo no puede ser una imposición sin pasar a ser un engendro de la maldad.

GINSBERG: Quisiera ayudarte, Lucien, con una pieza escrita que explique todas las circunstancias que atenúan el caso. Me pondré manos a la obra y se la entregas a la policía.

HERBERT HANKLE: Creo que lo mejor sería que te entregaras. No eres el culpable. Fueron los efluvios de la madrugada.

El 14 de agosto, Lucien es arrestado por homicidio culposo. El 22, Kerouac, por ser "accesorio para el crimen". Burroughs está en la prisión The Tombs, el complejo de detención de Manhattan, durante ocho horas, acusado de "testigo presencial". El texto de Allen Ginsberg, aunque perfectamente redactado, incurría más en lo poético que en los sucesos, por lo que es desechado como prueba de descargo. Al leerlo, Lucien se enfada tanto con Ginsberg que se come los papeles en los que está escrito. Lo sentencian a veinte años de cárcel, y sale por conducta a los dos.

Pero Burroughs no necesitaba ya más problemas con la policía. Tiene antecedentes de manejar en estado de intoxicación, posesión de mariguana, conductas sexuales y desorden en público, robo, portación ilegal de armas. Huye a Saint Louis para refugiarse, como suele, en el regazo familiar. Pero lleva con él a William Maynard Garver, el "Bill Gaines" de *Jonky* y el "Old Bull" de *Ángeles de la Desolación* y *Tristessa*, de Jack Kerouac. Es un tipo chimuelo y grueso que vive de robar abrigos en los guardaropa de los restoranes lujosos y, luego, empeñarlos para comprar heroína. Burroughs lo ha visto invitando a niños a su casa para darles morfina en los vasos de leche. Ha visto cómo Garver los mira con placer mientras les van haciendo los efectos de la droga y cómo celebra que se vuelvan adictos. Ha visto esa mueca cuando caen estáticos sobre la alfombra. Sus mejores amigos son los borrachos del San Remo y La Taberna Minetta, de Greenwich Village, sobre todo un tal Joe Gould que, si le disparas una bebida, lo agradece imitando el cacareo de una gaviota. Es un tipo que dice que está escribiendo una historia oral del mundo, apuntando todos los sonidos y conversaciones con las que se topa cada día en los bares. A Burroughs le hace gracia, sobre todo lo de las gaviotas. Se lo imagina pizcando basura pegajosa con el pico en Staten Island.

—Todo lo que puedes hacer es escribir. No tenemos más opción que abrirnos paso a teclazos —le dice a Lucien antes de que se lo lleven a prisión.

Es entonces que le cuenta "algo sobre la violencia en este siglo". Es la historia de una primaria. Con una sirena los niños salen de sus salones de clase al patio central en medio de un desierto seco. Ese silencio de la arena alrededor, del calor que baja del sol, que sube del suelo, que se traga por los pulmones con espasmos. Los niños esperan el aviso de un micrófono de pie de color plata. Los cables se han enredado y la voz de la prefecta va y viene sin alcanzarse a entender lo que quiere decirles. Los niños se aburren y empiezan a empujarse, a bromear, a jalarse las trenzas, levantarse las faldas, embarrarse chicles en el cabello del de enfrente. Son llamados al orden por las maestras que recorren las filas recién formadas como generales a sus batallones, como deudos entre las lápidas de un cementerio. Las tres alineaciones para la autoridad: la escuela, el ejército, la tumba. En los altavoces se les dice finalmente que tienen unos invitados. Tienen nombres extraños, que nunca han oído, pero que, después, todo mundo sabrá quiénes fueron: Robert Oppenheimer y el general Leslie Groves.

Los niños escuchan sin alcanzar a entender que su escuela va a ser evacuada, que se abrirá otra a unos kilómetros, justo donde ya no corran peligro porque —les dicen— hay una invasión de hormigas gigantes, cuyo veneno es mortal. La escuela está en Los Álamos, Nuevo México, y es la primavera de 1942. Los padres de los niños son contactados por teléfono y, los que están ausentes, se les pide que recojan a sus hijos en casas de compañeros. Los niños salen con sus mochilas a cuestas, las loncheras en las manos, al rayo del sol del desierto. Les piden que se despidan de su escuela pero casi nadie lo hace. Todavía no entienden que nunca más volverán, que la escuela va a desaparecer.

—Era el Proyecto Manhattan —cierra Burroughs—. En esa escuela se hizo explotar la primera bomba atómica. Y nos vienen ahora a hablar de violencia.

También le cuenta a Lucien para tranquilizarlo —salir de la tragedia con narraciones— un recuerdo de cuando tenía 21 años, en Harvard:

—En ese entonces era yo compañero de Richard Stern, que era un hijo de banquero, un chico que creía que rebelarse era tomar hasta perder el sexo. Como tenía mucho dinero, él siempre pagaba las cuentas y me convertí en su amigote de juergas. Ya en ese entonces, te hablo de 1935, yo cargaba una pistola, una .38, un revólver. Una noche, borrachos como una cuba, saco la pistola y le apunto. Le digo y estoy seguro de que está descargada porque yo mismo le saqué las balas. La traía yo más para impresionar que para usarla. Él levanta las manos, con ese gesto, ¿sabes? Como si uno fuera capaz de detener las balas con las palmas de las manos. Y me dice que no dispare. Yo aprieto el gatillo y él se hace a un lado, instintivamente, la cabeza, porque entrenaba boxeo. Nos quedamos oyendo el disparo, en los oídos como un zumbido, una especie de polvo que se levantaba de la pared en la que se había alojado la bala. Nunca supe de dónde venía esa bala. Yo estaba seguro que no tenía. Era un revólver, por lo que no había la que se quedó en la recámara. Pero ahí estaba y se disparó. A veces sólo somos instrumentos de la muerte. No es culpa nuestra. Es la forma en que funcionan las energías de este universo.

Muchos años después y tratando de pensar en el destino de las cosas de Joan muerta, Burroughs debió recordar, no sólo el disparo a su compañero de clases en Harvard, sino cuando se lo contó a Lucien Carr, antes de que entrara a prisión por homicidio. La muerte tenía esa misma irrealidad del disparo accidental y de las doce puñaladas de furia. ¿Quién realmente puede asesinar? ¿No era todo una degradación del élan vital, de los "biones" que permiten la vida pero también su opuesto? ¿No es ese espíritu el que busca una entrada para hacer uso de un cuerpo que satisfaga la necesidad de una muerte? ¿Era eso o simplemente era una evasión?

Muy pronto Burroughs dejó de creer en la efectividad del psicoanálisis. Tuvo varios terapeutas —Paul Federn fue su psicoanalista hasta que se suicidó en 1950 cuando supo que tenía cáncer— pero el que lo retiró de esa interpretación de las conductas fue Lewis R. Wolberg. Era psiquiatra y creía en la hipnosis como forma de curación. Burroughs iba con él porque le administraba sustancias que se sentían bien: óxido nitroso para anestesiarlo y pentotal sódico como droga de la verdad. Con una supuesta hipnosis inducida por los químicos, Burroughs se ponía hablador, mezclando fantasías con recuerdos no siempre muy precisos, pero el doctor Wolberg estaba convencido de que le ayudaban a salir de sus episodios adictivos.

—Basado en los acentos que hace bajo la hipnosis —le dijo una tarde— puedo establecer que tiene usted tres personas dentro: un británico de clase baja, quizá galés, un caballero del sur y un negro.

Burroughs pensó de inmediato en que solía bromear haciendo acentos de su nana galesa, sus conocidos de Saint Louis y un chofer que tuvo su abuelo, su tocayo, William Seward, inventor de la primera calculadora, la American Arithmometer. Además de esos acentos, Burroughs jugaba a ser otras personas. En su papel de médico diagnosticaba a diestra y siniestra, cuando lo único que hizo en Viena no fue estudiar, sino involucrarse en el entorno del barón Janos "Jansci" Wolner, el húngaro que manejaba a su antojo la escena gay en Praga. Sabía tan poco de medicina que ni siquiera pudo autodiagnosticarse la apendicitis que le dio en Dubrovnik en julio de 1934 ni la sífilis que un chico de baño turco le pegó en Nueva York. Lo único que trajo de su experiencia vienesa fue una primera esposa, Ilse Herzfeld Klapper, quince años más vieja que él, con quien se casó en Atenas para que ella pudiera escapar de las leyes de los nazis y de la que se divorció nada más terminada la guerra, en 1946. Por todo lo que sabía —que era poco— su preparación médica le servía exclusivamente para conseguir fármacos que le levantaran el espíritu. Dejó a Freud y a Jung aunque creyó un poco más en Reich y releía mucho las teorías de Bergson. Lo que trataba de encontrar era el vínculo del deseo individual en lo colectivo. Una especie de telepatía del ritmo del cosmos que sólo era obtenible en estados de trance. Por eso había ido en busca de la ayahuasca, del yagé a las selvas amazónicas. Por eso probaba mezclas de barbitúricos con clorhidratos, ácidos y óxidos. Su interés en los mayas se derivaba de esa misma búsqueda: los indescifrables códices pintados en rollos kilométricos, "como las carreteras", las desapariciones y reapariciones de pueblos enteros por la península de Yucatán y Centroamérica —"Los viajes de Neal y de Jack son tan sin sentido como las migraciones mayas"— tenían un misterioso componente de telepatía, de fuerza superior a la voluntad de los simples mortales, de indescifrable contundencia. Como el crimen.

Se había cansado ya de detallar el día en que mató a su esposa. Lo hizo durante todos y cada minuto que pasó en la crujía H de Lecumberri. Seis de septiembre, era un jueves. Joan se presenta en El Bounty —todo casi siempre terminaba en un naufragio y un motín a bordo— a pedir sus primeras limonadas con mucha ginebra. El Bounty estaba en la calle de Monterrey 122 y él solía llamarlo el "Ship Ahoy", como lo escribiría en *Jonky* y en *Queer*. El barco a la vista y el todos al abordaje eran todos los concurrentes: John Healy, que vivía en el piso 10, amante de Juanita Peñaloza; Luis Carpio, que quería con los dos; María Sotelo, que vivía en la azotea de su edificio en Orizaba; Lewis Adelberg Marker, el Eugene Allerton de *Queer* que nunca quiere con él porque, en realidad, estaba caliente por Betty Jones, cuyo esposo, Glenn, presumía ya muy tomado que él no tendría nunca celos si su esposa se acostaba con alguno de ellos. A veces iban a ese mismo bar sus compañeros de antropología maya del Mexico City College, Robert Hayward Barlow —que se suicidaría en 1951— y Pedro Armillas, con quien había conocido Teotihuacán. Pero, a pesar de que era un antro de baja estofa, su abogángster, Bernabé Jurado, y su conecte de todas las drogas conocidas en México, David Tesorero, a veces dejaban la cantina La Ópera del centro y los alcanzaban hasta ahí. The Bounty. Cómo los aguantaron los demás parroquianos que sólo iban a beber en silencio o a sacar pistolas si se sentían amenzados. Ellos, por el contrario, y si estaban Kerouac, Ginsberg o Neal Cassady en la ciudad, discutían a gritos sobre existencialismo y fenomenología. Sobre autos y mariguana. Orégano y orgasmo. Hasta la tontería y el absurdo. Hasta que Joan, alterada, le compraba un cuarto de tequila amarillo a un niño ambulante y se subían todos al departamento a seguir discutiendo. Ya no iban al Ku-kú, de Coahuila e Insurgentes, porque ahí a Burroughs lo desarmaron un día que encañonó a un bravucón que le faltó al respeto a Joan, tratándola de "méndiga vieja borracha" sólo porque a Joan le ganaron las ganas y orinó en una maceta en la entrada. El cantinero y el bravucón llamaron a un policía que, finalmente, lo sometió contra una mesa y le dijo:

—Usted no quiere eso, mi señor. Un borracho con una pistola aleja mucho a la gente.

Él calcula que Joan se tomó unas tres limonadas entre la una y tres de la tarde en El Bounty el día en cuestión, 6/09/1951. No era de las que se emborrachaban de una vez, en media hora y el resto del día estaba ida o dormida. Para embriagarse, Joan era escrupulosa; agarraba la borrachera con la mesura de quien no puede dormir. William Burroughs estaba en el departamento de Orizaba en ese momento. Oyó el silbato del alfilador sobre la calle, ese soplido lánguido de una flauta de tres aberturas. Recordó su cuchillo comprado en Quito en el viaje para probar la ayahuasca. Lo encontró todavía en una mochila sin deshacer. En las escaleras rumbo a la calle, lloró sin motivo:

—Nunca sospeché que, en ese momento, el Espíritu Sombrío estaba tomando el control.

Alcanzó a Joan. Ya estaban con ella Healy, Marker y Eddie Woods. Subieron al departamento a eso de las siete de la noche y, en el trayecto, se mojaron con una de esas lloviznas del final del verano citadino. Se acomodaron, como siempre: en el sofá de la sala, los demás. Él en una silla del comedor. Joan, contra su hábito, se sentó frente a él.

—Es difícil dejarla aquí —estaba comentando Burroughs sobre las drogas, en general— porque aquí, por ejemplo, está lo de que puedes traer 15 gramos de morfina para un mes. Impensable en Estados Unidos. Y hay gente como La Chata (María Dolores Estevez Zuleta) que, a pesar de ser comerciante de narcóticos, es bien vista por los abogados.

—El Bernie —interrumpió Healy— y el Tesorero son unos adictazos. Todo se lo quieren meter por la nariz, hasta el whisky.

(*Risas.*)

—Yo ya dejé la benzedrina. Ahora sí creo que lo logré, ¿verdad?

(*Abucheos.*)

—¿Tú qué harías para dejar la morfina, Bill? —preguntó Marker.

—Me iría a una isla a la que sólo se pudiera llegar con una corriente que sólo existe en verano. Para cuando me encontraran, ya estaría curado.

—¿Qué isla? —preguntó Woods.

—Naaa —chasqueó Joan, aburrida, agitando la mano para callar a su esposo.

—Hay una isla así, en el Orinoco.

—¿Y de qué viviríamos? —preguntó Joan, burlona.

—¿Quién dice que me vas a acompañar? —respondió Burroughs.

(*Carcajadas.*)

—¿De qué comeríamos? —volvió Joan.

—De cazar jabalíes.

—Tú, con la temblorina que te cargas, jamás les atinarías. Nos moriríamos de hambre, *man*.

—Ponte ese vaso sobre la cabeza —ordenó Burroughs—. Déjame mostrarles a los amigos lo bueno que soy para disparar.

—Eres bueno para dispararte las venas —molestó Healy—. En eso no discuto tu puntería.

—Vean lo bueno que sigue siendo el Viejo Bill.

—No soporto ver la sangre —dijo Joan cerrando los ojos mientras balanceaba el vaso sobre su cabeza.

William Burroughs ya tiene empuñada la pistola checoeslovaca, una Star .380, comprada en una tienda de empeño de los veteranos de la guerra.

Dispara.

Se escucha el bastón caer al piso. Se ve el vaso dando vueltas en el suelo.

MARKER: Bill, creo que le diste.

Joan tenía la cabeza de un lado y, en los primeros segundos después de la detonación, casi todos piensan que se está haciendo la payasa, que ha fingido su muerte. Marker le levanta la cabeza: hay un agujero azul en la sien. Todos empizan a gritar. Juanita Peñaloza baja al departamento que tiene, como siempre, la puerta de madera abierta hacia el pasillo donde las otras tres siempre están cerradas. Entiende rápido la situación. Llama por teléfono en estricto orden a:

Bernabé Jurado.

La Cruz Roja de Durango y Monterrey.

La Octava Delegación de Policía.

A las siete y media, más o menos, llega la ambulancia número 4, con Tomás Arias de enfermero. Les avisa que necesitarán un donador de sangre. Ninguno de ellos puede hacerlo por sus hábitos farmacológicos. Se apunta Manuel Mejía, el portero de Monterrey 122. Ya están los vecinos en la calle, asustados por el disparo y los gritos que le siguieron, sobre todo los interminables "Noooooo" de William Burroughs. A Joan la llevan todavía viva al Hospital Juárez con una bala que ha entrado 4.5 centímetros adentro de la cabeza. El policía Luis Hurtado llega hasta la sala de emergencias a hablar con el gringo.

—Le disparé para probar mi puntería —admite Burroughs.

—No diga eso —le recomienda Hurtado—. Diga que se disparó sola.

—¿Cómo?

—Sabrá lo que habrá hecho ella, ¿no?

—¿Quién?

—Su mujer. Luego a uno lo provocan, ¿no?

A pesar de justificar el asesinato, el policía Hurtado arresta a Burroughs y lo lleva a la Octava Delegación. Ahí, otros dos agentes lo interrogan, mientras Roberto Higuera Gil arresta a Healy en el departamento. Confisca 30 botellas vacías de ron Glorias de Cuba como "evidencia". Desde el inicio, la policía piensa que el homicidio es "imprudencial". Y Burroughs, que se ha librado tantas veces de la ley, no piensa que eso sea anormal.

Bernabé Jurado paga algunos sobornos para que el gringo pueda salir bajo fianza con una recomendación:

—No vuelvas al departamento. Vete a un hotel. Hay unos muy lindos. Pero no regreses porque van a decir que el asesino siempre regresa al lugar de la escena del crimen —bromea—. No, en serio. Los policías, por sacar más lana, te pueden volver a detener y para qué más angustias. Vete a un hotel, empédate, métete hasta el dedo, porque, luego, en la cárcel, es muy caro de conseguir. El dedo es gratis, digo, la droga es cara y de mala calidad.

Se va entonces al hotel con sus hijos y hasta ahí llega su hermano, Mort. Es la última vez que se embriagan juntos. En los trece días en Lecumberri, William Burroughs recrea, una y otra vez, la escena nebulosa hasta que se convence de que es nítida. La mano que usó para disparar fue la derecha pero presiente que fue por la izquierda, tantas veces herida y automutilada, que el Espíritu Sombrío se le metió al cuerpo. Una energía degradante del cosmos, una radiación de la guerra atómica, una desazón de vivir en donde no se puede ser gay, adicto o insensato. Pero es México que, para él, vive en un sueño, a veces peligroso, pero casi siempre indolente. En la cárcel, aunque nunca la conoció en persona, habla de La Chata con los otros reclusos, pero se mantendrá gélido y distante, mirando como un pescado desde atrás de los cristales de sus anteojos. Depende de Bernabé Jurado y de que fluya el dinero que Mort vaya mandando: al final, unos cuatro mil dólares. Barato por un asesinato.

Casi un año después, el 13 de noviembre de 1952, Bernabé Jurado estaciona al amanecer su nuevo Buick Roadmaster azul en Avenida México. Lo escogió porque, visto de costado, parece un tiburón con grandes dientes al frente, listo para atacar. Intoxicado y armado, como siempre, Jurado se baja de su coche para ver si lo que le han aventado unos adolescentes desde un coche le rayó el cofre. Cuando vuelven a pasar, Jurado saca la pistola y les dispara. Son los últimos días de la presidencia de Miguel Alemán y se busca hacer un ejemplo contra la impunidad del abogado: hirió en una pierna al estudiante Mario Saldaña Cervantes que, al ocultar la herida de sus padres ricos e influyentes, murió de septicemia quince días después. El caso es un escándalo. Jurado huye entonces del país, primero a Brasil y, luego, a Europa. En diciembre Burroughs sabe que su suerte en México se ha terminado. Solo, sin hijos, ni esposas ni amante —un buen día Ángelo ya no volvió a los baños turcos de los hoteles—, Burroughs recibe por última vez a Neal Cassady y a Jack Kerouac en México. Kerouac cuenta ese último encuentro:

—Nos llevó a las pirámides de Teotihuacán. Íbamos hablando de las mujeres y los hombres. No pude sino pensar en Joan y su horrible muerte. Me pregunté si esas cosas se superan, si pueden olvidarse o dejan una huella que jamás te puedes borrar. Pero no se lo pregunté a Bill, tan reservado como era, sobre todo delante de Neal, al que nunca le tuvo simpatía. De pronto, Bill me retó:

—¿Quieres ver un alacrán?

Con la punta del zapato levantó una piedra, cualquier piedra. Abajo estaban no uno, sino dos alacranes. Uno de ellos no se movía y el otro parecía dar vueltas a su alrededor.

—Mira —dijo Bill— un macho al que se le ha muerto su hembra.

El baño de Lowry

El cumpleaños de Jan Gabrial empezó con una despedida. Ella y su esposo, Malcolm Lowry, quedaron de celebrarlo en el lago de Pátzcuaro, justo un año antes de que llegaran hasta ahí los Trotsky, los Breton, Diego y Frida, a los que conocía de oídas. Desde la ventanilla de un camión percudido y suspirando gasolina, Jan hace el último intento para que Malcolm se suba con ella al Flecha Roja. Sigue borracho, con su amigo y "figura paterna", Conrad Aiken, remolcándose por la puerta de la estación, hinchado. Lowry le extiende la mano derecha en un puño. Cuando lo abre, son cinco aretes de paja en forma de sombreros mexicanos, comprados en el mercado de Cuernavaca, a dos centavos el par. Jan piensa justo en eso: Malcolm trae un número impar de aretes conseguidos de pasada, de última hora.

—Para tu cumpleaños —dice Lowry con los ojos humedos, enrojecidos.

Jan mira a Aiken, ese "ávido coro griego de una sola persona" y, luego, a su marido, el mismo con el que se casó en París tres y medio años antes, y al que se le olvidó conseguir los anillos, el mismo que tuvo que beber unas copas antes de tratar de lidiar con su fobia a los hombres con uniforme y que, a la hora de dar el "sí", enmudeció del pánico y su padrino, Julian "Traveler" Trevelyan, tuvo que responder en su nombre. Ése era el hombre al que se referían cuando lo veían tirado de borracho en la calle o comportándose violento, y le preguntaban a Jan:

—¿Por qué te casaste?

—No estaré más que unos diez días fuera, pero necesito irme, separarme un rato. Te escribiré todos los días. Cuídate, por favor.

Jan llevaba en la mano, arrugada, la nota que Lowry le había hecho llegar bajo la puerta en algún momento de la madrugada y que ella no vio hasta que Josefina se la dio. El camión arrancó y lo último que Jan vio fue a Conrad Aiken tomando a su marido por la nuca y encaminándolo hacia la cantina más cercana. La nota en la mano de Jan decía:

"¿Podríamos ir a Rouen o a un lugar como Chartres y descubrirnos uno al otro? Nuestras peleas han sido en su mayoría malentendidos. Debemos vivir nosotros solos y las labores domésticas compartirlas. En cuanto a mis amistades, prometo no volver a imponértelas. Me obligan, a mí también, a llevar un ritmo hostil. Deberías enviar ya tu manuscrito a los editores si no quieres que tu amor propio sufra más. —El esposo de la cara de arcoíris."

Sólo entonces Jan se echó a llorar.

Abrazando a Malcolm, Conrad Aiken se refirió así a la partida de Jan rumbo a Oaxaca para celebrar sola su cumpleaños veintiséis:

—De pronto, Cuernavaca mejoró.

La estancia en México había empezado en Acapulco el 30 de octubre de 1936, cuando Lowry probó su primer mezcal antes de tomar un autobús a la Ciudad de México. Jan seguía mareada del viaje en el *ss Pennsylvania* de la ruta hacia Panamá e hizo notar que los mexicanos se preparaban para el Día de Muertos. Discutieron, dado el efecto del mezcal —siempre entre una borrachera anómala y una droga de la verdad— sobre si Dr. Jekyll y Mr. Hyde era o no la gran metáfora del alcoholismo. Lowry quería emular el viaje de D. H. Lawrence a México en todo lo posible, desde que veinticinco años antes, partiera de Taos, en Nuevo México, y escribiera *La Serpiente emplumada*, tras su viaje con Frieda a Teotihuacán. Para ella, para Jan, México era un viaje planeado para saltarse los trámites del permiso de estancia de su marido británico en suelo americano. Para él, significaba ir en busca de su carta favorita en el Tarot de Ouspensky: El Ahorcado. Era un hombre de cabeza, colgado de una pierna y la otra, doblada en una danza irlandesa. La figura cómica significaba lo que Lowry pensaba encontrar: invertir la visión para entender el mundo.

A la decisión de irse a México también contribuyó Waldo Frank, al que veneraron —más que conocieron— en su estudio de la calle 32 Oeste de Nueva York. "Estamos con un amigo de Gurdjieff", susurró Lowry, pensando que Jan estaría, por lo menos, enterada del misticismo psíquico.

—Hay dos revoluciones simultáneas allá —les informó Waldo Frank—. La de la tierra, que encabeza Lázaro Cárdenas, y la de la visión, que es territorio de Diego Rivera. Allá se han repartido las tierras, para los indios, y las paredes para los pintores.

Waldo Frank era, además, el editor de la poesía completa de Hart Crane, el dadaísta borracho, boxeador y poeta fonético, que se aventó de una cubierta en alta mar en el Golfo de México. A Lowry se le iluminaron los ojos:

—México, el lugar de reunión de la Humanidad. Hoguera, pira, de Bierce. Trampolín de Hart Crane. Arena antigua de conflictos raciales y políticos de todo tipo. Un lugar donde su gente tiene una religión que, a grandes trazos, puede decirse que es en torno a la muerte.

El viaje era, como para Lawrence, un aprendizaje en el desengaño. Su abuelo materno, John Boden, se había perdido en el mar en 1884, para convertirse en un personaje mítico cuyas historias su madre inventaba en las noches para que sus hijos durmieran: las aventuras del capitán Lyon. A veces lo invocaban con una ouija, y Lowry aprendió a hacerlo cuando se embarcó el 14 de marzo de 1926 en el ss *Pyrrhus* desde Birkenlead a Yokohama. "Un hombre que se hace a la mar por diversión es uno que irá al infierno por pasatiempo". Tenía diecisiete y le tocó ayudar a limpiar la cubierta y, más tarde, alimentar la caldera. No hubo en esos meses mayor placer que estar solo en un infierno de carbón del que el joven Lowry salía al amanecer, ebrio y ennegrecido, como en una especie de renacimiento. Cuando le platicó esa sensación a Conrad Aiken, él lo mordió:

—Eso no es un renacimiento, es una puta regresión al útero.

Lowry sólo respondió, tajante:

—Beber es lo más parecido a nunca haber nacido.

Para impresionar a Jan le contó, cuando se conocieron en Granada, que en ese viaje por Japón, China, Singapur, Manila, había resultado herido durante la guerra civil de los chinos, y que en el barco lo habían curado con baba de elefante. Como siempre, en las historias de Lowry se combinaban literatura y sucesos: la herida en la rodilla derecha la tenía de un accidente de niño en bicicleta. El elefante se llamaba Rosemary y lo llevaron, en el viaje de retorno, a un circo en Londres. Pero nunca le lamió la rodilla.

A Jan, Lowry le contó en el viaje de La Alhambra a París de sus otras chicas: Carol Brown —"era como una corbata: apretada, incomoda, pero si estaba demasiado suelta, daba igual no traerla"— y de la taquígrafa, Tessa Evans —Janet Traven, su anagrama, usado en su novela sobre barcos, *Ultramarino*—, que lo dejó por otro. También le contó de su nana, miss Long, que le pegaba en los genitales con una vara de zarzamora y que, una vez, lo había agarrado de cabeza sobre el vacío, en un risco. Que se había quejado con sus padres y que éstos nunca le creyeron. Luego, pasó a definir sus filias: el anti-héroe incomprendido, los médiums, los espejos, el alcohol y la literatura de Rimbaud, Melville y Poe.

—Nací cerca de Rock Ferry —le dijo en la larga caminata por Granada en 1936—, ahí donde Melville le dijo a Nathaniel Hawthorne que lo que más deseaba era ser aniquilado.

Con sus fobias, Jan subió un poco las cejas: la recurrente idea de contraer la sífilis a partir de haber visto una exposición en el Museo de Anatomía de Liverpool, diseñada para asustar a los soldados y a los marineros.

—Para mí el amor generoso, bello, no existe. Las mujeres son fuente de enfermedades y de violencia.

Por eso Jan no sabía bien qué responder a la pregunta que todos le hacían: "¿Por qué te casaste?" Jan escribió una respuesta en sus memorias: "Malcolm no era siempre el mismo. Hubo ternura, productividad, risas. Ése era al que yo amaba. Era con el que trataba de lidiar. El otro simplemente estaba ausente". Tras las primeras veces en que lo veía beber hasta transformarse en un ser odioso, patético y ridículo —la señal era cuando se escondía debajo de una mesa a rasgar sin mucho ritmo su ukulele—, Jan le preguntó varias veces cómo podía desperdiciar tantas horas de su talento literario en embotarse. Copió la respuesta que le pareció más certera:

—Necesito escribir para manejar mis demonios interiores. Bebo para negarme esa única cura.

No era el sexo lo que los unía. De su desempeño, Jan dejó una nota: "Es extraño cómo a hombres pequeños y delgados, la naturaleza los favorece. No es el caso de los fornidos y grandes como M." Sin poderse desenvolver usando condones, y aterrorizados por la posibilidad de un embarazo, Jan y Lowry abortaron a un hijo en los primeros meses de matrimonio. Lowry sólo comentó, tras la ordalía de pánico, doctores y recuperación:

—Mi padre hubiera dicho: por lo menos ahora sabemos que sí puedes procrear.

Lowry le tenía miedo y odio a su padre, Arthur, porque siempre lo estaba comparando con sus hermanos, diestros en los deportes y con carreras normales de abogados y empresarios. La conversación entre padre e hijo que se le quedó grabada a Lowry fue ésta:

—Siento un deseo de triunfar —le dijo Malcolm en un rapto de sinceridad— pero a ese deseo siempre lo acompaña una voluntad inconsciente de fracasar.

Su padre le respondió:

—Me pasa igual en el golf.

Retrasó avisarle a sus padres que se había casado, tomando en cuenta que las esposas de sus hermanos habían sido rechazadas por no ser de Inglewood, o herederas. Sólo lo notificó cuando necesitaron el primero de cientos de préstamos: cuando los desalojaron, recién abortados, del departamento de la calle de Antoine de Chantin, en París. No tenían dinero para el alquiler, pero realmente lo que motivó la expulsión del departamento fueron las borracheras de Malcolm: una madrugada destruyó todos los muebles, incluyendo el regalo de bodas que Jan compró, sin esperar reciprocidad, para él: un gramófono. También trató de matarlos dejando que el gas saliera de la estufa.

Esa historia Jan la conocía, siempre en diversas versiones. Un poco antes de la inconsciencia, Lowry solía hablar de su amigo de la juventud, Paul Fitte, el compañero de borracheras, putas y libros. El recuerdo más persistente eran los toquidos en la puerta de su recámara en Cambridge. Él seguía soñando con unas sirenas que lo tentaban, largas sus lenguas, con la promesa de practicarle una mamada mitológica, pero él no atinaba a abrirse la braqueta. Luchaba entonces con los pantalones de franela hasta descubrir que estaban afianzados con una corbata apretadísima. Alguien tocaba la puerta y él se servía un vaso pero no bebía nada sino ligereza. ¿Cómo podía ser que la levedad fuera una promesa en el fondo del vaso? Tenía certeza de claridad de luz, luz, luz, y otra vez, de luz. Estalló en su cráneo una horripilante angustia de cruda, acompañada por una pantalla de demonios que lo protegían, zumbando en los oídos "Lobs, lobs, lobs". Se sentía empapado en sudor y eso hacía más injalable el pantalón de la pijama, y la chamarra deportiva, de canotaje, que llevaba puesta y las sirenas se iban lejos y él quedaba con el vaso de la tenuidad a punto de estallarle en la boca pero, en sus oídos, remarcaban las palabras: Te ayudamos a exponerte, a rechazarte, y a pelarte la piel, desde las manos, pero aquí estás otra vez, deseando no importunar con tu sudor apestoso. La puerta sonó. Se cayó en el camino a abrir y miró emborronadas las caras de Firmin y de Taskerson, sus compañeros de clase.

—Paul está muerto —le repitieron hasta que lo entendió.

De camino al cuarto de Paul Fitte se hicieron las preguntas habituales de cómo, por qué, a qué hora. Todavía en pijama, con el pantalón de franela, la corbata como cinturón y la chamarra deportiva, comprada en una burla de sus hermanos, Lowry subió las escaleras del edificio con una seria necesidad de vomitar. La policía tomaba notas, impedía la entrada en la recámara.

—Borracho, borracho —estaba diciendo un policía a un detective—, pero el muchacho puso periódicos en todas las ventanas y ropa en los resquicios de la puerta.

Lowry comenzó a recordar la noche anterior a Paul Fitte diciéndole:

—Me voy a matar, Lobs. Tengo sífilis por tu culpa. Tú me llevaste de putas.

—Házlo de una buena vez, Fitte. Es más: yo te ayudo.

Se vio cortando periódicos a lo loco y retacando papeles en los quicios de las ventanas. No recordaba cómo había llegado hasta su cuarto. Pero lo que le contó a Jan era:

—Me siento responsable de su muerte. Nunca lo olvido, ni con todo el alcohol ni con todos los teclazos de la máquina de escribir. Es algo que, simplemente, nunca se irá.

Calmándose él mismo, entonces agregaba un tinte más existencial:

—¿No hay momentos en que se sube uno al Everest? ¿O al Popocatépetl? ¿O se hace uno a la mar, o se suicida o, delicadamente, se combinan las dos? Yo convoco a ese extraño de mí que sólo quiere morir.

"¿Y por qué te casaste con él?", le decían a Jan.

A Conrad Aiken también le contó la historia del suicidio de Paul Fitte. Destructor, Aiken le restó el dramatismo que Lowry buscaba:

AIKEN: Era un niño perseguido por Las Furias.

LOWRY: Traduzco a Esquilo: "Las Furias cantan sobre la víctima, enviándola a la locura".

AIKEN: De repente el coro griego es como lo que hablan unos jugadores de póquer.

LOWRY: Pero lo que dicen es la tragedia por la que pasan los personajes.

AIKEN: La tragedia es sólo un estado mental en el que uno se pone para que ahí florezca la creatividad.

LOWRY: ¿Y qué pasa cuando es tan real?

AIKEN: Nada es más real que romper la literatura para experimentar la vida.

LOWRY: Nada es más necesario que tratar que las tragedias de la vida se exorcicen con la ficción.

AIKEN: Útil, útil, es beber. Salud.

Sobre todo, Jan no entendió la relación de Lowry con Conrad Aiken, quien se autodefinía como alguien cuya vida estaba dedicada a "trastornar la vida de los demás". Los dos se habían conocido gracias a la obsesión de Malcolm por las coincidencias y el azar. La novela de barcos de Aiken, *Viaje azul*, estaba dedicada a alguien que tenía las mismas siglas que Lowry: CML. Durante un tiempo, Lowry estuvo seguro de que se trataba de un acto de telepatía y de magia, hasta que se enteró que estaba dedicada a la amante en esa época del novelista norteamericano: Clarissa Lorenz. Pero Lowry estaba además enganchado a la trama de la novela, parecida a las que su madre inventaba de su abuelo, el capitán Lyon. Tanto así, que llegó a especular si no se habrían conocido ambos en un barco mercante. Con esa sospecha convenció a su padre de que necesitaba un tutor en Cheshire y que ese sólo podría ser Conrad Aiken. El novelista estaba en uno de sus raptos alcohólicos cuando aceptó: divorciándose de su esposa para estar con Clarissa, despedido del trabajo en Harvard por hostigar a sus alumnos y a las autoridades. La primera noche juntos se emborracharon con uno de los hermanos de Malcolm, Rob, y les contó la tragedia sobre la que él intentaba basar toda su agresión:

—Por celos, mi padre estranguló a mi madre. Luego, él se disparó. Yo los encontré juntos, en un baño, muertos. Yo tenía nueve años.

A lo largo de la madrugada, el estrangulamiento pasó a ser un disparo y, más tarde, una plancha. Pero no importó. Desmayado por tanto alcohol, Rob se quedó dormido en el departamento de Malcolm en Cheshire, mientras el viejo novelista y el joven se metieron al baño. Aiken lo recuerda así es una carta enviada el 8 de agosto de 1929, exactamente una semana después, desde un hospital:

El jueves pasado Rob y Lowry tuvimos una especie de fiesta salvaje en celebración de nuestro encuentro. A la una de la mañana, una lucha grecorromana entre Lowry y yo se desarrolló dentro del baño. No recuerdo por qué. Una de las armas, aparentemente, fue la tapa de porcelana del tanque del escusado. Terminé por poseerla. Al menos ésa fue la impresión cuando desperté, inconsciente del corazón, habiendo resbalado y caído y roto el cráneo contra el hogar-pocelana-quebrada-simultáneamente-una.

Sangré durante 48 horas. Tengo una cruz de Santo Cristo que atraviesa mi ceja, estoy mareado como un idiota, mi nariz cambió de forma y, en general, las cosas no están bien. Tendré una cicatriz, me temo, y estoy esperando para recuperar las fuerzas y la estabilidad para ir a tomarme unos rayos X. Hay una posibilidad remota de que todavía tenga un pedazo de porcelana incrustado en mi materia gris.

Esto sucedió cuando se conocieron y Aiken tuvo, en efecto, una cicatriz en forma de crucificado en la cabeza por el resto de su vida. A Lowry lo hacía sentir culpable, que era justo lo que su mentor se proponía. Sus planes para él fueron siempre un tanto siniestros. Después de conocerlo, escribió en una especie de diario del que abrevaba para elaborar sus novelas: "He conocido a quien quiero que se convierta en una extensión de mi vida inconsciente". Con todos los demonios que, de por sí, ya traía Lowry, los del huérfano salvaje, Conrad Aiken, le añadían a la mezcla una especie de estricnina con brandy. Muy pronto, las clases de Aiken empezaron a repeler la resistencia de su objeto:

AIKEN: Tú eres un esquizofrénico, Lowry. Estás tan loco y eres tan inútil como Hamlet. Esto es: si no estás fingiendo tu locura.
LOWRY: No todo en la locura es malo. Tú crees que el inconsciente es sólo crimen, mierda, sexo, error.
AIKEN: ¿Es algo más?
LOWRY: Sirenas.
AIKEN: Eres un demente.

A Jan, Conrad Aiken le parecía un mal bicho. De sus posturas políticas opinaba: "Está a la derecha de Gengis Khan". Le parecía que aventaba a Lowry, como si lo necesitara, en el delirio alcohólico, fingiendo que era un método para explorar los propios demonios que, más tarde —nunca antes de las dos de la tarde— irían a formar parte de una obra maestra. Ni siquiera la literatura de Aiken le parecía notable, mucho menos después de que Lowry le contara que su amigote lo acusaba con frecuencia de que *Ultramarino* era un vil plagio de *Viaje azul*.

—Tú, ¿qué le contestaste? —se escandalizó Jan.

—Pues que él mismo dijo que era mi padre y que el hijo debe matarlo, succionarlo, aprovecharse de él.

—Pero, ¿es cierto que lo plagiaste?

—No, hice una mejor versión de él mismo.

Por eso, Jan se preocupó cuando Aiken les llamó desde la Ciudad de México a Cuernavaca. Lowry, aislado por no hablar español, no tenía compañía para sus incursiones noctámbulas. Los invitó. Eran Aiken, su nueva amante, Mary Hoover, y el pintor británico Ed Burra. Estaban, según Lowry, en busca "del salvajismo mexicano, que no le tiembla la mano para asesinar".

—Viene a pedir una anulación del matrimonio con Jerry —así le apodaban a Clarissa— y a casarse cuanto antes con Mary. Pinche loco.

—Pobre Clarissa —dijo Jan, recordando que fue ella, en Granada, la que los presentó—, me cae bien. ¿Y esta nueva? ¿Mary? ¿Cómo es?

—Creo que es una artista. Conrad dice que es maravillosamente inarticulada.

—Clarissa era, entonces, demasiado articulada, ¿o qué?

—Era una perra.

—Perra insatisfecha —explotó Jan—. Conrad no puede ser un buen revolcón con todos esos complejos que carga.

—En fin, por la paz, les doy el cuarto azul y yo me voy al tuyo.

—¿Qué hacemos con Ed Burra?

—Queda el sofá de la veranda. El colchón esta relleno de papel, aserrín o algo muy ruidoso.

—No importa. Desde afuera nadie lo oirá.

Como es conocido, Lowry y Jan estaban viviendo en la calle Humboldt, número 62, de Cuernavaca, la Quauhnahuac de *Bajo el volcán*. Humboldt se convirtió en calle Nicaragua, Las Casas en "Tiero de Fuego" —como escribió Lowry en sus notas en un español aproximativo— y el camino desde el Casino de la Selva hasta Acapatzingo, en protagonista de dos de las escenas más memorables. En el Jardín Borda, los dos habían grabado en un tronco: "Jan & Malcolm. Remember Me. Dic. 1936". Querían dejar atrás algo que ya no se respondía y que era la decisión de Lowry de sumergirse hasta el fondo, con disciplina, en el mezcal. Lo intentó Jan sola: buscó los muebles, pintó la casa de rojo y azul, arregló un poco el jardín, infestado de hormigas, cucarachas y ratas que mordisqueaban la ropa. Cada vez, Lowry se ausentaba y regresaba zumbado, subiendo a la cama un perro sarnoso que había recogido de la calle y que Jan aventó con asco, o pretendía tener sexo con ella por la fuerza. Otras veces rompía cosas y se cortaba con sus estropicios. Otras más, alguien lo recogía y llegaba a depositarlo a la puerta de la veranda. Conrad Aiken no era mejor portado. Jan lo había visto beberse una botella de aceite:

—¿Qué haces con ese aceite?

—Pensé que era tónico para el pelo.

A veces lo veía amarrando una bufanda a su muñeca izquierda, pasándola por la nuca como polea y jalándola desde el lado izquierdo para levantar una copa sin verter el contenido. Su temblorina era tan notoria que era angustiante verlo tomarse una sopa. Pero, lo que más irritaba a Jan era el aire de superioridad que Aiken tenía con todos. Lo llamaba El Ángel Exterminador, el líder mortífero del ejército de las langostas en el fin de los tiempos. Con una sonrisa burlona recordaba lo que Lowry le había confiado:

de todas las antologías que Aiken había compendiado, la selección más larga era la de él mismo.

En cuanto dejaron las maletas, los dos escritores anunciaron lo que sería esa etapa del viaje mexicano:

—Vamos a Charlie's Place por un trago.

En el camino y apenas medio visto la casa de Humboldt 62, Aiken comenzó con una retahíla:

—Tu arroyuelo es un desagüe. Un día te voy a tener que rescatar del ahogamiento. Vives en una montaña de andrajos. Me preocupa que te ahogues también en ellos.

Los días que siguieron trajeron consigo una especie de plagas bíblicas: se abrieron goteras en el techo de Humboldt 62, se tapó el drenaje del arroyo y la casa se inundó con lodo y basura, la ciática de Lowry empeoró y los gatos —originalmente llamados Edipo y Príapo, luego mexicanizados a Chicharrón y Xicoténcatl— desaparecieron sólo para morirse, días después, a la puerta de la casa. Las discusiones en las comidas eran entre dos personas mudas, Mary y Ed, dos que estaban enojados con sus propias crudas, y Jan, que intentaba que la estancia no fuera del todo venenosa. Una tarde:

AIKEN: Las mujeres no tienen idea de lo que es una urgencia sexual. Eso sólo lo sabemos los hombres.

LOWRY: Por eso no hay prostitutos.

JAN: Lo siento. Tenemos urgencias sexuales, igual que ustedes y ustedes nunca han visto un prostituto porque no tienen nunca dinero extra.

AIKEN: No tienes idea de lo que dices, mujer.

JAN: Me sorprende que traigas a colación la frigidez de las mujeres ahora que estás por casarte.

Mary bajó los ojos y suspiró con mesura.

Mira cuán extrañas pueden ser las cosas familiares, te repites, porque eso es lo que se ha tratado aquí de hacer, un lazo, un vínculo que no se disipe con la espuma de todos los días esperando hasta quedarte dormida la entrada voluntariosa de Malc que gritará, como siempre te grita, "Starkey", y te repetirá que escribas, que dejes de ser la actriz frustrada por un accidente de automóvil que crees que te deformó la cara que es como lo de él mismo con la sífilis a la que, con frecuencia, somete a un tratamiento con mercurio y que él sabe que es inútil porque no existe probabilidad de que la haya contraído, así como tu cara no cambió con el accidente en que se volcaron y estuviste dentro, consciente, durante horas, mientras cortaban la lámina con una sierra y cerrabas los ojos para que las chispas no te quemaran las retinas y te gritará otra vez que eres una claustrofóbica voluntaria, que te adora porque te preocupa su muerte, que no es nada, sino un cambio de tragedia, que le gusta que tengas una familia materna extraviada, y los Vanderheim que tampoco sabes bien quiénes son y que, como Traven, los perdiste en Bavaria y llegará gritando todo eso, cayéndose contra las paredes, empujando los muebles, y atontado, medio entumecido de la cara, los ojos fijos que ya no ven, los sonidos que ya no llegan a los tímpanos enmohecidos de zumbidos y te tienes que ir cuanto antes, separarte de ese veneno que fluye en su desesperación de ya no saber amar las cosas. Y antes de tumbarse te dirá aquello que tanto le has celebrado cuando estuvo sobrio todavía: "Todos hablan de luchar contra Hitler. Tú eres lo único por lo que yo pelearía". Y sabes que ha dejado de pelear por ti, que lo ha olvidado, como sonreír sin que se le note la resaca en la frente, o de ser tímido y raro delante de los demás, reservada la ternura para alguien que no está buscando. Lo ha olvidado y tú te tiras en la cama con un mapa de México y repites Guanajuato, Oaxaca, Guadalajara, Pátzcuaro, Uruapan, hasta que se te hace un mantra y entras en trance y es que te has dormido ya sin esperarle, ya olvidándolo un poco, ya en el sueño de lo que tú también has dejado de amar. Y te repites cuán extrañas pueden ser las cosas familiares. Cuán extrañas y familiares. Cuán familiares y cuán extrañas.

Abre la mano y lleva los cinco aretes de palma comprados de última hora en el mercado y refulge de alcohol y sudor y un poco de nalga sentada, abandonada a su suerte en sillas de metal de cualquier cantina con nombres simpáticos en español pero que encierran al demonio de la tenacidad aniquilante. Y tú abres la mano para que los deje caer, algunos pegados a su mano sudada y orinada y arranca el camión Flecha Roja hacia tu cumpleaños que pasarás a solas, como siempre, como casi todas las noches en que cualquier pretexto es para ausentarse y regresar ausente: la infancia, su padre, sus hermanos, México, la escritura, la poesía, los indios, la muerte. Nada se escapa al itinerario que disculpa y hace valer tu propia anulación. Desarrugas la nota de tu esposo que te ha dado Josefina y la lees hasta que te hace llorar. Entonces decides que quizá ahora sí, ahora sí la tan mencionada infidelidad de Jan, con la mitad de los mexicanos, se realizará, como un regalo de cumpleaños, como una gratitud de haber olvidado lo malo y recordar sólo lo bueno, de eliminar las preguntas de lo oscuro y concentrarse en la luz, la luz, la luz y, otra vez, la luz. Un presente por esos pasados. Pero, lo sabes: bajo ningún futuro.

"¿Y por qué te casaste?"

En la fiesta del Año Nuevo entre 1933 y 1934 Jan toma de la mano a Lowry.

—Anda, vamos a bailar —le ruega.

—Sabes que no bailo —se empuja otro whisky refunfuñón.

Jimmy Brokenshaw ve la escena y saca a bailar a Jan, sin siquiera voltear a ver al rabioso novelista. No han ni siquiera encontrado su espacio dentro de las parejas que se agitan al ritmo del saxofón tenor de Lester Young cuando Lowry llega a tomar de la barbilla a su adversario en el ritual de apareamiento musical:

—¿Quieres una "Broken-Jaw"?

El hermano de Jimmy ataca al grueso Lowry desde atrás. Éste lo toma por el cinturón del pantalón y lo alza, usándolo como escudo para abrirse paso entre la gente. La cara enrojecida, la mandíbula apretada. Gesticula en el vacío el homúnculo que, para Lowry, es un diminuto doble creado en la vasija de un alquimista. Mientras empuja a mujeres y hombres, tira una mesa con vasos y botellas, Lowry murmura algo sobre la piedra filosofal.

Cuando llegan a la cocina, Lowry enciende una hornilla y pone la mano del hermano Brokenshaw en la lumbre. Comienzan los gritos. La gente se reúne con sus miradas de espanto y reprobación hacia el monstruo. Jan se asoma y mira cómo su escritor es expulsado de la casa de Año Nuevo. Ella duda entre dejarlo o seguirlo. Lo hace durante las escaleras, llamándolo y, después, durante algunas cuadras sin que él volteé ni una sola vez. Ella se detiene justo cuando Lowry empuja la puerta de una taberna y se pierde durante las primeras horas del resto de sus vidas.

Cuando empujan la puerta de la cantina en Cuernavaca, el 11 de junio de 1937, Aiken y Lowry entran en silencio pero, a los tres mezcales comienzan un pleito.

AIKEN: Te he dado todo, hasta mis ideas para que escribas un libro. Podría acusarte de plagio espiritual. Tienes ya adentro toda mi tristeza, te lo veo en los ojos. Loco de mierda.

LOWRY: Te tengo incinerado adentro de los ojos, por eso los tengo rojos.

AIKEN: Me contaron por ahí que ya has tenido que lidiar con tus plagios, que te acusó un escritorzuelo el otro año. ¿Qué pasó? ¿Por qué no me contaste?

LOWRY: El plagio no existe, es parte de la creación. No hay nada sin algo anterior.

AIKEN: Una cosa es que sea anterior y otra que te la robes. Como hiciste tú con mi novela.

LOWRY: Cállate ya.

AIKEN: Me dicen que aceptaste el plagio y retiraste el texto. ¿Pagaste dinero? O más exactamente: ¿cuánto pagó lord Arthur?

LOWRY: Nunca se enteró. Ese asunto está tan enterrado que hasta compartes la tumba con él.

AIKEN: Sé que me quieres muerto para convertirte en mí. Vas a tener que pelear para eso, borrachín de porquería.

LOWRY: Escúchate. Hasta lo crees, ¿verdad? Si supieras lo que la demás gente opina de ti, no te moverías con tanta seguridad.

AIKEN: ¿Quién? ¿La bruja de Jan?

LOWRY: Ahora no me vengas con que no te importa lo que opina. Si prácticamente la corriste, en víspera de su cumpleaños, y la dejaste ir.

AIKEN: Tú la dejaste ir, demente. Yo hubiera preferido que se quedara y darle su regalo de entrepiernas.

LOWRY: Ten cuidado en cómo estás hablando de ella. Es mi esposa todavía.

AIKEN: ¿Por qué no hacemos un intercambio de parejas? Mary es bastante *eloquente* en cuatro.

Sin que ninguno lo alcanzara a recordar, esa conversación ya había ocurrido en 1933, en Granada. Lo que sucedió después, también. A la mañana siguiente —que podían ser dos días o doce horas después—, los dos despertaron con una tapa de la caja del escusado rota. Tenía moretones, arañazos, y Aiken se quejó de que la vieja herida en la cabeza se había abierto de nuevo. No podían levantarse. Lowry pensó que tenía fracturada la rodilla del accidente de bicicleta que fingía era una herida de la guerra china, pero sólo estaba muy entumecida por la falta de irrigación. Los pedazos de porcelana habían llegado hasta la sala e invadían el tapete de palma en el que se caían con ritual costumbre los tragos. En el suelo, los dos no se miraron, sólo se oyeron.

—Creo que tengo un diente flojo —murmuró Lowry con los dedos dentro de la boca.

—Sácalo o déjalo que se caiga —dijo Aiken apoyándose con dolor sobre la puerta del baño—. A lo mejor tienes un diente mío adentro de la boca. Ve si te sobra, que yo veré si me falta. De todos modos, quién puede decir qué es de uno y qué es del otro.

El enigma de la última frase de Aiken en Cuernavaca se resuelve cuando, al hojear *Un corazón por los dioses de México*, Lowry encuentra extensos plagios del manuscrito de *Bajo el volcán*. Estaban a mano. Lo que Jan llamaba "la relación del Prelado con el Acólito", se consumió en la pira del mezcal en esos días en que, en silencio, Conrad Aiken y Mary hicieron sus maletas y se fueron casi olvidando a Ed Burra que se subió en calidad de mosca al camión hacia la Ciudad de México. Todos iban severamente enfermos de disentería y abjurando de las cualidades desinfectantes del mezcal. Con diarreas de sangre, vómitos y fiebres, prefirieron irse de México para atenderse en cualquier clínica de Estados Unidos, lejos del arroyuelo de la veranda, sus ratas, sus insectos amenazantes.

Lowry se quedó solo, esperando el regreso de Jan. Culposos, se habían escrito casi a diario.

Aunque extraño mucho tu compañía, este viaje hubiera sido demasiado cansado para ti. Vayamos a Veracruz cuando te mejores. De ahí no queda lejos Alvarado, que es donde Paul

Strand filmó *Redes*. ¿Te acuerdas cuando me introdujiste a las películas de Eisenstein y Pudovkin en Nueva York? ¿De cómo Davenport se quejaba de que cada vez que se despertaba durante una película rusa, siempre se encontraba con un tractor? Llego tarde el miércoles o el jueves temprano… te haré saber. Podemos vernos en Charlie's Place y tomar un trago. Y, mientras esté en la Ciudad de México, puedo pasar por ya sabes qué a la farmacia.

Mi escritura se está haciendo indescifrable. Al lado de ti, mi mamá, París y Nueva York, extraño mi máquina de escribir. Y así, mi querido, a la cama. Te amo a ti, a tu gracia, tu brillantez, tu ayuda, y todas esas cosas más fuertes que nosotros que de alguna manera hemos creado en estos años, sin siquiera darnos cuenta. Todo mi amor y sueños…

Mi queridísima novia. Pasé por un tiempo sombrío sin ti. Conrad no es un amigo, aunque lo simule. De hecho es un estafador de sus amigos y sus esposas, y hasta de versos. Como si uno fuera un caballo de regalo, todo el tiempo tengo la sensación de que me ve dentro de la boca y que busca estafarme uno de mis dientes también. Tienes razón en que espero demasiado. Pero, bueno, siempre me sorprendo de recibir menos que nada. Por amor de Dios, acerquémonos de nuevo. Conrad finge una amistad profunda y una admiración por mi trabajo pero está secretamente celoso, irracional, amargado, cuando la única profundidad en nuestra relación es la extensión maligna de su odio, es su miserable desgracia convertida en maldad. Tú eres más que todas estas personas juntas, más genial, valiente y, si logras concentrarte en una línea poniendo ahí todos tus talentos, tú y yo podríamos simplificar nuestras vidas y organizarnos solos, lejos del mal de estos amigos. Con todo mi amor, Malcolm.

El 29 de junio Jan regresa decidida a cambiar a Lowry. Primero, le recorta el dinero con el que compra mezcal.

A la siguiente noche, el reloj que usan de alarma desaparece junto con un Lowry que regresa tamableándose a dar una justificación:

—Es por mí que te despiertas, no por el maldito reloj de alarma. Es a mí a quien tienes que tener en la mesa de noche.

De la Ciudad de México, Jan le ha llevado estricnina que —están seguros— le quitará el ansia de beber mezcal. Lo disuelve en brandy. Por experiencia, Jan sabe que es la ausencia de sueño uno de los motores de Lowry para seguir bebiendo hasta desplomarse y empieza a gotearle sustancias para dormir —belladona, pasiflora, zarzaparrilla y, a veces, hasta anestesiantes— en las copas. Muy pronto reconoce su derrota: Malcolm está las mismas horas bebiendo, sólo que más apagado, pesado, maquinal. Sin poder rescatarlo de Las Furias, Jan decide hacer el viaje planeado a Veracruz, de nuevo, sola. Lowry escribe sobre su situación miserable en Humboldt 62: "Mi desesperanza es el hoyo donde este gusano encontró su hogar".

La policía de Cuernavaca recibe una llamada de auxilio de la casa "del gringo borrachales". Lo han robado. Dos oficiales suben la vereda hasta el número 62 y encuentran la puerta abierta. Lowry, descontrolado, agitado, habla sobre represalias que tomará contra los ladrones, contra la policía si no hace nada, contra los vecinos. Sospecha de sus propios empleados, Josefina y su hija, el cuidador, Toño. Saca a relucir el asesinato de sus gatos. Como todos creen que es gringo y que, por serlo, debe tener mucho dinero:

—Y se los digo: soy canadiense y soy pobre, con una chingada.

—¿Qué objetos le han robado, señor Lori —dice un policía sacando una libreta para apuntar.

—Verá —se mesa el cabello tratando de recordar por qué los llamó—. Ahí había una revista *Story*. En esa mesa.

—Yo la sigo viendo, señor, la verdad sea dicha.

—Sí, ahí está —trastabillea Lowry—, pero ahora hay dos.

Llamará otras dos veces diciendo que su casa se incendió con todo y el manuscrito de *Bajo el volcán*. La primera vez llegan algunos pobladores con cubetas de agua. La segunda, nadie acude en su ayuda. Cuando Jan regresa, lo encuentra sucio, hinchado, bofo, incoherente.

—Si dejas de beber hoy mismo, me quedo en México.

—No.

—He visto un anuncio en el periódico de un hombre que ofrece un aventón a Los Ángeles. Se dirige a Hollywood desde la Ciudad de México.

—Pues, llámalo y vete con él —explota Lowry moviendo el brazo derecho como un títere—. Incluso pueden compartir una cama en el camino.

Cuando Jan se fue el primero de diciembre de 1937, Lowry no había regresado de sus incursiones nocturnas. No se despidieron. Ese día, a sabiendas de que Jan estaría justo en ese momento tomando sus maletas y un camión, Lowry vio cómo un hombre arrastraba a dos chivos para cortarles la garganta. La imagen lo estremeció. Al ir al baño del Charlie's Place se dio cuenta de que la pileta para orinar tenía todavía rastros de coágulos. Cuando volvió a su lugar en la barra, pensó en lo que D. H. Lawrence había hecho tras una pelea con Frieda en Nueva York: irse a Oaxaca.

Acompañado de Harry Mensch, un veterano de la Brigada Abraham Lincoln que luchó a favor de la República española, Lowry se fue de Cuernavaca. No soportaba ya la casa de Humboldt 62, amueblada y pintada por Jan, y básicamente reducida a escombros por él. Mensch lo alcanzó con una copia de *La máquina infernal*, la obra de teatro de Jean Cocteau alrededor del mito de Edipo, y se fueron en camión hasta la zona de los zapotecos.

Lowry se registró en el hotel Francia, el mismo en que vivió D. H. Lawrence, aunque ya no exactamente el mismo: el sismo de 1931 lo había tirado casi entero. Una vez seguro, en su madriguera, en su caldera de la que podía salir para renacer y volver a morir todas las madrugadas, Lowry fue a reconocer su terreno: El Infierno, El Bosque, El Farolito le servirían para que lo metieran varias veces a la cárcel por deber cuentas y para basar la cantina del Cónsul en *Bajo el volcán*. Las cartas de Jan, dramatizadas en su sesgo suplicante, las utilizó para la novela, aunque nunca las respondió.

El horror de despertarse en Oaxaca, el cuerpo todavía vestido, a las tres y media de la tarde, después de que Ivonne (Jan) se fue; la fuga nocturna del hotel Francia, del cuarto barato cuyo balcón da directo al Infierno, al Farolito, de tratar de encontrarse con la botella en la oscuridad, y fracasar, el buitre sentado en el lavabo y, entonces, ¡escapar! Atravesar el mostrador del hotel, sin atraverse a ver si hay correo. Es el silencio lo que me aterra.

Te abandonó hasta Harry diciendo que él, que había sobrevivido a una guerra civil, te tenía miedo, que eras muy peligroso cuando bebías, y el único que te acompaña ya es el gerente del hotel, Antonio Cerillo, que se fue o no quiso ir o ya no sabes el día que pediste dos botellas de mezcal y no llevabas dinero para pagarlas y que el dueño de El Bosque, el imbécil de José Cervantes, no te dejó ir al hotel por tu cartera, buscarla en las bolsas de los pantalones meados, terregosos, en los sacos coludos y pinchados en cualquier rama por la que te tropezaste, y llamó a la policía. Cómo te trataron porque eras "gringo", porque serlo es ser extranjero rico, abusivo, que debe, que es deudor de algo tan lejano que a la gente ya sólo le recuerda su propio rencor embrutecido, ensombrecido. Que te llevan otra vez a la cárcel de los piojos y los borrachos que, sin piernas y sin dientes, se curan las crudas con agua de la fosa séptica. Que ahí pasaste el Año Nuevo de 1938, que tu único amigo fue un mendigo que te puso una medalla de la Virgen de la Soledad porque creía que tú eras Jesucristo y que le dijiste que todavía no, pero que ibas ya en camino. Que decías llamarte ToLooseTrack, Toulouse-Lautrec, TooLooseLo (us) wrytrek, pero nadie te entendía. Que la temblorina te impedía firmar cheques. Que te ayudó con eso Juan Fernando Márquez, tu otro "único" amigo, el indio zapoteco del Banco Ejidal, con quien viste el letrero en un jardín del centro: "Evite que sus hijos lo destruyan" y lo copiaste mal: "Desalojamos a los que lo destruyan", y creíste que estabas siendo expulsado del paraíso. Quien te cuidó de no caerte tantas veces en los ejercicios del mezcal, que pagó algunas cuentas y, otras, te ayudó a solventarlas robando pequeños objetos debajo de los suéteres. Que le dijiste a Márquez que saldría en tus novelas con otro nombre, quizá un Doctor Vigil o un tal Juan Cerillo, que le dijiste que no se dejara desalojar del jardín del Edén antes de que tu permiso de estancia expirara, justo un 18 de marzo, el día que el presidente Lázaro Cárdenas expropiara el petróleo y los británicos y americanos y todo sospechoso de "gringo" fuera acusado de traidor.

Lowry quizá lo sospechaba: su padre no lo tenía olvidado. Por la agencia de detectives Basham & Ringe, sabía que se había ido a Acapulco con un gringo, John D. Bonsfield, con quien hacía diariamente la ruta de las cantinas: Monterrey, Siete Mares, hotel Tropical, El Mirador. Que lo atacó, meando en el agua, una barracuda en la playa de Caleta, y que él salió del médico diciendo:

—Este incidente me reformó mi deseo de vivir… para tomarme otra botella.

Que lo detuvieron los agentes de migración una noche en que presumía que había luchado en la Guerra Civil española, que era un deportista conocido en canotaje y que, cuando había violado a una tal Peggy Riley, ella "lo había disfrutado más que él". Que el agente Guyou lo detuvo casi inconsciente, dormido en la playa del hotel Biltmore. Fue en ese momento que el enviado de su padre, el detective Jesse Dalton, se hizo responsable legal de las deudas cuantiosas de Lowry por todos los lugares donde pasó. Dio explicaciones, disculpas y muchas mordidas. Lo acompañó en su deportación hacia la frontera con Estados Unidos.

Después de creer escuchar tres golpecitos en la puerta la noche del 28 de julio de 1938, Jan abrió. Olvidada su carrera de actriz y también la de guionista, ahora era la secretaria de John Huston en Los Ángeles. En la entrada, apenas iluminado por un foco, vio a un hombre con la ropa hecha trizas, la cara de un lodo seco y vuelto a mojar, sin pelo, los ojos apenas visibles dentro de una cara estallada y enrojecida; los labios secos, partidos; una cortada en el puente de la nariz y un moretón en el pómulo derecho.

—¿Me prestas tu baño?

Jan dudó unos segundos pero, al final, lo dejó pasar.

LO INSUFICIENTE

IV

Se puede vivir de dos maneras: la de los que fluyen con el azar y la de los que descreen del fluir y lo destrozan todo en un instante. Todos los demás, vamos tratando de vivir entre una y otra: no aceptamos, nos frustramos, tenemos duelos, perdonamos, nos resignamos, luchamos, deseamos. Admiro a quienes planean sin planes, dependiendo de las corrientes del viento, y a los que dan zarpazos, sin importar que todo —que de por sí no vale demasiado la pena— se aniquile. Dos barcos zarpando en sentidos opuestos. Dos trenes pasando a velocidad y yo en medio. En esa imagen tengo diecisiete años. Digo imagen porque hace mucho no confío en mis recuerdos.

Supongamos que mi otra vida no era la del briagadales en un cuartucho jugando a cortarse en pedazos, sino una que comienza con una mujer. Uno puede medir una vida dependiendo de las consecuencias de los trabajos que llevó a cabo pero, sobre todo, por cómo trató a sus mujeres. A su madre, a sus hermanas, a sus parejas. Yo no salgo muy bien librado, ni en una ni en otra. ¿Se trata de "salir bien librado"? ¿O se vive simplemente sumando placeres incrédulos? No sé. A la de la incredulidad de los solitarios se le opone la vida de los insuficientes, es decir, de los amados. Y esta historia es tan sólo una de sus posibilidades.

Digo, entonces, que ahí va una mujer por la calle. No sé si es atractiva o no, porque su movimiento me toma por sorpresa. La seducción y una travesía se enlazan dependiendo del transporte. Es posible que uno tenga un enamoramiento en un tren, sobre todo, si se comparte la noche en un vagón cama. Incluso en un avión, si no te toca junto a un gordo que se para al baño cada quince minutos. Para los peatones, el tema se reduce a los segundos en que alguien se cruza en tu camino. Soy extremadamente lento para mirar. He notado que hay quienes —sobre todo las mujeres— pueden detallar el rostro, tamaño de tetas en relación a la cintura, muslos y sopesar la forma en que van vestidos los transeúntes que se les atraviesan. Yo nunca paso de los ojos y, si vamos a ritmo de domingo, los labios. Por lo tanto, de tenerla, guardaría una colección de miradas y buces. Y ahí está el otro obstáculo entre caminar y seducir: los segundos que dura el contacto visual se desvanecen en los siguientes segundos en que tarda en pasar alguien más. Muchas veces no es ni siquiera el cuerpo que se cruza sobre el que pongo atención: veo si llevan bolsas, qué podrían traer adentro o si caminan un poco chuecos o si llevan prisa o van saliendo de la rutina para ir a la casa rutinaria. Otras más, voy viendo las copas de los árboles o los edificios.

Así que a esta mujer en particular no la vi y por lo tanto no tengo una primera impresión de su atractivo. Sólo sé que, de pronto, sentí un peso muerto sobre mí y un beso de unos labios en mi boca reseca. Tampoco podría instruirlos acerca de si besaba o no correctamente. Los besos robados no saben a nada. "El primer beso es, sobre todo, su expectativa". Lo que sí sé es que, de inmediato, la alejé de mí y sólo pude ver sus ojos iracundos, con un destello un tanto demente y su boca pintada de morado —o quizá padecía de insuficiencia respiratoria— que me dijo:

—Entonces, no me quieres, ¿verdad? Lo sabía —se llevó las manos a la cara y ya no pude apreciarla—. Me lo ocultaste pero, al final, tuve razón: me vas a dejar.

Creo que negué con la cara y supongo que me convertí en tartamudo momentáneo, pero no mucho más. La mujer se echó a correr y dobló la esquina antes de que pudiera sopesarle el trasero. No sé si lo tenía grande, opaco, respingado, fofo, hacia la espalda o hacia los talones. Sólo atendí a mi propio estupor que se quedó parado al lado mío, mientras decidíamos juntos qué hacer con ese encuentro. La escena desbordaba absurdos. El primero y más obvio es que la mujer en cuestión sabía que yo la abandonaría aún antes de que nos conociéramos. Lo segundo es que quizá se equivocaba y, entonces, podría yo conocerla y, luego, decidir si la abandonaba o no. Pero les digo que se echó a correr. Lo tercero, ya más calmado, y siguiendo mi camino fue pensar que quizá sí la conocía y, entonces, me había portado mal con ella sin alcanzar a recordarlo. Me asombra la capacidad que tengo para actuar sin consideración alguna con la gente. No les pongo atención y, entonces, me rebotan cada cierto tiempo historias mías o que se cuentan sobre mí, que tienen que ver con mi absoluta distracción hacia la especie y una preocupante indiferencia hacia lo que hace o dice. Alguna vez me preguntaron si era yo el que, habiendo llegado a una reunión con dos horas de retraso, dije: "Es el colmo con la impuntualidad. No la tolero. Me voy". Hay otra historia que cuentan sobre mí, de haber saludado por primera y única vez a una mujer que me presentaban con un beso en la punta de la nariz. Ante estas acusaciones no puedo sino declararme un ignorante. Un beso en la nariz puede parecer excéntrico y quizá sexual, pero también pudo haber sido una mala puntería por algún apremio. No sé. Me declaro inocente por ignorancia de mis distracciones. Así que bien pudo aquella mujer ser alguna vez víctima de uno de estos descuidos.

Distinta posibilidad es que me confundiera con otro. Mientras seguía mi trayecto esa alternativa empezó a cobrar peso y engordó. Claro, soy idéntico a quien la iba a abandonar

—ella lo supo desde el inicio— y, en su ofuscación de haber tenido la razón, no se fijó en las particularidades que me hacían distinto a su fallido amante. Aguanté el reclamo mientras ella cobró conciencia de su equívoco y, asaltada por la vergüenza, echó a correr. Confundir a alguien o ser confundido nos provoca esa turbación porque es de las pocas certezas con las que contamos: somos uno, diferente al resto. A mí me ha ocurrido que me confunden con alguien porque llevamos el mismo nombre o porque tenemos la misma barba y corte de pelo. De niño, una de mis fantasías de rechazo, era que no era yo, sino el de la cuna de junto. Nací en un hospital público con cientos de bebés, todos iguales, y un simple error en el brazalete fue suficiente para que yo no fuera hijo de mis padres, sino de alguien más. Digo que es una fantasía porque, como digo, nadie sabe de dónde viene, realmente. Y, como es ése el caso, no me impresiona mucho cuando sucede.

Confundir a alguien me provoca mucha mayor agitación. Es como no valorar a la persona que tienes enfrente con la misma intensidad que con la que recuerdas a su parecido. De hecho, a la persona que tiene delante ni la conoces ni te importa y eso es lo que queda al descubierto con la confusión. Lo que pensé mientras llegaba yo a la plaza, era que la mujer pudo haber reconocido su confusión y pedir perdón. Es lo mínimo que uno puede exigirle a los otros como norma de convivencia. Pero, claro, se los dice quien, al parecer, no se fija en lo que le dice y hace a las demás personas.

Pasaron algunos días y el incidente también. De hecho, lo recordé mientras me quedaba dormido esa misma noche, me encogí de comisuras, y lo olvidé. Soy un tipo de manías. Si no repito las rutinas con precisión, el mundo se me hace un lugar más riesgoso. Tiene que ver con mi madre, supongo. Al final, casi todo lo que afecta tiene que ver con una mujer. Así que voy, otra vez, más o menos a la misma hora —ya ha bajado el calor o ya la lluvia comienza a extinguirse— caminando por la misma calle. De pronto, una mujer, que asumo que es la misma, vuelve a ponerse frente a mi trayecto. Esta vez no me besa, sino que dice:

—¿Lo ves? No luchaste por mí. Eres un malnacido.

Ahora la describiré. Lo primero es que lleva maquillaje en lugares y con colores insospechados: púrpura en los párpados, morado en la boca. Tiene el hueco de una perforación en el ala derecha de su nariz. ¿Podría ser la que chupé en una ligereza imperdonable? Es una nariz demasiado pequeña para su cara que se extiende como un tobogán hacia la barbilla. Sus pestañas tienen demasiado rímel y no son muy grandes, por lo que no puedo ver de qué color son. El cabello, agarrado de dos coletas, le empieza muy arriba de la frente y puedo ver que tiene dos pequeñas lomas en el cráneo, divididas por una vena que se le pulsa cuando sigue diciendo:

—¿No vas a decir nada? ¿Así se termina todo? ¿Ni siquiera me vas a decir qué hice para importarte tan poco que ni una despedida merezco?

Tiene un cuello con un lunar en la base que curvea hacia las clavículas. Sus senos —un segundo de revisión veloz— parecen turgentes y en su lugar, pero soy de los que se dejan engañar por los sostenes y, si de nalgas se trata, nunca recuerdo que los tacones los realzan más de lo que podrás ver, si es que los ves, en directo. Por lo demás, lleva un suéter tejido a mano, de colores. Veo mucho amarillo y varios verdes. Tiene unos anteojos para el sol sobre la cabeza. Una bolsa que se ve pesada y cuyo cierre está abierto. Se asoma una bolsa de plástico transparente que suena con el leve viento que nos envuelve de pronto. A mí se me mete una basura en un ojo y empiezo a tallármelo.

—¿Y ahora vas a llorar? Eres un poco hombre.

Trato de sonreírle, pero la tierra en el ojo me arde y trato de que no se vaya debajo del párpado. ¿Alguna vez han tenido la desgracia de que eso les suceda? Es uno de los ardores más estrujantes que se pueden padecer. Así que me ocupo más en no poner en riesgo el resto de mi tarde que en responderle de inmediato. Sólo le pongo la palma de la mano en la boca, para que se calle. Quizá es un gesto que delataría cierta confianza que no me he ganado pero lo hago y, por mi legendaria omisión en el trato con las demás personas, me permito no retirarla. Ella baja los brazos porque durante la secuencia de reclamos los ha mantenido en el aire, la cabeza ladeada, los dientes puntiagudos, los ojos hirientes, humillados, dolidos, con sed de retribuciones.

—Permíteme —le digo casi seguro de que el ardor del ojo ya sólo es producto de que me lo he tallado pero, aún así, hay que estar pendiente de que no haya sido una partícula de vidrio abrasivo que pueda dañar el globo ocular y rallarlo sin más remedio, condenándome a ver por siempre una raspadura que, en realidad, no existe.

—¿Qué?

—No te conozco.

—Claro que no, idiota.

Su respuesta me desarma y me llevo las manos a las bolsas. Es una protección ante lo incierto. No soy un tipo con talentos sociales.

—¿Entonces?

—Que sin conocerme, incluso sin conocerme —repite para mayor énfasis—, me ibas a dejar.

—¿Se puede dejar a alguien que no se conoce?

—¿Cuánta gente se divorcia sin realmente conocerse?

—Bueno, ése es otro nivel. Aquí estamos en el nivel de que no sabemos ni nuestros nombres.

—Yo soy Claudine —me extiende la mano.

Nos damos la mano.

—Voy a la plaza.

—Te acompaño.

Unos meses después nos mudamos juntos. El debate quedó cancelado cuando Claudine avanzó un argumento:

—De todos modos, cualquier amor es al azar.

Lo tuve por descontado desde el segundo momento: no era mi avasalladora fuerza de fascinación la que me llevó a conocer a Claudine. Era el instante: ella camina en sentido contrario al mío, al mismo tiempo, en la misma calle. Se le ocurre decirme que la abandoné. Yo estoy soltero, no tengo alguien en mente para dejar de estarlo —de hecho, ni lo he pensado— y le sigo la corriente.

—¿Qué más predestinación que ese instante? —argumenta Claudine.

Por mi parte, yo aporté otra razón:

—¿Qué es realmente conocer a alguien? Más filósofo de la cuadra: acaso conocemos sólo la forma de conocernos, no la conocencia misma.

En esas circunstancias, mudarse juntos no implicaba casi nada o eso pensé hasta que llegó con sus zapatos. Cuando uno piensa en el espacio de un departamento, lo normal es tratar de acomodar los muebles. El suelo y las paredes cuentan como soportes para almacenaje. Lo demás es para acostarse, sentarse, y tener a la mano lo que uno va necesitando: comida —caliente o fría—, imágenes, sonidos, letras, ropa. Pero uno nunca piensa en los zapatos. Claudine tenía cientos de pares en sus cajas originales como si fuera una coleccionista de muñecos de superhéroes. Eran como los libros, más soñados que realmente usados. Unos ocupaban el momento de salir a cenar, bailar, correr, de compras con tiempo, de compras sin tiempo, de estar en casa, de irse a dormir, de cuando llueve, de cuando se encharca, de vacaciones en playa, de vacaciones en montaña, para subirse a un avión con destino local, para subirse a un avión internacional. Había, incluso, unos para ir amoldando con los pies. Ésos me llamaron la atención. Normalmente los zapatos sirven a los pies y no al revés. La explicación, como siempre, fue irrebatible:

—Una vez amoldados, los pies comienzan a disfrutar.

En tanto los pies le servían a los zapatos —no estoy haciendo una metáfora de la vida conyugal—, el dilema fue dónde meter las cajas, rígidas, de colores, con marcas. Mientras Claudine los iba guardando en espacios cada vez más precarios de los clósets del departamento —quien nos lo alquiló especificó triunfalmente: "Muy amplios; cabe hasta un indocumentado"—, los extraía de sus cajas, los admiraba y, a veces, los abrazaba. Creo que besó a un par. Todos contaban ilusiones, lugares dónde ir. Lo más probable es que acabaran por no ir a ninguna parte y nos expulsaran a nosotros los propietarios de los pies, fuera de la casa. Los zapatos invadieron pisando fuerte el espacio disponible. Libreros, sillas, mesitas sufrieron las consecuencias y pasaron a engrosar la lista de los desplazados de una guerra por los emplazamientos más destacados. Durante un tiempo, mientras la geometría de los objetos se encontraba con la de los sentimientos, las líneas de combate se definieron entre lo que era mío y lo que era suyo.

—Yo creo —me confesó un amigo quien llevaba ya tres "matrimonios sin ceremonia", como decía Goethe— que, al final, alcancé a conservar una jarra. Y eso porque alegué "valor sentimental".

—¿Y tenía "valor sentimental"?

—No. Pero fue para no ser invadido sin salvar algo. La jarra se rompió como al mes. Se me cayó lavándola.

Retomé la táctica de defensa de mi amigo. Todo podía tener valor sentimental, de acuerdo a la disposición de la geometría de la propiedad dentro del departamento. Los cuadros fueron la línea de infantería: murieron como moscas. Nada en ellos podía alegarse con legitimidad:

—Ese cuadro es una foto del 11 de septiembre. Mira: atrás de la paloma volando, se ve la zona cero. Ese grabado lo hizo un niño de siete años de Santa María Acapulco. Mira: es la iglesia de su pueblo, antes de que le cayera un rayo y la destruyera.

Cada vez que explicaba el "valor sentimental" me hundía más. Intenté una última:

—Esos niños andrajosos con el balón de futbol viven en esa cueva de Afganistán.

Las paredes se llenaron de reproducciones de cuadros famosos, adornos alegres, colores vívidos. Nada que recordara la penosa existencia del mundo.

La siguiente línea de defensa emprendió la táctica conocida como desertar. Es curiosa la cantidad de libros que uno guarda para no leer nunca. Están, por supuesto, los que quedan almacenados para un futuro ilusorio de tiempo libre inacabable, de ocio extendido. El asunto es que, cuando uno ya tiene el tiempo, ya no ve bien o, de plano, está en proceso avanzado de Alzheimer. Pero existen los que se van quedando con la única función de ocupar un espacio. Algunos hasta el plástico retráctil conservaban. Con pesadumbre vi vaciarse mis libreros y, cuando ya sólo eran un cascarón vacío, un puro hueco hambriento, terminar regalados al Señor de la Basura.

Nunca un hombre fue tan feliz con la diversidad de los despojos de otros. Aseguro sin temor a equivocarme que comenzó a bañarse y peinarse para tocar el timbre de nuestra puerta y esperar las donaciones de la ruta de la mezclilla, las imprentas, las carpinterías, las tiendas de electrodomésticos. Sobre éstos, hay algo que debo agregar. Con la esperanza de sostener lo máximo de mi posición como propietario de espacios dentro del acotado departamento, supuse que el refrigerador soportaría la embestida de Claudine. Ella no tenía un refri que oponerle al mío, pero él no se ayudó. La primera noche, mientras inaugurábamos sexualmente nuestro espacio juntos, tuvimos que detenernos a la mitad de los jadeos.

—Alguien se metió al departamento.

—Es sólo el refri —la besé en el lunar entre su cuello y la clavícula.

—¿Habla?

—Sostiene charlas nocturnas con la madera hinchada. Pero no se entiende nada.

La prueba de fuego para el refrigerador fue, irónicamente, congelar unos cubos de hielo. Claudine se puso guantes, anteojos y bata de laboratorista y pasó a hacer el experimento. Vertió el agua en cada molde plástico, esperó veinte minutos, y arrojó su conclusión científica:

—No sólo no se hicieron los hielos. Inclusive se sienten más calientes que antes de entrar a tu refri —sonrió de lado Claudine—. Se va.

Para el Señor de la Basura mis libros eran su papel por kilo, mis muebles, su madera para vender o quemar en una fogata, pero el refrigerador era una ilusión que anunciaba comida adentro, hielo para las cubas, alimentos como para almacenar en un toperguer. Su entusiasmo fue tan vigorizante que lo cargó solo. Lo miré casi aplastado por la mole rectángular de metal que chorreaba nitrógeno líquido y leche caduca a la calle, pero que —pensé con añoranza— también cargaba con más de una década de abrirlo y que contuviera cultivos de hongos que no fácilmente se obtienen en un laboratorio. Para mí, como para él, el refrigerador significó la promesa inasible de una alimentación sana.

Ésa llegó con Claudine. La parte maternal de las mujeres es inevitable: tienden a rutinizar la salud. Pueden tener ideas aberrantes sobre ella que quizá incluyan la disposición de los muebles y la luz en una casa, el compromiso de hacer ejercicio, bañarse, comprar ropa de tu talla, para otra ocasión que no sea salir a la tienda de la esquina. Claudine convertía la comida en medicina. Ya no se comía sino que uno debía nutrirse. La geometría era compleja y siempre me dejaba convencido de que, realmente, nadie sabía cómo funcionaba la comida dentro de la panza y, luego, en su paseo insondable por las venas. Por ejemplo, a la existencia de grasas "buenas" y "malas" —de las que yo había escuchado retacándome de tacos de chorizo—, le seguían sutilezas como:

—Estas galletas sin azúcar, tienen más harinas.

El plural ya era, de por sí, sorprendente, y más el hecho de que el ilegible cuadrito ínfimo con numeritos detrás de las envolturas contenía el enigma de si uno se iba a morir de cáncer, un infarto o un coma diabético. De pronto, la comida era una secuencia de químicos que, revueltos con los que uno trae, empedraban el camino a tu propia muerte. A la forma en que, finalmente, ibas a decirte en el lecho de muerte:

—Si no hubiera comido tanto producto procesado.

Lo que tienen los argumentos de la nutrición contra el de la comilona es que te convencen con lo definitivo: ¿de qué te quieres morir? Yo, la verdad, no quiero estar ahí cuando suceda, pero puestos a elegir, quizá no sea de una enfermedad que te mine durante años, sino de un episodio que la gente recuerde como "de repente".

—¿Qué puedo comer para un infarto masivo? —le pregunté a Claudine una noche delante del nuevo refrigerador.

—Puede que te dé un infarto y quedes parapléjico. Y te lo advierto: yo no voy a cambiar pañales.

Era la primera vez que se refería al envejecer juntos. No viene necesariamente con la decisión de vivir juntos. Como intuía mi padre en su infinita indolencia, si empiezas a considerar la propiedad sobre un departamento, es que sabes que será tu último lugar sobre la Tierra.

—¿Ni siquiera cambiar pañales de bebé?

—¿Y a ti quién te dijo? —fue la única respuesta, así, trunca.

Sé que la decisión de tener o no bebés recae en las mujeres. Si tienen algún sentido de la cortesía, te lo avisan.

—¿Has pensado eso? —seguí con el sobrentendido.

—No. ¿Tú?

Su réplica fue así, sin deferencia alguna, sin siquiera estar en el mismo cuarto —la pronunció desde la sala—, sin dejar de doblar camisetas y ordenar sus cosméticos que, créanme, constituían un Estado-nación: inviolable, soberano, en eterno desarrollo. ¿Íbamos a tener un bebé como ahora vivíamos juntos, es decir, pensando en la predestinación del azar?

—Bueno —provoqué—, supongo que, como todo, si sucede, pues sucedió.

—¿Qué? No te oigo.

—¿No quieres, primero, probar con un perro?

—Estás muy tarado si crees que es lo mismo.

—No sé. ¿Has tenido alguna vez un hijo?

A estas alturas ya estábamos subiendo un poco la voz.

—No. ¿Y tú? No me vayas a salir con que eres uno de esos que ocultan que están casados y con hijos.

—¿Qué? ¿Crees que ésta es mi casa chica?

—No es chica, es una chingadera.

—Retráctate de ese adjetivo —grité—. Es nuestra casa.

—¿No has pensado en mudarte? Es muy chica, la chingadera.

—Chica, ¿para quién? ¿Para tener un hijo?

—Es chica. Punto —se metió al baño.

Salí de la cocina con medio vaso de un jugo de "verduras y anti-oxidantes". Suspiré por los años en que había media cerveza aguada.

—Bueno —me calmé un poco detrás de la puerta del baño—, digamos que esta conversación está un poco adelantada. Nos acabamos de mudar —dije, mientras desprendía un pedazo de periódico atrapado debajo de la pata de un nuevo armario.

El hecho era una de nuestras habituales asimetrías. Mientras ella trataba de alejar la muerte con la nutrición, yo lo intentaba con no tener algo definitivo.

—Sí —emergió Claudine del baño con los brazos hacia adelante.

Me abrazó y me plantó un beso. Después de todo, las cosas no habían cambiado tanto.

La prueba para una pareja puede provenir de lo que nunca estuvieron dispuestos a reconocer como un contratiempo. Tómennos a Claudine y a mí: no se puede decir que nos dejamos llevar por la primera impresión física porque escasamente existió alguna; no se puede argüir, tampoco, que nos dimos falsas expectativas con las que después no cumplimos; es más, ni siquiera podría impugnarse la decisión de vivir juntos en un departamento porque simplemente no fue una decisión. El azar, en el cálculo de Claudine, nos liberaba de las futuras recriminaciones. Los dos teníamos alguna lista escondida. Lo que yo puedo decir es que jamás supe lo que le ocurrió a mis ex mujeres porque, con toda tranquilidad, me negaron el saludo, la palabra y las felicitaciones de Año Nuevo.

Sobre el tema de la traición, Claudine también tenía una demostración incontrovertible:

—Si nos convencemos de nuestra lealtad a futuro —comenzó su alegato abogadil— y no cumplimos, habremos, de forma deliberada, traicionado. Así que no nos convenzamos.

—Pero, y si sucede que alguno traiciona, ¿no deberíamos pensar en la pertinencia de una venganza? —le seguí en su tono magistrado.

—¿Quién no traiciona? Los niños crecen angustiados de que sus padres los van a abandonar. Los países gastan millones en revisar que sus funcionarios no transmitan información comprometedora. Nos traicionamos cuando no llegamos a una cita y plantamos a otro. Nos traicionamos cuando hacemos bromas maliciosas sobre nuestros propios amigos. Nos traicionamos a nosotros mismos cuando, por ejemplo, a pesar de haber dictaminado que la soledad era la mejor condición del control remoto de la tele, pasa a que estamos viviendo juntos.

—Pero, ¿qué tal que alguno de los dos se siente traicionado sin que el otro deliberadamente violente su confianza?

—¿Como qué? ¿Ibas caminando por la calle y tu verga se le metió a alguien?

—No, más como las expectativas. No era yo el que creíste.

—Yo no creía nada, querido. Fue el azar.

—Pero, por eso: después. Todo mundo crea expectativas en los otros.

—Tú no, lamento decírtelo.

—¿De ningún tipo?

—¿Y yo sí?

—Pues no sé: de seguir juntos.

—No hay garantía de eso.

—¿Entonces para qué hacer lo que estamos haciendo, una casa?

—Porque ahora se puede hacer. En el futuro, no sabemos y no hay que crear confiancitas.

Y, en efecto, no sabíamos.

La prueba a nuestra relación de mutuo azar y predestinación espontánea comenzó con una lluvia como hay muchas en la Ciudad de México. Claudine dormía, mientras yo intentaba en vano encontrar algo para ver en la televisión. Escuché unos ruidos que ni siquiera atiné a identificar con un animal, un vegetal o un mineral. Mi Linneo interior está muy deteriorado. A la mañana siguiente, Claudine me despertó con esos alaridos diseñados en una garganta para dar la voz de alarma en una selva.

—Hay algo en la regadera del baño.

Impedido para usar mis facultades mentales, lo que vi no me horrorizó ni me puso especialmente alerta: en la coladera del baño flotaba una especie de nata café, justo como cuando a la leche de un *latte* se hace nata.

—Se tapó —dije tomando un destapacaños rojo.

La primera succión sacó a la superficie una más preocupante nata oscura, como la del aceite de coche mezclada con la borra para medirlo. Hasta ese momento, todo era cuestión de empuñar con más fuerza el destapacaños, procurar que el aire hiciera perfecto vacío contra la coladera, y jalar como si se tratara de rescatar a alguien de un mar embravecido. Se salpicó toda la pared del baño con una especie de petróleo y la regadera comenzó a llenarse de agua. Vadeando, lo intenté, cada vez menos convencido, dos o tres veces. Al final, decreté mi lugar como género masculino en esa casa:

—Dame el Destop.

Claudine apareció en el baño con la botella de un naranja electrizado en cuya etiqueta se podía ver a un fornido genio —usaba una arracada y era calvo— con un pedazo de tubería en un puño. Las indicaciones del contenido eran como para una prueba atómica en un arrecife abandonado: no usar en tuberías de menos de dos pulgadas de ancho —¿cuánto es una pulgada?—, verter la mitad y esperar media hora, después, enjuagar y hacerlo todo con guantes y no se deje al alcance de los niños. Una más de las tácticas viriles: si es peligroso, debe resultar. A la media hora, el contenido ácido del producto flotaba sobre la marea intocada del cochambre.

—Es tiempo de un plomero —decreté, a sabiendas de que llevaba ya dos soluciones fallidas y que la confianza de mi pueblo, en este caso, de Claudine, se mermaba inevitablemente con cada nuevo descalabro.

Pero, para eso somos monarcas.

El plomero era el de la cuadra. En las mañanas montaba una motocicleta en cuya parte trasera iban, en este orden, sus herramientas —una cuchara renegrida de tanto urgar los bajos fondos, llaves, desarmadores— y su esposa. Le mostramos el estropicio en la regadera. Ni siquiera lo volteó a ver. Sólo dijo una frase para la historia:

—Eso sale en menos de diez minutos.

Desmontó la coladera, metió la mano sin guante al agujero resultante, jaló y comenzó a meter la cuchara para raspar. Era ya medianoche cuando, habiendo abierto las coladeras de toda la casa y varias en el estacionamiento, se dio por derrotado:

—Conozco a un compadre con una máquina.

Su mujer quien, callada, sólo pasaba bolsas de basura para que se llenaran con sustancias indecibles por irreconocibles, nos cobró una fortuna y nos ofreció con las manos llenas del siniestro drenaje una bolsa de papas.

No quisimos.

—Por cierto —dijo en la puerta de salida el plomero, empapado en negro y sudando—, toco este sábado en el Oh Jalón, el antrito de la esquina de allá. Mis carnales y yo tenemos una agrupación musical de gustos variados. Lo que se llama Grupo Versátil. Dense una vuelta.

Teníamos ahora una opción: dejar todo como estaba y acostarnos a dormir sin cenar o buscar al compadre de las máquinas. También podíamos esperar al sábado y asistir a escuchar al grupo de variedad de nuestro ex plomero. Llamamos al hombre e hicimos cita para la mañana, a primera hora. Dormimos mal. Una parte de la casa estaba convertida en una laguna repugnante de donde quizá volviera a surgir la vida en el planeta. Para evitar tener microorganismos que comenzaran a liberar metano a la atmósfera y ser los responsables de la extinción de las especies, eché cloro. Cerré los ojos pensando que Claudine estaba perdiendo la esperanza. Si alguna vez había creído en mí, esa confianza estaba languideciendo.

—¿Ves que sí tienes expectativas? —quise iniciar, exhausto como estaba, una nueva disertación.

—Ya cállate —respondió Claudine y se volteó hacia el otro lado de la cama.

Entre la cerrada comunidad de los plomeros, "a primera hora" es pasada la una de la tarde. Cuando abrimos la puerta del departamento lo que vimos nos llenó de expectación: tres hombres corpulentos jalando una máquina. Me detendré en cada elemento del cuadro que hizo renacer las ilusiones en nuestro futuro inmediato. Don Augusto Sánchez Cordero —así se presentó y me extendió una tarjeta impresa en dorado sobre negro, de muy buen gusto— se presentó impecablemente ataviado con un saco, camisa blanca desabotonada en un solo ojal, pantalón de mezclilla recién planchado y zapatos relucientes —estableció, no bien nos saludó de mano, que eran italianos—. Su primer ayudante, llamado con sencillez, "El Piojo", era un señor blanco, del cabello completamente cano hasta la punta de los tenis para correr. Él, no bien nos saludó con un gesto, advirtió:

—Para mí esto es como un recreo. Trabajé en la Comisión Nacional del Agua, cuando este país valía la pena.

Nos dejó esperando la fecha precisa.

El tercer miembro del equipo de plomería parecía extraído de una película mexicana de los años cuarenta: con un copete engominado, la nariz y la barbilla ajustaban en un cofre de un Mercury Coupe 1947. Su papel en el equipo era de animador: recitaba poesía, cantaba estrofas de canciones, refería cada momento al diálogo de una película o serie de televisión. Antes de saludarnos, me tomó del hombro y me dijo:

—¿Usted cree en el amor, joven? ¿Sí? Le voy a contar mi historia ahora que tenemos tiempo.

Y, por último, La Máquina. Era un cilindro pintado de rojo como de una cinta del Santo El Enmascarado de Plata. Parada sobre un tripié que me recordó algunas parrillas para preparar asados en exteriores, se le introducía una manguera de metal que, vibrando, penetraba la coladera, removiendo cualquier inmundicia. Augusto Sánchez Cordero se refirió a La Máquina así:

—Bien. Saquen ya la de Hiroshima.

Debo señalar que la manguera de metal entra y sale de la coladera. Cuando está adentro, oculta, sólo podemos imaginar su fuerza contra los papeles del baño fosilizados, la mierda liofilizada, los pelos anudados en madejas del desierto. Pero cuando está afuera se agita esparciendo los aceites negros de nuestras deyecciones, de las de todo el edificio, las de quienes estén conectados al mismo tubo de drenaje. Los muebles recién acomodados, las paredes recién pintadas, se salpicaron con residuos que los indios habían excavado durante trescientos años del tajo de Nochistongo y Huehuetoca.

—Puta mierda —exclamó Claudine llevándose las manos cerca de la boca (tocarla la hubiera contagiado del vómito negro, la tosferina y el herpes).

—Vámonos a la calle, mientras terminan —la exhorté y quise tomarla de la mano pero todo contacto físico en ese momento recordaba una epidemia.

Seis horas después, los zapatos italianos de Augusto Sánchez Cordero estaban enmierdados. Los años fulgurantes de la Comisión Nacional del Agua habían dado paso a las horas degradantes de la Comisión Local de la Caca. Y el Hombre del Amor Verdadero vegetaba, más allá de las iniciales angustia y desesperación, leyendo los mensajes de su amada en el teléfono. El *Enola Gay* se había estrellado en el despegue.

Los hombres se reanimaron con una breve alocución de ánimo colectivo de parte de Augusto Sánchez Cordero:

—No mamen que nos va a derrotar. No. Esto es como cuando El Santo va perdiendo contra el Doctor Cerebro y saca las últimas fuerzas para remadrearlo. Saquen la de Chernobyl.

De una bolsa que había permanecido discreta en una esquina del comedor surgieron mazos, martillos y picos. Comenzaron a abrir el piso de la sala.

—Momento —dijo Claudine—. ¿Qué carajos?

—El ducto que conecta a las coladeras —habló la Comisión Nacional del Agua— tiene un registro oculto, justo ahí.

Lo que señaló era un librero y el sillón de la sala recién retapizado.

—Vamos a abrir, señorita —continuó Augusto Sánchez Cordero— para destaparlo bien.

Como ya habían roto dos de las losetas del piso, le tomé la mano a Claudine. Nos volteamos a ver sin saber qué nos deparaba el futuro.

Por supuesto los primeros cuatro intentos por llegar al "registro oculto" fracasaron miserablemente. Las excusas se transformaron en reclamos cada vez más globales:

—Pinches ingenieros.

—Pinches permisos de construcción del gobierno.

—Pinche gente.

—La gente es lo peor que le ha pasado a este país.

—A este mundo.

Buena parte de los muebles —sillones, sillas, el comedor completo, dos libreros y una planta ya yacían descorazonados en el pasillo del edificio—. Ya la luz había incurrido en un corto por sobrecarga. Ya Claudine y yo estábamos en la disposición anímica de recibir de los omisos vecinos condolencias por nuestro duelo. Adentro del que fuera nuestro departamento, una red de agujeros, rociados por un robótico topo, se esparcían por doquier. Ya no escuchábamos las nuevas explicaciones:

—Yo creo que, a lo mejor, está por fuera.

—Me late que es debajo de la escalera del edificio.

—O es de la calle, pero ahí es propiedad federal.

Los plomeros encendieron una fogata con lo que restaba de unas cajas de zapatos que se mojaron de mierda ancestral, líquida, del lago de Texcoco que navegó Hernán Cortés y del que Tlacaelel tomó agua y se murió. El trío de plomeros se sentó, como un grupo de vaqueros con sus rebaños dormidos, a esperar el amanecer.

—No sabe la congoja que nos agobia, jóvenes —empezó a despedirse Augusto Sánchez Cordero.

Los plomeros habían estado tantas horas con nosotros —los vimos cantar, reír, desesperarse, esforzarse, aguantar, reflexionar rascándose las nucas, emprender una nueva tunda enloquecida en perjuicio del piso de todo el departamento— que nos abrumó, también a Claudine y a mí, una pena, un abatimiento.

—No hay más qué hacer —habló la voz de la experiencia buocrática de la Comisión.

—Hay veces que por más que uno le haga, pues simplemente no se puede —concluyó el Hombre del Amor Verdadero, cuya historia era sólo que había dejado a su mujer e hijas por irse con una más joven.

—Ni hablar —siguió Augusto Sánchez Cordero pestañeando con los primeros rayos del nuevo día—. Van a ser quince mil, y ahí la dejamos.

Claudine me volteó a ver y, sin decirnos nada, bajamos la escalera de dos en dos, tropezando, como pudimos. Todavía trotamos de la mano por nuestra calle durante tres o cuatro cuadras. En una esquina ella se soltó.

Y tal es la naturaleza del departamento compartido.

La recámara de Jane Bowles

El camión que llevaba a Paul y a Jane de Acapulco a la Ciudad de México empezó a dar de tumbos en cuanto el sotol le efeversció en la panza al chofer. La gente adentro parecía habituada a dar de brincos y oscilar de la ventana al tubo del asiento de adelante —la herrumbre corroyendo las capas de pintura amarilla— pero no Jane. Dos de sus decenas de miedos eran morir dentro de un automóvil y los perros. Golpeada la cabeza contra el techo del autobús, Jane prefirió ese invierno de 1937 dejar de mirar por las ventanas: cada vez que cruzaban un pueblo, una horda de perros hambrientos se arrojaban a dentelladas tras las llantas del coche. Podía ver sus ojitos asesinos en medio de las polvaredas del desierto y, en una ocasión, vio un perro con las cuencas vacías, ciego. Fue suficiente. Sin avisarle a Paul, se levantó y se tropezó hasta el fondo del autobús donde unas señoras llevaban huacales con manzanas, carne seca que parecía crecer con brotes de moscas y algunos trastes de metal. En un español afrancesado, les pidió si la dejaban sentarse con ellas. Le hicieron un hueco entre dos cajas y Jane se sentó sobre una que llevaba tejidos de palma. Se sentía mareada, con náuseas, y necesitaba un trago. Pensó en recurrir al evidente guardado del chofer, pero ella prefería los cocteles. En Nueva York tenía esta costumbre de empezar "la hora del coctelito", que todo mundo usaba como aperitivo, pero ella se seguía hasta quedarse dormida.

El camino a la Ciudad de México tardó cuatro días, en cuya mitad del tiempo Jane estuvo durmiendo o serenándose con los ojos cerrados en la parte trasera del camión. Paul se preocupó durante las primeras horas para después adjudicar toda su reacción a que era una niña mimada cuyos problemas más graves eran que no lograba establecer el punto medio entre la cercanía maniaca de su madre y la lejanía del resto del mundo.

Se habían conocido dos meses antes del invierno de 1937 por un amigo mutuo, John La Touche, afuera del hotel Plaza. Sin mucho que hacer, terminaron en un oscuro departamento en Harlem fumando toques de mariguana de 50 centavos. Durante toda la velada y a pesar de que Paul lo intentó más allá de su costumbre, ella no quiso hablarle. En voz alta, sin voltearlo a ver, y casi sin intención, Jane dijo de Paul:

—Es mi enemigo.

Por ese tiempo, Jane era una mujer delgada, enjuta, con el cabello muy corto, que fumaba pequeños puros cubanos con tal gracia que el humo parecía una travesura. Tres días después, Paul y Jane se encontraron en Patchin Place, en el Village, en el estudio de E. E. Cummings. Un matrimonio holandés, Kristians y Marie Claire Tonny, platicaban sobre irse a México:

—Queremos conocer a esos hombres y, sobre todo, mujeres que hacen la Revolución.

—Me interesa saber si siguen tan salvajes —añadió Paul encendiendo su pipa.

—Yo voy a México con ustedes —saltó, de la nada, la autopropuesta de Jane.

—Por lo pronto —interrumpió E. E. Cummings—, vamos a ver poesía pura.

Cuando salieron del burlesque en la Bowery, a Jane se le metió obsesivamente la idea de México, le marcó a su madre desde atrás de un baño del café y le puso la bocina a Paul en el oído:

—Necesito —dijo la señora— conocerlo, si es cierto que con usted viajará mi hija al trópico.

Paul y sus amigos se metieron en una ordalía que pasó por Albuquerque y la entrada polvosa del desierto mexicano. Como se consideraban "buenos comunistas", a pesar de que, en ese entonces no pertenecían al Partido, llevaban entre las maletas alrededor de 15 mil calcomanías con la consigna "Muerte a Trotsky", que pensaban pegar en los postes de Coyoacán, donde el traidor a la revolución soviética se escondía. Antes, Paul y Jane conversaron, sin conocerse, de temas esenciales.

—El matrimonio —le dijo Jane— a mí me da exactamente igual que esto, así, nosotros hablando. No me importaría casarme contigo mañana. Vaya idea, ¿no?

—En un matrimonio, sus integrantes deben continuar siendo libres. Si no, no le veo el caso.

—Pienso lo mismo. Mi mamá, por ejemplo, quiere que yo me case, pero sé que es porque no quiere cargar con la culpa de casarse por segunda vez antes.

—¿Por qué, culpa?

—Siente que me dejaría al garete, por ahí, como a una cualquiera.

—No eres cualquiera, Janie. Nunca diré eso de ti.

—Yo quisiera vivir el arte. No tener esa obligación, como tú de estar haciendo música para mantenerte, ¿sabes? Que los demás digan: "Ah, Paul Bowles presentó una nueva pieza en la obra de Fulano". ¿Sabes? —mordisqueó el removedor del coctel—. Escribir cuando se tiene que escribir y desvelarse cuando valga la pena.

—Yo no creo que el arte y la vida deban andar juntos.

—En ese matrimonio no crees, ¿eh?

—No. Las relaciones son lo suficientemente nebulosas como para confundirlas con algo, la vida, a la que debes darle forma tú mismo.

—¿No es lo mismo darle forma a la vida que hacerlo en compañía?

—De ningún modo. El azar no puede guiarte. Mira, hubo un tiempo en que me daba igual matarme, que irme a Europa. Y aquí estoy. No por un azar, sino por una decisión.

—Nunca he tenido que tomar una decisión así y si tuviera, quizá lo haría en un sueño.

—No te entiendo, Janie.

—Ni yo.

Se iban a casar el 21 de febrero de 1938, un día antes del cumpleaños 21 de Jane, "porque no quiero que digan que me casé sólo por no ser la quedada". Un mes después, su madre también se casó, aliviada. Sabía que Paul, siete años mayor, con una carrera apoyada por Aaron Copland, con cierto nombre entre los músicos del teatro en Nueva York, la cuidaría. A la asustadiza y salvaje Jane. A su hija que renqueaba por la vida con una rodilla anquilosada, después de fracturas y golpes y, por supuesto, la terrible tuberculosis de huesos que la había separado de la escuela, de los días de campo, y acercado tanto a la lectura, a las ensoñaciones de París, a las fantasías sexuales.

—Cuando era niña —le confesó un tiempo después a Paul— creía que había que sufrir antes una cierta cantidad de dolor para poder disfrutar del día.

Sorprendido, Paul trató de encontrar un símil, un vínculo con la experiencia que ella había tenido con su rodilla, a la que llamaba "Crippie":

—En mi familia, le martillaban el tabique de la nariz a los bebés.

—¿Por qué hacían tal cosa?

—Para eliminar lo que ellos llamaban "el aspecto judío".

—¿Tus padres nunca protestarán de que te cases con una judía?

—¿Eres judía?

—Soy más renca.

Dentro del autobús en México, Jane acaso soñaba con una escena que le resultaba recurrente: un pez en un acuario trata de escapar a las artimañas de un personaje al que ella identifica como mister Troubles. Lo tienta con distintas comidas para hacer que salga del agua, el pez se esfuerza por no caer, está a punto y, en el instante de la decisión de saltar o no, Jane siempre se despierta. Mister Troubles fuma una pipa.

En cuanto llegaron a la Ciudad de México, Jane bajó del camión, tras dos días sin ir al baño ni estirar las piernas, y le extendió un billete a un cargador:

—Saca mis maletas —le ordenó—. Voy al Ritz.

Paul y los demás se quedaron un tanto pasmados de su decisión tan poco ajustada al presupuesto general. La buscaron al día siguiente en varios hoteles hasta encontrar su nombre en el registro de un alojamiento moderno, una torre robusta de piedra volcánica y herrumbre revolucionaria, el hotel Guardiola. Ahí escucharon al gerente:

—La señorita Auer estuvo ayer, pero la encontré inconsciente en su cama. Estaba ardiendo en fiebre y estaba teniendo convulsiones. Así que la llevamos al hospital de Huipulco.

La encontraron en una cama, conectada a un suero, sonriente. El cuarto estaba lleno de arreglos florales con listones que decían "Get well".

—¿Y estas flores? No sabía que tenías tantos amigos en México —dijo el holandés.

—No, tonto —respondió Jane todavía con una baba espesa entre los labios—. Las ordené yo.

La enfermera de turno les pidió que no se rieran tanto —Jane pidió un coctel de mezcal— y terminaron por prometer que volverían al siguiente día.

—A ver si ya te dan el alta y te llevamos al hotel de nosotros —dijo Paul—. No es el Ritz, pero ahí, por lo menos, habrá algún tipo de cocteles.

Pero, al volver, ya no estaba. En el hotel Guardiola, una vez más, el gerente fue el emisario de las abruptas decisiones de Jane:

—La señorita Auer dijo que, si alguien preguntaba, se había ido a Tucson.

Ya casados, Paul y Jane volvieron a México en la primavera de 1940. A él le pagaban el viaje hasta Albuquerque, Nuevo México, para escribir la música de un documental encargado por el Soil Erosion Service, sobre el suelo del valle del río al que los norteamericanos llaman "Grande" y los mexicanos, "Bravo". El documental, *Roots of the Soil*, le permitía al matrimonio Bowles estar en México, no sólo juntos, sino a solas. Era importante, según Paul, porque había mucha confusión en las recámaras neoyorkinas. Él había sido claro en que le daba más o menos igual tener sexo con un muchacho marroquí o con ella. No le implicaba una decisión tajante, pero, desde luego, ella lo encantaba con su aire vagamente andrógino, sus *tweeds* ajusados, los tirantes. Ella decía que, a pesar de que podía tener sexo con hombres, prefería a las mujeres. La escena acostumbrada era la de Paul Bowles insomne en la cama, esperando a su esposa. Tras varias horas, a las fantasías de lo que le haría, lamería, metería, tocaría y mordería, le seguía el abatimiento por cansancio. Jane llegaba, un tanto ebria, ya avanzada la madrugada, tratando, sin conseguirlo, de no hacer ruido con su pierna desnivelada, la bolsa pesada sobre la silla, descalzarse, el sonido de la ropa contra los brazos, las piernas, las sábanas. Era común esta charla a las cuatro de la mañana:

—¿Dónde dejaste tus zapatos?

—En el muelle.

—¿Por qué?

—Porque era el último lugar donde no quería estar. Me aterroriza el muelle.

—¿Y por qué fuiste?

—Porque, de no haber ido, mañana no podría verme al espejo.

Su lugar favorito después de las cinco de la tarde, momento en que "la hora del coctelito" avanzaba con paso firme hacia la madrugada, era el Monocle, un bar lésbico. La acompañaba su amigo, Boo Faulkner, a quien le excitaba ver a dos mujeres besándose y que, en el fondo, estaba un poco enamorado de Jane. Le recordaba a su primera novia, que había muerto de tuberculosis en los pulmones. Boo era de los que aguantaban hablar y beber durante catorce horas, sin desplomarse de extenuación.

En el Monocle Jane conoció a Cecil, uno de los amores de su vida. Paul nunca preguntó, ni quiso importunar. Después de todo, él había sido el encargado de proponer un "matrimonio libre". En México, en el hotel Ruiz Galindo, de Veracruz, ella le platicó como si nada, acostada de barriga sobre una alfombra de gardenias que el mismo Bowles había recogido en el jardín:

—Por Cecil hice cosas… por amor. Le di mamadas a varios tipos, sólo para poder mantenerla. Fueron mamadas de dos dólares.

—Eso, supongo —dijo Paul, vistiéndose—, fue un gran sacrificio.

—No creas. No hay nada realmente desagradable en los hombres. Las mujeres, en cambio, sí tienen algo asqueroso.

Paul ya no preguntaba. Sólo trataba de entender en su mente supuestamente abierta exactamente a qué se atenía con Jane. El sexo era bueno, aunque él trataba de que fuera quizá demasiado oral, acaso con cierta exageración en el toque leve. Él no sabía si era así con sus amigas del Monocle. Podría ser que se amarraran una a la otra o que se estrangularan en una tijera pringosa y efusiva. Solía imaginarla a ella arriba, imponiendo las posiciones, llevando las riendas, proponiendo los desenlaces. Pero no estaba seguro. Lo que sí, es que necesitaba tiempo a solas para averiguarlo, explorarlo, como se hace en los desiertos: hay que andarlos para saber que, en su inmensa regularidad, existen las diferencias. Por eso, cuando le propusieron el viaje a Nuevo México, le dijo:

—Vamos, tú y yo, ahora sí, casados. Acapulco, Veracruz, la Ciudad de México, donde quieras.

—Sí —saltó de emoción Jane—. Deja invito a Boo.

Así que los Bowles fueron con Boo Faulkner en un itinerario salvaje, como le gustaban a Paul. Ahora Jane lo sabía: lo que ella intuyó en primera instancia como "enemigo" era, en realidad, el gusto de Paul por buscar lo primitivo. No era de los que llegaban a la alberca del hotel, sino el que se internaba en la vereda que se escondía detrás. Le encantaba subirse a camionetas de trabajo desvencijadas, sobre los techos de los autobuses agarrándose de los mecates que sostenían los bultos, en las lanchas para vadear un lago en la noche en busca de caimanes que comían luciérnagas, y llenar las casas con instrumentos autóctonos. Trataba siempre de hablar el idioma, de entender los gestos, las pequeñas indirectas corporales. Terminada, entregada y aprobada la música del documental, el recorrido sería por tierra: Albuquerque-Zacatecas-hotel Buen Tono, en la Ciudad de México. Paul estaba seguro de que, en el camino, los dos inventarían otros trayectos. Así fue, pero por separado.

Fue Paul el que, harto del ruido de la Ciudad de México, de sus interminables filas para todo, de la idea de que todos fingían que no estaban en tu contra, planteó la búsqueda de un lugar tranquilo en el que —según su fantasía profesional—, Jane escribiría una novela realmente norteamericana —ya tenía una, en francés, llamada *Faetón, el Hipócrita*— y él compondría una sinfonía. Necesitaba un lugar tranquilo:

—No puedo estar al piano con tapones para los oídos.

—A veces —mordió el lápiz Jane sin voltear a verlo— parece que se te olvida quitártelos.

En una búsqueda que incluyó preguntarle a su querido pintor zapoteco, Antonio Álvarez, por el que profesaba un deseo broncíneo y descarnado, Paul encontró Jajalpa, un lugar remoto cerca de Toluca.

—Jajalpa —dijo Jane—. Tiene que ser hilarante.

Rentaron una casa grande y un estudio que quedaba a veinte minutos a caballo. Desde ahí Paul observaba un volcán nevado y escuchaba una cascada desde un cuarto que sólo tenía una mesa y una cama. Solía ir al pueblo para probar las armonías en el piano de una rusa, Tamara, y casi siempre encontraba a Jane y a Boo en tránsito de ir por "una copa" o al mercado a comprar cualquier cosa. El punto es que Jane gastaba dinero en cosas que no servían ni para comer, ni para adornar, sino que eran como consignas de sus estados de ánimo: plumas de faisán, una mano de yeso que acabaron usando como ineficaz cenicero, un pájaro hecho de un huaje que nisiquiera se sostenía de pie. Una lista del mercado, para que Paul atendiera, contenía lo que a Jane se le había olvidado por la mañana: "Semillas de calabaza para los pájaros y Tampax para su señora Bowles". Lo demás era atender a una horda de animales: un gato, un perico, una guacamaya, una gallina, un pato y dos coatíes con las colas anilladas y el instinto de robar de un mapache. A Paul, los animales le entusiasmaban más que la gente y se divertía con la forma en que Jane no hacía distinciones. Una tarde la oyó hablando sola en el pasillo de las hamacas.

—¿Qué haces? —le preguntó mientras veía cómo Jane sostenía al armadillo en sus piernas.

—Le enseño a Mary Schuster el buen francés y está ya muy avanzada.

—¿Mary Schuster?

—Ella —señaló al armadillo—, ¿no has hablado nunca con ella? Es encantadora y muy versada en hormigas.

Ya en la casa de Jajalpa, donde tenían hamacas a la sombra de limoneros y aguacatales, Paul comenzó a sentirse enfermo. La sola idea de comer le daba náusea y adelgazó con rapidez. Su solución fue irse a Acapulco. Jane y Boo no lo acompañaron por una decisión, y no un azar: estaban cansándose unos de otros. Había que tomar distancia y bajar las alucinaciones:

—Paul y Jane eran hipersensibles y muy vulnerables —escribe Rosemund Reilles, la dueña de la casa de Jajalpa, amiga de Aaron Copland—. Le tenían miedo a los indios, a los insectos, y a que los asesinaran cualquiera de los dos. Si un gallo cantaba a la media noche, ellos no dormían ya más, entretenidos por las historias de fantasmas que les contaban los sirvientes. Si en la plaza la gente los miraba, sentían que conspiraba contra ellos. El mundo entero era hostil hacia ellos y todo se convertía en un riesgo. Era difícil no contagiarse de sus miedos, como el papel secante cuando se topa con una humedad.

Jane y Boo, hartos de ese clima quizá no del todo imaginario, alcanzan a Paul en Acapulco. Pero tienen que enfrentar una larga lista de cosas que, según la dueña de Jajalpa, se habían perdido durante su estancia. Sumaba cientos de pesos. Jane revisó la lista rápido y encontró algo que comprobaba que estaban siendo estafados:

—¿Un sarape de veintisiete pesos? Uno nuevo cuesta nueve.

—Es un sarape especial —respondió la gorda dueña.

—¿Qué? ¿Está bordado en oro?

—No. Tiene un agujero de bala. Es el sarape en el que mataron a mi hermano.

Como pudieron, saldaron la cuenta para alcanzar, enlatados en un taxi hacia Acapulco, a Paul. Los recibió, fresco, elegante y motivado, en compañía de Tennessee Williams. Contra la costumbre de Paul de beber, estaban tomando mezcal. Contra lo melindroso que Paul se ponía con la comida, lo estaban tragando con sal de gusano. Jane no lo podía creer: restablecido de sus dolencias estomacales casi eternas, su marido ahora departía, contento; él que jamás se reía. No aguantaron mucho los coqueteos entre Williams y Bowles y, a propuesta de Jane, emigraron de nuevo. Ahora a Taxco.

El litigio con Tennessee Williams —pensó Jane— podría compensarse con un breve flirteo con un romance pasajero. Paul dice de esa etapa: "Jane parecía estar ampliando continuamente su círculo de amistades. Siempre iba a fiestas en las que todo mundo bebía demasiado y todos los días veía a una estadunidense llamada Helvetia Perkins. Yo hacía excursiones a las montañas de Taxco". Cuando la conoció, Jane no comentó que era una mujer de 45 años, divorciada de un tal Frank en Nuevo México, con una hija de veintiuno, Nora, que odiaba Taxco "porque estaba lleno de gente que decía que se dedicaba al arte y lo único que realmente hacen es hablar de que se dedican al arte". Jane recordó sus propias reacciones en Nueva York, ahora que el salón Askew estaba dominado por los surrealistas. Todo mundo quería hablar con ellos, con Duchamp, con Dalí, con Tanguy, menos ella. Había conocido a Max Ernst en París pero le había aburrido hasta la médula. En Nueva York escuchó a Duchamp y pensó decirle que las distorsiones de las que ellos eran capaces eran totalmente inncesarias, que el inconsciente y la vida doméstica estaban para ella tan entrelazados que, todos los días, tenía que "ocultar los hilos para no perder el equilibrio". Pero nunca se los dijo. Paul, conociendo a Jane, le preguntó sobre esta nueva amiga con una hija:

—¿De qué hablaron?

—De París.

Después, Jane comenzó uno de los juegos que nunca terminaban con su marido y que consistía en jugar a los esposos. Las reglas establecían que estaban armados y se disparaban mientras sentenciaban sobre su relación marital:

—Te mataré. No tenemos intimidad.

—Pagarás ese comentario, Paulie. ¡Si tú arruinaste mi útero!

Se carcajeaban al final, pero quien los oía pensaba con facilidad en una solución demasiado común para el juego: no llevan una vida sexual o Paul hizo abortar a Jane. No era así. Ya sabemos: en sus sueños de niña, mister Troubles fumaba una pipa. Se calmaban un rato, volvían al hastío. Jane inhalaba un poco de benzedrina y se iba a buscar a Helvetia. Paul escribía:

La vieja y acostumbrada parálisis toma el control de la conciencia de uno aquí. El lugar, en sí mismo, es inexistente. Algunos días son tan completamente vacíos, las horas transcurren tan sin sugerir ninguna idea, que estoy tentado a mirarme los pies y pensar en la vida y en la muerte, lo que resulta una pésima señal, como se sabe. En todo caso, puedo asegurar con toda sinceridad que nada ha sucedido porque, no obstante que pase algo, realmente no sucedió.

Las tardes que se prolongaban hasta la madrugada con Helvetia solían transcurrir en mesas de bar, en una caminata y, después de un tiempo de insistencia por parte de Jane, en una recámara alquilada. Debían de ser discretas. Y a Jane nunca se le dio. Todavía se recordaba una vez en que, bastante tomados, Jane y Boo habían tratado de engañar a una pareja neoyorkina de que eran hermanos. Habiendo quedado en ello con un amarre de los meñiques, los dos comenzaron a decirse mutuamente: "Mira, madre" o "Como bien dice mi madre". La pareja de ricos y estirados neoyorkinos no entendía nada. Jane lo trató de arreglar así:

—Bien. Se preguntarán por qué nos decimos "madre". Es que somos hijos de unas gemelas.

—Que tienen dos cabezas —concluyó, triunfal Boo.

En Taxco, a Jane Helvetia le recordaba a su amiga Mary Oliver, una nómada de esos años: vivía una vida aristocrática, de jazz y tragos, a expensas de su encanto y de decir que era "hija ilegítima del Gran Gurdjieff". La madre de Mary le había conseguido a Paul un pasaporte falso para viajar a París, y él la recibió en su departamento de Nueva York con todo y una sirvienta marroquí. Al recibir la carta donde pedía asilo por unas semanas —"Si ustedes pagan la comida, yo llevo todo lo que podamos beber"—, Jane pensó en explicarle que la casa estaba casi siempre con invitados de una o dos noches, que vivían de lo que Paul recibía por sus partituras, que ella no percibía ingresos y que, además, no tenían más que un colchón para las visitas. Antes de que se decidiera su ánimo a enviar la respuesta que era, básicamente, un "sí pero no", Mary Oliver se presentó a las puertas de su departamento con quince maletas, acalorada y, en una mano, una botella de champaña y dos vasos.

—Vengo a brindar con el Gran Paul Bowles —se presentó.

Pero, mientras creció el hartazgo de Paul de tener a una señora que reía a toda hora y contaba las historias más rocambolescas sobre celebridades de Hollywood y nobles europeos, a Jane le empezó a gustar. Comenzaban temprano "la hora del coctelito" y terminaban a las tantas, después de salir de bares, compras —"presiento que esa blusa debe ser tuya", cerraba los ojos, en trance—, y demás incursiones nocturnas, de las que Paul no quiso enterarse. Antes de empezar a pensar en dormir, ambas pasaban a casa del encargado de la vinatería, tocaban la puerta de su casa, lo despertaban, veían las luces encenderse, a los vecinos asomarse, y le compraban, fiado, el alcohol de la noche. Por las mañanas, Mary Oliver paseaba por las tiendas de Manhattan comprando a crédito muebles, ropa, accesorios. "Algo me dice que deben ser nuestros", fingía en meditación mística.

Un día, la policía llegó a casa de los Bowles. Traían cargadores para llevarse todo. Mary jamás había pagado, ni siquiera la intención tuvo:

—Fue hermoso vivir entre cosas hermosas, querida. Un día, cuando se olviden de que me han boletinado, lo repetimos.

La última vez que Jane vio a Mary fue a visitarla escondiéndose de Paul, quien le temía al acoso que de los comunistas hacía el FBI y que no había tomado con calma ver a la policía en su propia casa. La encontró tirada en un colchón, sin más muebles en un departamento de Brooklyn. Tenía alguna botella de ginebra a medio servir y una lata de carne Broadcast Hash casi vacía. Le abrió una sirvienta negra con los ojos de quien no ha cobrado en meses. Acostada, Mary la saludó:

—No ahora, querida. Estoy dejando mi cuerpo.

Jane no la vio levitar.

—Upps! Choqué contra el techo —fue lo último que oyó antes de salir.

Helvetia le recordaba a Mary Oliver, no por el carácter, que era todo lo contrario: disciplinada, preocupada por la opinión de los demás, controladora, sino por el físico robusto, compacto, y los ojos azules. Por eso, cuando llegaban a los hoteles o a las pensiones, Jane la presentaba:

—Ella es mi médium.

Pero, a pesar de que Jane quería sólo una aventura mexicana, la relación con Helvetia comenzó a transformarse en un amor loco. No podían estar separadas más allá de unas horas. Ansiosas, se enviaban mensajes con los sirvientes, llamaban por teléfono, se aparecían una en casa de la otra. Nora, la hija, toleraba todo con la esperanza de irse pronto. Helvetia iba a recibir un dinero de su divorcio con Frank Perkins. Con eso contaba Nora, que esperaba con un café eterno a que su madre terminara lo que se suponía que hacía con la señora Bowles en una recámara alquilada.

Quitarse una a otra las fundas, desesperadamente o botón por botón, instigarse con las lenguas casi tocándose los labios, los pezones, las orejas, el cuello. Un mismo cuello enredado. Saberse a sales, olerse a almizcles, a las leñas de Taxco, a sus neblinas. Arrodilladas sobre las sábanas apenas removidas. Tirarse a la cama, probar el peso de una sobre la otra. Las palmas en el interior de los muslos, deslizándose. Acercarse y lijarlos con la lengua y abrir el sexo, de un lado, de otro. Escucharse en pequeños gemidos, suspiros; no estaban realmente a solas, las paredes oyen. Frotarse con humedades pegajosas, verse a los ojos y sonreírse sin motivos. Descansar, las nucas empapadas, las sábanas pringadas, ya sin sol, todavía sin la luz encendida. Pero Helvetia siempre culpable, preocupada por Nora, por los huéspedes del hotel, o las dueñas de la pensión. A escondidas de todos, incluso de Paul, que se supone sabía todo. Lo imaginaba, más bien. Para él, el sexo con Jane tenía una fecha de caducidad: la segunda vez que, en una discusión sobre sus horas de llegada y su forma de beber, por su extraña amistad con Boo Faulkner, la había abofeteado. Paul se había sentido tan mal, que había hecho promesas arrodillado de nunca repetirlo, de estar a los pies de Jane el resto de sus vidas, de cuidarla, de jamás volver a presionarla para que dejara el inhalador de benzedrina y tomara un cuaderno y una pluma o, mejor, una máquina de escribir que, de todas maneras, cargaban casi inútilmente, en cada viaje. Tras la segunda bofetada, el sexo se había suspendido, quizá para siempre. Con Jane nunca se sabía. A veces, le parecía ver cierto deseo compasivo en sus ojos, pero Paul no quería servirse de ese último reducto de afecto, de esa agua resentida en el fondo del pozo seco, y se preguntaba si Jane era feliz con Helvetia Orr Perkins, la divorciada de clase media, rígida y nerviosa, culpable eterna de su gusto porque se la lamiera una jovencita andrógina a la que le fallaba una rodilla.

Dentro de la recámara de Jane, las culpas reposaban lo suficiente entre las hormonas que, poco a poco, se secaban al aire. Sentía que, casi como un juego, un reto, un ánimo de arriesgarse, ella había insistido frente a la tranca de resistencias que Helvetia le puso a un beso, un tocarse bajo la ropa, un dejarse ir con todo y su reputación de señora. Ahora estaban, silenciosas, una viendo por la ventana, otra revisándose la pintura de las uñas de los pies, metidas en un muladar.

—Creo que merezco, que he ganado, que dejes a Paul.

—No es un asunto que te incumba, Sissy Gibbons —así la había bautizado, casi como al armadillo—. Lo mío con Paul es como es. No lo entiendes y no te permito ni que lo pienses.

—La gente no debe de dejar las cosas como son. Si tú y yo nos amamos, ¿por qué debo de compartirte con él?

—No te comparto. Y las cosas de otros no deben juzgarse desde afuera.

—No estoy afuera, niña.

—¿De lo de Paul y mío? Claro que sí. Estás fuera.

—¿No te parece suficiente lo que he hecho por ti? ¿Qué necesito hacer para merecer todo?

—Todo lo tienes. Esto es todo. Si no te es suficiente.

—¿Qué? ¿Quieres que me vaya?

Jane acaba por bufar. No quiere salirse y, si supiera que sí, no sabría cómo. Se sirve un trago de ginebra, sin agua, por miedo a la disentería.

—No tienes carácter. ¿No puedes tomar una decisión en tu vida?

—Tomo suficientes decisiones.

—La única que siempre veo es servirte medio vaso o el vaso completo de gin.

—¿Qué te importa? ¿Tú lo pagas?

—Lo pagaría, si no lo hiciera ya Paul.

—Cállate. No sabes lo que dices.

—¿No es el dinero lo que te mantiene con él? ¿Sus influencias en el mundo de los artistas? ¿No fuiste secretaria de Auden sólo porque él te lo presentó?

—No me lo presentó. Yo lo conocí en el Chelsea. Él era mucho más divertido que tú ahorita.

—¿Por qué no te separas de Paul? ¿Qué le debes?

—No es una deuda. Es un entendimiento.

—¿Qué entiende él que yo no?

Suspiros. Otro vaso de ginebra.

Las dos se quedan silenciosas sin atinar a reptar una hacia la otra. Les estorban las cosas que han ido dejando botadas. Al lado de la falda —el pantalón es de Jane—, los sostenes, las medias, los ligueros, los calzones, hay otras posesiones: la vergüenza de ser la iniciadora, la detonadora, de algo que quizá resultó demasiado; la infamia de haber dejado a su familia por quedarse en México con, lo que ha dicho, es "el amor de su vida"; la falta y el error, que así se siente cuando la ve en compañía de Paul, riendo de una de sus ocurrencias infantiles; la idea aterradora de que tienen una relación madre-hija; la certeza de que algo no fluye ni lo hará, aunque las pieles dejaran de estar de visita; lo absurdo que le resulta a Jane pensar en estar con ella todas las demás horas que le restan; el pánico a no volver a tener deshoras; las correrías en bares, los besos nerviosos en los callejones, los roces de manos escondidas en los muslos cuando bajan al subsuelo minero de Taxco; las miradas de un instante, como cuando se observa un eclipse, de pestañas bajas, lánguidas, resignadas; el pecado de no saber a dónde va, no porque no lo sepan, sino porque no se podría nunca, comulgando en la cueva de las herejías. En esa caverna, todas las cosas sin decir.

Pero luego, las explosiones, la dinamita dentro de la mina que implosiona sólo en estas recámaras, entre estas sábanas, con esos dedos del pie cruzándose hasta contarse veinte. Explosiones de dos, que son demasiadas para los sueños de Jane. Insuficientes para la domesticidad de Helvetia, que es tan común que trata de ser, por todos los medios, sofisticada.

PAUL: Compré unas estatuillas prehispánicas. Me dijeron que son amuzgas.

HELVETIA: Yo estuve en Pompeya en las excavaciones, barriendo con las brochas el polvo del Vesubio. ¿Sabes? Déjamelas ver.

JANE: ¿Cómo saben los indios de qué pueblo son? A mí todos me parecen iguales.

PAUL: Por la lengua. A todos se nos ve lo que somos en la lengua.

HELVETIA: No sólo. También en los celos.

JANE: Se ven muy antiguas. ¿Qué son?

PAUL: Me dijeron que son jugadores de pelota.

HELVETIA: Pueden ser representaciones solares. Yo estuve años estudiando historia en La Sorbonne.

PAUL: Yo quiero estar años, pero bañándome. Tardes, señoritas.

Helvetia le da la espalda y se limpia las lágrimas. Jane no le contesta qué es lo que ella no entiende. ¿Qué hay que entender? Ella la quiere y, cuando se quiere, es para la vida completa, no sólo para unas horas al día, la mayor parte de las que la comparte con otras mujeres, los amigos de cejas levantadas, los astutos para quienes una caricia suya es un trofeo. Jane hace algo que le enerva y es sentarse en las piernas de todos. Dice que Aaron Copland la calificó de "la mejor apapachadora de la nueva generación". No puede cuando hace eso. Y se lo ha dicho, pero Jane es ahí una niña, que se esconde bajo una almohada y asoma los ojos desesperanzados. Tampoco puede con eso. La desarma. Y ella lo sabe. Lo tiene que saber. Si no, ¿cómo consiguió enamorar —o que la quisiera como esposa— a un hombre como Bowles, desconfiado, paranoide, distante. Bowles le parece una trucha recién entendiendo que ya está en el canasto del pescador. Tiene esa distancia en los ojos y sus silencios. Oh, por Dios, esos silencios con la mirada puesta en el vacío. Siente que sabe todo, que es sabio. Alguien que de por sí aspira a la sabiduría, es un idiota. ¿Qué tiene Paul para Jane? La deja hacer lo que le plazca, con su dinero. La presenta a la farándula artística, la lleva de viaje. Eso tiene que ser lo que ella ve en él y por eso no lo deja. Tiene que ser eso. ¿O es otro tipo de amor? ¿Qué tipo? Ella deja a Jane hacer algo que, no a Paul, le irrita: que beba más de la cuenta. Yo la cuido, ebria, la ayudo a caminar, la acompaño cuando le da por meterse en problemas, en esas que ella llama "decisiones", que no son más que arriesgar la vida. Jane tiene una obsesión con el miedo. Es algo que la conquista desde que se dio cuenta de que no podía caminar bien, que no podía huir como cualquiera, que era la presa fácil de un perro, de un tiburón —otra de sus fobias—, de caerse por un risco, de un incendio. Su nuevo pánico, a los elevadores, no parece estar relacionado con esa sensación de vulnerabilidad de una presa correteada, pero, seguramente, es por algo que tiene relación con esa maldita rodilla fosilizada.

—¿Qué es lo que no entiendo que sí entiende Paul? —le pregunta, secándose unas cuantas lágrimas de espaldas a la ventana.

Escucha otra vez la ginebra recorrer hasta el fondo del cristal el vaso.

—¿Te he contado? Yo tendría como diecisiete años. Iba de París a Nueva York. Me acuerdo que estaba leyendo *Viaje al final de la noche*, de Céline. El barco se llamaba *Champlain*. Noté entonces que un señor se me quedaba viendo. Ya sabes, traté de cambiarme de ángulo, me vi la ropa a ver si se me había bajado el brasier o algo. Unos ojos fijos, pero alegres, como de un comediante, de un travieso, de uno de esos carteristas del metro. Tenía como la cara caída sobre la boca y la barbilla, como burlándose y los ojos, un poco caídos, pero brillantes ahí adentro. De pronto se me acerca y me pregunta si me está gustando ese libro.

—Es la mejor novela que he leído —le dije sobresaltada. Y él me dijo:

—Muy bien, señorita, porque yo soy Céline. *Céline, c'est moi.*

Nunca lo voy a olvidar. Empecé a correr por la cubierta con el libro, gritando:

—Soy una escritora y quiero escribir. *I'm a writer and I want to write.*

Cada vez que tengo bloqueos para empezar a escribir, me acuerdo de esa sensación y me pongo manos a la obra.

—Pues no te acuerdas muy seguido, ¿no?

—Estoy harta. Tú crees que hay que lograr obedientemente algo en la vida y no es así.

—¿No? Entonces, ¿cómo es?

—Se vive, se escribe. No hay más. Se sueña, se piensa, se divierte en el juego que una se inventa.

—No es un juego. Yo estaba dispuesta a no cobrar sólo por escribir en alguna de las revistas de Nueva York.

—Bueno, eso no funcionó bien, ¿no? Mírate: acabaste en Taxco.

—Contigo.

—Sálvese quien pueda.

—No me contestaste. ¿Qué entiende Paul, que yo desconozco?

—¿Te conté? Otra vez en París, en un café cerca del Panthéon, un hombre se me acercó cuando ya me iba, muy tarde, y me propuso que lo acompañara a su cuarto de hotel. Era lascivo, repulsivo, obsceno. Me dijo algo que me estremeció: quiero que me la mames con anteojos. Salí corriendo, pero empecé a ir cada vez más a ese café, en las noches. Cada vez que me lo topaba me daba como una taquicardia, una ansiedad. Me repetía su oferta y agregaba cosas extrañas, como la de los anteojos. Creo que una vez me dijo algo de que le gustaría pasarme un listón afelpado entre las piernas. Me estremecí, pero la aversión era muy potente. Con los años lo olvidé hasta que un día veo una foto en el periódico. Una foto de él. Resulta que el tipo se llamaba Henry Miller.

—¿Sí? Es buena historia salvo por el final.

—Sissy, no estés así conmigo. Pronto nos vamos de aquí y tú y yo no seremos las mismas que hoy sí. Anda, haz un esfuerzo por no enojarte conmigo.

—¿Me vas a contestar?

—Ah, qué fastidio. No sé. Muchas cosas.

—¿Afinidad ideológica?

—No. Yo de marxismo-leninismo no entiendo una jota. Lo compenso viendo muchas películas rusas. Las he visto todas. Pregúntame.

—Es porque conoce muchos famosos. Me imagino que estar con George Balanchine o con Tchelitchew ha de ser irrebatible.

—¡Qué manera de decirlo! No, está bien. Pero no es que estar cerca de alguien que admiras te haga sentir como si fueras parte de él. Eso es esnobismo, Sissy. Y no me vengas ahora a decirme que crees que soy una de ésas.

—Lo digo porque son las cosas que se me ocurren porque no me quieres contestar. Una respuesta precisa para saber con quién estoy compitiendo.

—Tú no compites con Paul. No seas absurda.

—¿Entonces?

—¿Entonces qué?

—Está haciendo frío. Vamos al bar. Tienen chimenea.

—¿No me vas a contestar?

—No, Sissy. Me estoy entrenando para cuando nos interrogue el FBI por actividades projaponesas. ¿Cómo me veré con los ojos rasgados?

—Me voy. Nora me está esperando en la casa.

—No te vayas, Sissy. Ven conmigo a caminar toda la noche.

—No quiero.

—Te digo qué es.

—¿Qué es?

—Mira, Sissy. No lo tomes a mal pero, mira: sabes muchas cosas, sobre muchísimos asuntos. Sabes nombres, fechas, anécdotas. Eres una mujer que ha estudiado, pero nunca vas a saber algo.

—¿Qué?

—La creación.

En silencio, Helvetia se levantó, se vistió, se amarró las correas de los zapatos y cerró la puerta tras de sí. Jane, al principio calmada, empezó a sentir que se extendía sobre ella una oscuridad. El espectro del abandono. Una viscosa sensación de que todo era su error: haber provocado una emoción en Helvetia que ella no deseaba y que se concibió sólo como una noche de coqueteos, quizá un beso. Ahora estaba convertida en un enjambre de avispas iracundas que circulaban alrededor de la cama, de las sábanas desechas, de la cortina impulsada como vela por el aire frío de la montaña. Bajo las minas de este lugar fluían ríos de plata estática. La piedra se dolía sólo cuando intentabas sacarla. Sino, nadie se enteraba de que era plata.

Había traído una hoja de rasurar para depilarse un poco las piernas. La sacó del rastrillo, la oprimió entre los dedos, en trance. Cuando se cortó el dedo pulgar no le pareció que la sangre estuviera fuera de lugar. Era una purificación.

Todo era su culpa porque no sabía tomar decisiones. Porque cuando finalmente las hacía eran tan absurdas que todos —su madre, Paul, Boo— corrían a tratar de arreglarlas, a que no tuvieran consecuencias fatales. A ayudarla como se asiste a una tullida que no puede correr del peligro. A una niña sobreprotegida por nanas y enfermeras. A la niña que sabe mejor parisino que neoyorkino. Más valía que la decisión ahora fuera enteramente suya, sin auxilios de última hora, al amparo de nadie. Se cortó las muñecas de los dos brazos en el agua estancada del lavabo.

Durante un rato miró su sangre manar en distintos tonos de rojos. Primero, en arroyos. Después, en breves intervalos en los que, más densa, la sangre se tomaba su tiempo en recorrer el brazo. Hubo un tiempo en que, sin dejar de salir, simplemente decidió que debía detenerse.

Extenuada, un poco aturdida, sintió frío. No cerró la ventana, sólo se acurrucó en la cama y miró las sábanas empapándose con rojos. Despertó con las cortadas hormigueantes. Los médicos siempre le elogiaban su coagulación. Nadie elogiaría su novela sobre una niña de trece años que se desdobla en dos mujeres igualmente ridículas. Quiso levantarse para ir por la hoja de rasurar y acabar el asunto, pero, en cambio, cortó una de las fundas de la almohada y se vendó. Volvió a dormir. Eventualmente, la recamarera tocó. Puede ser que a la siguiente noche o a la siguiente.

Cuando entró al cuarto, Paul se había quedado, como siempre, dormido con las manos sobre el estómago. Estaba tan flaco. No comía por su eterna indigestión. La hepatitis no hizo mucha diferencia, salvo que ahora la cebolla y la piña le provocaban dolores. Dormía con los ojos parpadeando, quedito, como las patas de un cienpiés que no quiere molestar.

Jane se sentó a la mesa. Tomó la pluma y arrancó la hoja de un cuaderno:

La gente no puede enfrentar más que un solo miedo en su vida. Huyendo del miedo es que encuentra su primera esperanza. Creo sinceramente que sólo los seres que combaten una segunda tragedia dentro de ellos y no la misma de siempre, una y otra vez, en círculos, son sabios. El primer dolor lo cargamos como un imán en el pecho: ahí es desde donde nos surge la ternura. Pero no hay que dar vueltas alrededor de ese primer miedo. Por amor de Dios: un barco dejando el puerto sigue siendo algo maravilloso para ver.

La ventana de Humboldt

—Lo primero —señaló Melquiades Estrada al atardecer del 5 de abril de 1803— es dejar que entre la luz y el aire.

—Pensé que estas cosas se hacían a oscuras —reclamó Alexander Humboldt, bañado ya del regreso de las minas casi abandonadas de la región.

El brujo negó una vez con la cabeza y bajó la mirada. A pesar de que Humboldt acumulaba prensas con hojas y flores, animales disecados, huesos de esqueletos, piedras, a la Casa Villanueva, en Taxco, sólo había llevado sus instrumentos para medir montañas, la inseparable lámpara que había inventado para bajar a cuevas casi sin oxígeno, y lo indispensable para recolectar minerales en cajitas de vidrio. Sin itinerario fijo, su viaje a México no era para encontrar si dos ríos como el Orinoco y el Amazonas se conectaban —había encontrado el lugar, Casiquiare, sólo para descubrir que los venezolanos de Los Llanos ya lo sabían— o para sorprenderse con nuevos animales que lo observaban desde detrás del follaje, como los monos tití, a quienes consideraba sus más confiables amistades. Lo principal era servir de espía para la Europa protestante y para el gobierno de Thomas Jefferson en Estados Unidos sobre ese tema secreto de la Corona española: la Nueva España. Como estaba prohibido entrar sin permiso —aún con un pasaporte otorgado por el rey Carlos IV, los encargados de la aduana de Acapulco habían sospechado de su autenticidad— y mucho menos revisar los archivos, Humboldt aprovechó su fama de explorador y científico interesado sólo en la naturaleza, para copiar datos invaluables para un invasor: cómo se desarrollaba la minería, la agricultura, los problemas entre las castas —especialmente, las condiciones de los indios encomendados—, los líos entre españoles y criollos, las vías de comunicación para llegar del puerto de Veracruz a la capital de la Nueva España, en poco tiempo. Humboldt no ocultó su interés por compilar datos e interpretarlos —descubrió que los españoles decían tener menos población en la Ciudad de México, de lo que documentaban en sus archivos— y se cubrió un poco con algunos viajes relámpago. En Taxco estuvo horas y se permitió un "informe" sobre las condiciones de los indígenas que trabajaban como esclavos en los socavones, se escandalizó de la práctica de usar personas como bestias de carga de otras personas, deploró las condiciones andrajosas de los trabajadores. Fue lo que alcanzó a ver en dos horas: "Los novohispanos dependen de los precios internacionales de la plata y el oro. No saben que la tierra, con tan sólo ararla un poco, daría riqueza y, sobre todo, independencia".

Detrás de los elogios al clima y a "los establecimientos científicos" de la Ciudad de México de la era revillagigedista, la agenda política de Humboldt es medir —como medía la temperatura del agua y el aire para establecer qué especies vegetales y animales eran comunes a todos los continentes— las posibilidades de que México se independice de España y pueda seguir existiendo con indios que puedan volver a cultivar sus parcelas. Humboldt es admirador del simplismo de Jefferson: a cada ciudadano un voto, un arma y un pedazo de tierra. Donde no están del todo de acuerdo es en que los países deben abolir todas las formas de esclavitud. Jefferson comparte con sus colegas republicanos la idea de que, quizá, en el sur, por sus cultivos, pueda hacerse una excepción. Humboldt no, pero se deja llevar por la fantasía de un jardín de Edén terrenal, una América libre y feliz.

Por ello, a su viaje por México le sigue una reunión con Jefferson, Albert Gallatin y James Madison en un salón de la Casa Blanca de Washington, inaugurada tres años antes, pero todavía a medio hacer: Hay albañiles viviendo en chozas en medio de zanjas y montones de tierra en lo que se supone que debía ser un jardín presidencial. La separación con los terrenos vecinos consta de un alambrado oxidado, del que las lavanderas a su servicio cuelgan las ropas presidenciales a secar. A la vista de todos queda expuesta la ropa interior, los calzones, los mamelucos para dormir, los trajes que usa para corretearse por las oficinas con su media docena de nietos. Los cuartos, todavía a medio terminar, no tienen muebles, por lo que el presidente vive esquinado, en una orilla de la casa. El resto es una sucia desolación.

Para la reunión utilizan un salón de juntas que sólo tiene una mesa y cinco sillas. A Alexander Humboldt lo sientan en la cabecera, de cara a una ventana, por lo que no puede ver con nitidez las facciones de sus interlocutores. Gallatin y Madison, uno en el tesoro y otro en las negociaciones, son los dos artífices de la compra de la Louisana a los franceses. De pronto, Estados Unidos tenía el doble de territorio y un nuevo vecino sigiloso, la Nueva España.

—Como sabe —comienza Jefferson— tenemos una disputa con la Corona Española sobre la que debe ser nuestra frontera. Nosotros decimos: el río Grande, al oeste. Ellos dicen, al este, el río de Las Sabinas. ¿Cómo cree que debemos resolverlo con un argumento geográfico?

—Lo primero que deben saber es que la Corona española autoriza pero es el virrey el que dispone. Ahora que viajé a los interiores, a Veracruz, a Puebla, a Huehuetoca, donde está el volcán del Jorullo, me topé con que cada capitán, cura o capataz se siente con el poder suficiente como para obstaculizarte.

—Son como Hamilton —bromeó Gallatin sobre su enemigo en el tema de los impuestos.

—¿Dice, entonces —interrumpió Madison— que debemos dirimir esta disputa con las autoridades virreinales?

—No creo. No sin la orden de España. Pero, aun con ella, hay que negociar con el virrey Iturrigaray que, por cierto, se molestó porque no quise acompañarlo a que me exhibiera como a un mono en cuanto baile se le ocurrió organizar en mi nombre. Son muy quisquillosos.

—¿Cómo son? —se interesó Jefferson.

—Son maliciosamente amables. Son como esos adornos dorados de sus iglesias. ¿Quién diría que detrás de tanto oro todavía alcanzan a ver a Dios?

(*Risas.*)

—¿Pedirán oro por la frontera que queremos?

—No creo que sea necesario pagar. Quizá si yo digo que el río Grande es la frontera natural porque es más caudaloso que el de Las Sabinas, por la orografía y los escurrimientos.

—Pero, ¿lo es?

—No, pero los españoles no lo saben. En sus mapas aparece a veces como "Neches" y otras como "Arroyo Hondo". Son tres ríos distintos. De caudales no tienen mucha idea. A ellos lo que les interesa es cómo lavar oro y plata. De dónde venga el agua, les tiene sin cuidado.

—Pero, díganos, Alexander —volvió Madison a la carga—. ¿Qué hay entre los dos ríos de frontera, entre el Grande y el de Las Sabinas? ¿Qué perdemos si aceptamos Sabinas?

—No se pierden de mucho. La extensión son como dos terceras partes de Francia, si Francia fuera una sabana despoblada, entre tres o cuatro caseríos, en los que la gente procrea con sus hermanas.

—¿Con tus hermanas? —bromea Gallatin.

Humboldt se ríe. Sólo tiene un hermano, Wilhelm.

Jefferson mira a Madison como entendiendo que acaban de recibir un consejo válido: no pelear con los novohispanos por algo que no tiene riquezas.

Pero Humboldt jamás deja de hablar. Todos quienes lo conocían se llevaban la impresión de que era una corriente verbal imparable. En la acción era incansable. El hecho de que no estuviera subiendo volcanes en las noches se debía sólo a que los demás en su expedición tenían la mala costumbre de dormir. Era cierto. Desde los veintidós años, en que lo nombran inspector de una mina, el día humboldtiano es una extensión de sus ansiedades: no tiene amigos, ni novias y, a raíz de la muerte de su madre, ninguna contención social. Por lo tanto, no le importa pasar de recorrer socavones en la mañana, regresar a hacer experimentos por las tardes y encender una vela para leer volúmenes pesados que no puede siquiera levantar, traducir del griego, escribir cartas —hizo 50 mil, según un cálculo moderado— y preparar su agenda para el día siguiente. Lo mismo sucede con su ansiedad por demostrar que sabe de todo. Es un vicio de la competencia con su hermano desde los años de los estudios en Tegel, en Friburgo, y en la Universidad de Jena. La rivalidad es una invención de su madre a la que Humboldt describe como "siempre insatisfecha con la vida, en especial, conmigo".

En la universidad, Humboldt incluso está al borde de una extenuación autoinfligida: comienza a tener alucinaciones auditivas en las que una parte de su cerebro —así lo describe— le habla en idiomas que no son el alemán. Pero incluso esa aterrorizante experiencia le sirve para llenar sus horas: toma apuntes de lo que podría estarle diciendo una mente a la que no se le permite soñar. De uno de esos monólogos extraños sale la idea del *Naturgemälde*, un dibujo de una montaña en la que se corresponden altitudes y tipos de vegetación. Lo que más tarde llamará "Geografía botánica". Pero él cree que la voz no es suya, sino de alguien más. En esos años de juventud tuvo un solo amigo, en Friburgo, al que le destila en unas cartas que "es lo más dulce que le ha pasado en la vida" o que siente por él "el más profundo de los amores" y, en otras, que lo escrito antes "es simple tontería". Por soledad, quizá, Humboldt resulta un interlocutor voraz y un buen conferencista.

Con Jefferson, la conversación no termina ni con la salida de Madison y Gallatin de la sala de juntas, sino que se prolonga a una visita al jardín presidencial que está hecho más de saliva que de plantas.

—Mi primer jardín —le explica al presidente de Estados Unidos— es Tegel. Ese bosque es la premonición de mis viajes por América.

—¿Por qué? —murmura Jefferson, quien ha pasado de la exaltación por conocerlo al hartazgo por consecuentarlo.

—Porque ese bosque había sido reforestado con especies americanas de la misma latitud que la nuestra. Yo veía entonces ese bosque por el que todas las tardes caminaba para poner en orden mis ideas y aspiraba a América, la olía, la respiraba. Cuando fui a Londres y miré el puerto con barcos con mercancías de Asia, Medio Oriente, toda Europa y la India, pensé que eso era un "bosque de mástiles".

—Bosque de mástiles, muy buena —comentó Jefferson por cortesía.

—Un bosque que olía a especias, a mármoles, a tintes.

—El mármol no huele, mi estimado Von.

—Claro que sí —se exaltó Humboldt—. Todo en la naturaleza debe ser aprehendido con los órganos y, luego, con los sentimientos. ¿Conoce usted a Goethe?

—No personalmente.

La verborrea atrajo a Goethe cuando recibió a Humboldt en la Casa del Jardín a orillas del río Ilm, en Weimar. A Schiller no:

—Es demasiado —le comentó a su amigo, acaso un poco celoso de que recibiera tanta atención el explorador—. No hay algo en lo que acepte cierta ignorancia. Ayer, durante mi siesta, se puso a resumirme a Kant.

—Déjalo —suspiraba Goethe—. Es un alma atormentada por poseer todos los conocimientos, hasta los menos útiles. Me divierte su entusiasmo por todo.

—Ésos son los dos problemas, Johann: "todo" y "entusiasmo" son antitéticos.

—Pues no en este caso.

Lo que Goethe no le decía a su amigo Schiller, entre otras cosas —le ocultó, hasta donde pudo, su "matrimonio sin ceremonia" con la costurera Christine Vulpius y el hijo que tenía con ella— era que Alexander Humboldt le servía de molde para su doctor Fausto: alguien tan voraz con el conocimiento podría acceder a venderle a Mefistófeles su espíritu. Era lo que Humboldt hacía. Goethe pensaba, no sólo en que pasaba sin interludios de traducir a Esquilo, a disecar una salamandra, a olisquear pedazos de metal, a escribir cientos de cartas a gente que ni conocía, sino al gusto sacrificial, un tanto demoniaco, con el que se acercaba a sus propios límites físicos. Iba más allá de las teorías para inundar, sin distracciones, una zona rayana en lo delirante. Goethe sabía de excentricidades como, por ejemplo, las suyas: dar largas caminatas moviendo los brazos al mismo tiempo en "reminiscencia de cuando fuimos cuadrúpedos" e, incluso, que alguien pudiera gastar fortunas en caprichos tan poco redituables como tener flores de malva loca en invierno. Él tenía el suave cobijo del duque de Saxe-Weimar y escribir algunas obras para el teatro local, pero jamás empeñaría en ello su propio cuerpo. De sólo imaginarlo, Goethe se estremecía.

Una noche, la confesión de Alexander había venido del lugar más insospechado: la poesía.

—Le he escrito a Erasmus Darwin —le dijo a Goethe.

—¿Para qué al vegete gordinflón? —arremetió el dramaturgo, aunque él mismo cultivara la doble papada y la barriga rellena.

—¿Cómo? Por su enorme poema. *Love of the plants*.

—Eso. Schiller, que sí es un gran poeta, piensa que no es siquiera un poema, sino una sarta de cursilerías.

—¿Sí? ¿No estará celoso?

—A ver. ¿Qué tiene de maravilloso?

—Es justo la conexión entre poesía y ciencia, entre las emociones y los saberes.

—No, no lo es. Es más lo que dice Schiller.

—Pero, ¿no estás de acuerdo en que nuestra búsqueda es equivalente?

—Nuestra. ¿Cuál nuestra? —lo retó Goethe para quien el explorador era una diversión acaso demasiado dilatada.

—Encontrar finalmente lo que une a los sentimientos con lo que nos rodea, con el cosmos.

—No creo que sea posible. Ya ves lo que dice Kant. Estaríamos aprehendiendo nuestro propio juicio.

—Es que no ha experimentado con su propio cuerpo.

—¿Y tú sí?

—Desde luego.

—¿Qué has hecho? —se interesó Goethe. Estaba ante una confesión fáustica.

—Tratar de conocer mi electricidad animal.

—¿Qué diablos es eso?

—¿Conoces los experimentos de Galvani?

—Sí, pero eran con ranas.

—Con un escalpelo, me hice varias incisiones. En los brazos, las piernas, el torso.

—¿Estás demente?

—No. Estoy dispuesto a cualquier cosa por conocer, Johann. Creo que en eso soy distinto a todas las personas que conozco.

—¿Y qué querías demostrar?

—Me unté varias sustancias, ácidos, compuestos vegetales, justo en las heridas por todo mi cuerpo. Luego, introduje cables conductores por ellas para probar si sacaban mi electricidad animal.

—¿Y la sacaban?

—No, luego probé conectarme con minerales en una secuencia de oro, hierro, zinc y cobre.

—Por las heridas.

—Sí, por adentro mío, y por debajo de mi lengua.

—¿Y qué diablos pasó, Alexander?

—Anoté cada convulsión, las sensaciones de dolor y de quemazón, aguantando la pluma para no desmayarme. Había momentos en que el brazo se estiraba sin control y tiraba los fórceps, las barras de metales, los platos de vidrio que tenía sobre la mesa. Una descarga bajo la lengua me subió hasta los ojos y quedé ciego unos minutos.

—Te pudiste morir, Alexander. ¿No era mejor atrapar unas ranas y dormirlas?

—Tenía que relatar lo que realmente sucedía. Las ranas no toman apuntes, Johann.

—¿Y qué ocurrió?

—Unos días después fui a nadar con mi amigo, el de Friburgo, y me vio las heridas por todo el cuerpo, los verdugones de costras por mi torso y piernas y brazos. Pensó que tenía yo una enfermedad incurable —se rio Humboldt.

Estimulado por la confesión de Humboldt, Goethe quiso probar sus experimentos sobre la "electricidad animal", pero no en su cuerpo. En el río Ilm consiguieron una rana. La conectaron con un cable a la secuencia de metales ideada por Alexander. De pronto, pasaron del aburrimiento de que moviera una patita o medio bostezara, a un salto en que salió por la ventana hacia el jardín. Cuando la encontraron entre la maleza seguía muerta.

—Pero, ¿qué pudo ocurrir?

—Algo hicimos distinto —se tomó la barbilla Humboldt.

—Nos acercamos mucho a ella, quizá.

—Exacto. Lo tienes.

—¿Qué?

—Fue el vaho de nosotros sobre los materiales. Generó una conducción. Le respiramos y nuestras gotas condensadas condujeron la electricidad del metal a la rana.

—Oh, por todos los dioses —se tomó la cabeza Goethe—. Descubrimos el soplo divino.

—Y te quejas de las cursilerías de Darwin —remató Humboldt.

Había ganado el punto.

Mientras Humboldt se ensanchaba por la casa con sus muestras, papeles, instrumentos —Goethe no se quedaba atrás con su colección de 18 mil rocas—, el dramaturgo escribía el *Fausto*. Le fascinaba tener a un espécimen en su casa para la experimentación literaria: lo veía pasearse con botas por el río, meter hojas en prensas botánicas, medir el aire con un barómetro que él mismo había hecho. Para Goethe, Humboldt estaba poseso. ¿Por el diablo de Las Luces? ¿O era él mismo, Mefistófeles? Absorto en su texto, Goethe cambió la forma en que escuchaba a Humboldt:

—La fuerza que moldea a plantas, animales y rocas debe ser la misma.

—¿Es una fuerza oscura? —imaginaba Goethe.

—No, debe estar aquí, frente a nuestras narices.

—¿El "soplo divino"?

—No. Debe ser una mezcla de altitud y electricidad.

¿Qué habitaba el deseo voraz de conocer todos los placeres, los dolores, las cosas del Universo? Aquí lo tenía para observarlo en sus manías, arrebatos, berrinches cuando sus hipótesis fallaban. Era Humboldt el hombre del siglo: matar para descubrir de qué murió. Cortarse en pedazos para saber quién es uno, en el fondo del fondo. Veía a un explorador de los 200 que acompañaban a Napoleón en su conquista de Egipto. El naturalista como una versión del colonialismo. El conocimiento para no ver lo que ocurre con las guerras, las hambrunas, las tragedias de las naciones. No ver a la gente congelándose sino observar en un microscopio la belleza del copo de nieve. Goethe veía a Fausto en Humboldt: la maldad de los bienintencionados. El conocimiento insaciable que destruye a su conocedor. O, peor: lo único que Humboldt no sabía era que todo saber cobra su cuota de maldad. Le resultaba un tanto inocente, un tanto irresponsable y un tanto demente.

Sin dejarse llevar por esa intuición primera, lo había detectado en una de sus verborreas sobre lo entusiasmante que podían ser los viajes de exploración. Humboldt le había contado, desbordado por su propia exaltación, cómo en Londres conoció a los sobrevivientes del *Bounty*. El barco era famoso porque los marineros se amotinaron un 28 de abril de 1789 ante el despotismo de su capitán, William Bligh, y de su contramaestre, Joseph Banks, quienes acusaron al primer oficial, Fletcher Christian, de permitir que se robaran las nueces de coco que llevaban para Jamaica. Para enfrentar el trato humillante y abusivo, los marineros se hicieron de las armas una noche y expulsaron a sus jefes. No los asesinaron, sino que los echaron en un bote en alta mar. Los náufragos terminaron por salvarse y tocar tierra en la isla de Timor, en Las Molucas, pero estuvieron 41 días a la deriva. Los amotinados regresaron a Tahití y casi todos ellos murieron violentamente en el tiempo en que tardó otro barco en llegar a su isla, unos ocho años.

Ésa era la historia, pero Goethe se sorprendió de que Humboldt no contara nada de ella, sino, por contraste, se refiriera así al capitán Bligh, cuya actitud despótica había provocado el motín:

—Imagínate, Johann. Conocer a quien acompañó en su juventud al capitán Cook por los mares del Pacífico. Y a Banks, que llevaba los árboles de pan para alimentar a los esclavos en Jamaica.

—Pero, el capitán falló en salvaguardarlos —recriminó Goethe.

—No, él defendió las nueces de coco. Los árboles de pan, cerca de mil quinientos, los echaron por la borda los amotinados. No fue culpa del capitán.

—Pero, a los pocos que apresaron, diez años después, los colgaron. El capitán nunca pagó su error.

—¿No fue suficiente naufragar?

—No sé, Alexander. A veces tienes una forma de restarle importancia a la muerte que me asustas.

—Al otro que ardo en deseos de estrechar su mano es a Louis Antoine Bougainville, el que trajo con Cook estas flores maravillosas —dijo, señalando una cascada de racimos morados.

Por todo ello, cuando se despidió de Alexander Humboldt, tuvo la certeza de que no se volverían a ver. Que si el hombre lograba embarcarse finalmente en una expedición alrededor del mundo ignoto, muy probablemente moriría de malaria, vómito negro, un naufragio o comido por una bestia. Con sorna, Schiller apostaba —aunque repudiaba el gusto de Goethe por los juegos de cartas— porque a Alexander lo devoraría un animal "pausado".

—Tiene que ser —se reía con esa tos de pulmones colapsados por la tuberculosis—. Él, delirantemente activo. Eterno afanado, siempre agitado. Un cocodrilo recorre lentamente la orilla, se tira al agua, abre las fauces y, en un segundo, no más Alexander Humboldt.

Schiller no sentía animadversión por el explorador, sino un poco de desprecio. Como no se quedaba en su casa desalojando su verborrea, Schiller optaba por burlarse del amigo de Goethe. Por eso a éste no le extrañó cuando, años después, supo de las actividades de Humboldt en México.

Ni Alexander ni su hermano Wilhelm tenían una buena relación con su madre, Marie Elizabeth. Si bien, Alexander le debía a su presión haber terminado en ocho meses lo que normalmente se estudiaba en tres años —en el Instituto del Ministerio Prusiano de Minas—, no le perdonaba su lejanía. Sin padre desde los nueve años, no había nada que compensara el duelo de no crecer con algún tipo de aceptación. Ni Wilhelm ni Alexander la sintieron jamás. Siempre que sobrepasaban las expectativas del común de los mortales, la madre se mostraba insatisfecha. Era una actitud hacia la vida, no en especial hacia sus hijos. Ni en eso excedían a su madre. Casada con un consejero en la corte prusiana, amigo personal de Friederich Wilhelm, el futuro rey, Marie Elizabeth no valoraba el saber sino los puestos burocráticos. Éxito no era comprender a Aristóteles, sino tener un buen empleo en un ministerio de la corte. Ser un hombre no era arriesgarse en un barco en alta mar, sino casarse con una aristócrata y engendrar una familia en un castillo relevante. Angustiado por no llenar las expectativas maternas Wilhelm no se atrevió a avisarle a su madre de su matrimonio con Caroline Dachröden, una atenta mujercita, muy lejos del escalafón del rey de Prusia. Alexander, por su parte, comenzó a tener ansiedad sobre sus amistades o novias y optó por prescindir de ellas como si fueran una pérdida de tiempo para encontrar la sabiduría. No buscaba, en efecto, coleccionar datos —como sí lo hacía— sino encontrar una unidad, una fuerza, una lógica común a todo el cosmos. Lo que armonizaba lo existente. Al menos ésa era su vocación espiritual antes de enfrentarse al lado oscuro de la naturaleza. Cuando murió Marie Elizabeth, en 1796, ninguno de los hermanos asistió a su funeral. Alexander sólo le dijo a Goethe:

—Éramos extraños, una para el otro. Nunca fue alguien que deseara descubrir.

En 1803, por una carta que Humboldt había enviado desde la Nueva España, Schiller acarició su pañuelo con dos dedos mientras Goethe le servía una copa de sobremesa.

—Al parecer, tu amigo, el explorador indomable, Humboldt, no puede deshacerse del espíritu de su madre, ni siquiera en la tierra azteca.

—¿Cómo que deshacer? —preguntó Goethe más concentrado en servirse—. ¿No está muerta, la santa?

—Se le aparece todo el tiempo, según dicen que escribió.

—¿Hasta la Ciudad de México?

—Tu amigo, al parecer, sufre una persecución de fantasmas.

Humboldt había sido hasta candoroso cuando tuvo que detallar sus actividades en la Nueva España para obtener su salvoconducto a tierras de la Corona española: "Recolectaré plantas, semillas, rocas, y animales. Mediré la altura de las montañas. Mediré la longitud, la latitud y tomaré las temperaturas de aguas y aires. Pero mi principal objetivo y el de mis acompañantes es el descubrir lo que entrelaza a todas estas partes".

Por eso, Schiller terminó su burla así:

—A lo mejor entre los aztecas descubre que lo que hilvana al mundo es un sacrificio humano.

Antes de llegar unas horas a Taxco, Humboldt había explorado el puerto de Acapulco —las palmeras que vio desde el mar le hicieron gritar: "Es un jardín"— y Huehuetoca, el lugar en el que los españoles habían insistido en cavar un tajo para desalojar el agua del lago de Texcoco que, regularmente, inundaba la Ciudad de México. Cuando Humboldt estudió los mapas, sólo dijo:

—No es que se inunde, sino que la construyeron sobre un lago.

El virrey Iturrigaray quiso que diagnosticara con más conocimiento de causa: le preocupaba que el tajo de Huehuetoca estuviera cavándose inútilmente y que eso recayera en su mala fama, en el deshonor. Los trabajos del tajo para desahogar el lodo y el agua del sistema de lagos de los aztecas horrorizó a Humboldt: colgados de lianas, unos indios prácticamente desnudos bajaban y subían con cubetas de barro afianzadas a ambos lados de la cadera y, otra más, a la frente.

—¿No tienen palas? —preguntó azorado.

—Las que teníamos, que no eran pocas —le comentó el virrey dándole palmadas a su montura—, se nos fueron con el agua.

—¿Por qué no compran más? Los indios están excavando con las uñas.

—Fue culpa de ellos. Les dijimos que las cuidaran como a sus hermanas pero, claro, ya sabe que los indios no cuidan ni a sus hermanas.

—¿Usted sabe lo que es excavar un canal de este tamaño con las puras manos?

—Por supuesto. Llevamos casi un siglo haciéndolo y no terminamos. Pero, ¿usted cree que servirá o es un disparate?

—Es un disparate la forma en que lo hacen. ¿Cuánta gente se ha muerto aquí?

—Incontables.

—¿Una cifra?

—Usted es el de los datos. Deben de mostrarse en las actas del archivo de la Nueva España —se empezó a molestar el virrey—. A los excavadores los hemos renovado varias veces porque ocurre que los indios nos abandonan, huyen del lodo, las epidemias y los mosquitos. ¿A usted no lo pican?

—Estoy acostumbrado —presumió Humboldt. No podía evitarlo cada vez que avizoraba la posibilidad—, estuve enterrado vivo debajo de nubes de mosquitos cuando viaje por la selva. Me han picado insectos muy venenosos e, incluso, animales.

—¿Qué animales? ¿No habrá sido un hombre?

—No, no —respondió Humboldt ya casi habituado a los chistes sexuales de los españoles americanizados—. Anguilas eléctricas.

—¿Qué son?

—Son unos peces largos, como de mi largo. Viven en el Orinoco y en el Amazonas.

—¿Capitanía de Venezuela?

—Se esconden en los fondos del río y no hay forma de pescarlas con una red. Se tienen que espantar para que salgan, dan la descarga de electricidad, y escapan.

—¿Y ésas lo picaron?

—Primero a los caballos —sonrió Humboldt deleitado por su ingenio—. Los hice meterse al río.

—¿Y no murieron con la descarga?

—Perdimos a varios pero obtuvimos nuestros ejemplares de anguila eléctrica. Ya deben estar llegando a Cuba.

—¿Y cuándo fue que lo picaron?

—Cuando estaba haciendo la disección. Todavía guardaban electricidad.

—Aquí los indios sobreviven a los rayos.

—¿Cómo?

—Si va usted a subir el Popocatépetl, se encontrará con una población muy cerrada, Santiago Xalitzintla. Ahí hay indios, sobre todo mujeres, que han sobrevivido a los relámpagos. Están todas tiznadas, pero dicen que hablan con el volcán.

—¿Cómo hablan?

—Sí, son las supercherías de esta gente. Esas mujeres dicen que pueden predecir los deseos del volcán: las erupciones, las nubes que forma de granizo. Pero son cuentos de la gente ignorante.

—¿Y qué hacen hasta allá arriba del volcán?

—Cultivan maíz.

—¿Y se da?

El virrey hizo un gesto de un espacio mínimo entre el índice y el pulgar.

—Lo más —siguió— es que recolectan nieve.

—¿Para qué usan la nieve?

—La nieve no es de ellos. Es de la Corona. Se usa para preparar sorbetes —el virrey hizo el gesto con la lengua hacia afuera—, ¿sí sabe? Con frutas.

—¿La Corona es dueña de la nieve? —se escandalizó Humboldt—. Pero si cae del cielo.

—Hasta lo que está arriba del cielo, sobre estas tierras, es de la Corona de España —dijo con orgullo el virrey pero percibió cierta desazón en el invitado—. Los sorbetes son muy caros, por lo mismo. Sólo los damos en grandes ocasiones. Con su visita tendríamos que dar sorbetes. ¿Estará disponible la semana entrante?

A Humboldt ya no lo acompañó alguien de parte del virrey Iturrigaray a la visita al volcán de El Jorullo, en Michoacán. Tenía ganas de meterse al cráter con su inseparable Aimé Bonpland y su criado venezolano, José de la Cruz. El volcán era nuevo y era la perfecta ocasión para desvelar cómo aparecían del subsuelo. Ya no estaba expulsando lava —le decían— desde 1774, pero de todas formas, le interesaba aprehenderlo "con los sentimientos".

A Humboldt le habían tocado dos terremotos. De hecho, el primer lugar americano continental en el que durmió, Cumaná, había sido destruido tres años antes por un temblor de tierra que la gente recordaba hincándose y persignándose con ansiedad. Humboldt pensó que los tranquilizaría saber que existiría, en algún momento, una forma de predecir los temblores, las emergencias de volcanes, las inundaciones. En lo que podría ser el centro de Cumaná, donde existía una capilla rodeada de chozas de madera, enseñó sus aparatos de medición. Los pobladores, en un principio desconfiados, se fueron acercando poco a poco. A través del telescopio miraron la luna a la distancia para morderla y, con un microscopio, una de sus pestañas se convertía en una urdimbre monstruosa. Lo que él enseñaba como ciencia de la naturaleza, a los cumaneños les parecía algo mágico. No se asustaban sino que les daban ataques de risa que se cubrían con las manos. Las autoridades españolas, para no parecer ignorantes, no se acercaban a mirar y aseguraban que ya lo habían experimentado, en Madrid, en Castilla. Pero el 4 de noviembre de 1799, Humboldt no tenía datos para predecir un temblor. En su hamaca sintió el primer jalón y fue ya con los pies en la tierra que la sintió moverse. Miró los árboles balancearse. Los pájaros dejaron de cantar y volar. Sólo se escuchó el ruido de las piedras, abajo, rasgándose unas a otras. De la experiencia, Humboldt no pudo recuperarse:

—A partir de ayer —escribió en una de sus cartas—, desconfío del suelo que piso. El hombre es nada.

Cuando bajaron al cráter del Jorullo, a Humbolt le preocupaba poder entender por qué existía roca líquida y cómo se quebraba. Los acompañó el oficial de guardia con una especie de falda de palma.

—Usted, ¿va a bailar? —le preguntó Bonpland, habituado a que los americanos hacían danzas para todo.

—No, ya verá —le respondió el oficial con misterio calculado.

Los gases que todavía manaban de las grietas no les permitían respirar, ni siquiera mirar con claridad. Humboldt sacó el barómetro y el termómetro. Memorizó las lecturas para escribirlas cuando volvieran a la superficie. Miró a Bonpland, tranquilo como siempre, tapándose la nariz con una de las máscaras que Humboldt había popularizado en las minas europeas. No tenía la atención hacia abajo, sino hacia arriba. Miró lo que tanto le llamaba la atención: era el oficial, con su falda de palma, deslizándose a toda velocidad por la tierra volcánica. Cuando los alcanzó, le guiñó a Bonpland:

—¿Qué tal la utilidad de la falda? Sin esto, me habría lijado las posaderas.

La confianza en la ciencia —la observación, la garantía de poder repetir un experimento, las conclusiones racionales— se iba minando en el espíritu de Humboldt. La supuesta armonía de la naturaleza no era observable. Más bien había una eterna crueldad en sobrevivir. Los animales existían en constante angustia de ser devorados. Las plantas se caían con torrentes de agua o ventiscas infranqueables. Las poblaciones humanas se diezmaban todos los años con epidemias. Nada de lo que había venido a buscar le cuadraba ya: la fuerza que moldea la forma de todo, lo orgánico y lo inorgánico.

Se había despedido de Europa con la idea de avencindarse en América. Pensó en Philadelphia y en la Ciudad de México. Se imaginaba retirado de las expediciones con la fórmula precisa de la vida:

—Mientras que las partes de una máquina pueden intercambiarse cuando se descomponen —le había dicho Goethe—, en la naturaleza tal idea no existe. Es el todo el que da función a las partes.

—Necesito —se apretaba las sienes Alexander— descubrir en qué consiste y qué forma tiene el todo.

Goethe había creado un Fausto muy atormentado.

Por ello no resultó demasiado extraña la noticia de que, en América, en Taxco, una tarde Humboldt se hubiera reunido con un brujo llamado Melquiades. Iba rumbo a las minas de Puebla, pero quiso hacer ese alto en la ciudad de Taxco porque le habían advertido sobre el brujo.

—Dicen que puede convencer a los fantasmas de irse para siempre. De dejar de acechar a los vivos —le platicó el virrey Iturrigaray, pensando que podría interesarle a Humboldt como diversión.

El explorador necesitaba deshacerse de su madre que le hablaba a todas horas. Era una presencia mientras se quedaba dormido, a veces, mientras se bañaba y muchas, lo distraía durante una lectura especialmente difícil. Había visto en la Ciudad de México el Calendario Azteca. Trató de descifrarlo sin mucha certeza, pero lo que concluyó fue que los indios tenían un conocimiento de las fuerzas del sol pero también de las tinieblas. Eran los dos personajes que se veían labrados en la inmensa piedra monolítica.

En el centro, el sol sacando la lengua acalorada, escoltado por leopardos, deidades con el rostro negro; sin duda fuerzas oscuras.

—Se hace con las ventanas abiertas —le dice Melquiades Estrada la tarde del 5 de abril de 1803 en la Casa Villanueva.

—Pensé que estas cosas se hacían a oscuras —reclama Humboldt. Pero él qué va a saber de brujería.

—Si no, ¿por dónde quiere que se salga? —revira el brujo—. ¿O traerá llaves para abrir el cerrojo?

Melquiades enciende un recipiente de barro con copal. La hierba es usada en la Ciudad de México y enmascara un poco el olor fétido que proviene del lago. Humboldt la ha olido y no le es necesariamente repulsiva, aunque a puerta cerrada reconoce un ligero mareo.

El indio mestizo murmura cosas en una lengua ajena. Pasa unos manojos de hierbas por el humo, luego, sobre el pecho del explorador. Cierra los ojos. Da la vuelta, deteniéndose cuatro veces. Humboldt concluye: una por cada punto cardinal, como el Calendario Azteca.

—No habla castilla —dice el indio.

—No, habla alemán.

—Pues a ver si se puede algo.

—Es una señora —atina Melquiades.

—Mi madre —se lleva las manos a la boca el exaltado de Humboldt.

—Sufrió mucho.

—Sí. Conmigo, sobre todo.

—Tenía una penumbra en el alma.

—Murió de cáncer.

—No se despidió por eso sigue viniendo.

—Es que no asistí a su funeral —se estremece Alexander y vuelve a los nueve años cuando acompañó el féretro de su padre al lado de la mitad de los nobles prusianos.

—¿Y así y todo tomó su dinero?

—Sí —se avergüenza Alexander—. Pero he hecho cosas buenas para la ciencia.

—Pero también se ha divertido con ese oro, que es mucho.

—Dígale que lo siento. Que lo siento todo —gime un poco Alexander.

—Dígaselo usted.

—Madre. Perdóname. Nunca traté de entenderte. Entendí las corrientes marítimas, pero nunca a ti, fui un hijo obediente pero nunca me dejaste acercarme, siempre fuiste tan distante como una neblina.

—Dígale lo que quiere de ella —interrumpió Melquiades.

—Que me dejes de visitar, por favor. Donde quiera que existan los muertos, no sé en que latitud o altitud, en qué parte del planeta, quédate ahí que nos reuniremos después.

—Pero es su madre —abre los ojos Melquiades—, ¿quién no quiere tener a su madre cerca?

Alexander Humboldt empezó a llorar. Cuando Melquiades ya había empacado sus triques y había cerrado la puerta del cuarto, el explorador seguía gimoteando. Un aire frío entró por la ventana. Todavía entre convulsiones en la garganta, Humboldt fue a cerrarla. Detrás de la viscosidad de sus propias lágrimas vio por la ventana. Lo escribió en la única carta enviada desde Taxco. El remitente: Johann Wolfang von Goethe:

—Miré un barco zarpando de un puerto. Aquí no hay ni uno ni otro.

V

Abro la cortina, bostezando. Miro a través del cristal para esperarla. Me ha dicho que hoy vendrá al mediodía, y que hablaremos sobre vivir juntos. A mí me da una emoción ambigua: miedo, entusiasmo, alerta. Ésta no es ninguna de las visiones que tuve a los diecisiete años delante de otra ventana, la de casa de mis padres. No fui un borracho solitario y disciplinado en busca de su esencia. Tampoco un entregado al cuidado de alguien que juró que la abandonaría. Todo se desenvolvió de otras formas, más inesperadas. Como la vida en jardines ajenos.

El insecto salta con un movimiento extra después de aterrizar: se prepara para ser atacado. Como siempre, me sobresalta y se me quita la modorra. Nunca lo mato porque parece existir sólo para divertirme; es una nave espacial con pelo que me grita: aproxímate y saltaré otra vez. Es una de las arañas en las casas de la Ciudad de México que no tejen, sólo brincan para atrapar a sus presas. Desde arriba se ven como manchas desgreñadas, un poco confusas en sus extremidades, saltando a los lados y de abajo arriba cuando perciben tu sombra. Pero desde la lupa, estas arañas saltadoras son hippies y tienen un sistema de ojos que les da una visión periférica de su entorno (la ventana, la cortina, el interior de mi casa, el jardín de enfrente) y son capaces de anticipar tus movimientos. Según los recientes estudios de arañas en casas de la Ciudad de México son del tipo *salticidae* y sus géneros son chilangos: *mexigonus, aztecanus* y *nahuatla-nus*. No hacen telaraña porque prefieren la lucha cuerpo a cuerpo. Pero usan una fina, invisible, línea que las sostiene, cual voladores de Papantla, libres de una caída perniciosa.

No puedo dejar de pensar en estas arañas saltarinas chilangas, aztecas, nahuatlacas, como metáforas de nuestra existencia en la ciudad: saltar de un lado a otro esperando la acción de tu contrincante —tus vecinos o una variación en la suerte—, brincar sobre tu presa en cualquier momento, ser muy audaces en la supervivencia sin que nadie note que, en verdad, traemos un cable de protección invisible: la idea de pertenecer a esta ciudad. Este cable le sirve a la araña para pegar a su descendencia en forma de huevo. Y no puedo sino recordar a mis amigos del nuevo *baby boom*: dos hijos por persona. En esta ciudad con que no nacieran nuevos niños en veinte años de todos modos seguiríamos en un *baby boom*. Pero mi generación dejó que la demografía aplastante fuera un dato social —es decir, de los demás— y se aplicó a la encomienda de repoblar esta ciudad que sólo podría continuarse en Marte. Las arañas saltarinas son chilangas: parecen feroces pero no se peinaron para el retrato de su peligrosidad. Hacen fintas, como boxeadores, pero jamás te asestarán una mordida; se mueven más bien para salir corriendo: te traigo finto, te traigo finto, con la promesa del golpe mortal. La pura amenaza hace el truco del riesgo. Perciben los rayos ultravioleta B para aparearse sin que se les quemen los ojos, como les sucedería a otros animales que registraran esa frecuencia de luz. Eso aplica para el chilango frente a la contaminación ambiental, orgullo de la resignación y del aguante, los pilares de estas tierras. También aplica para las leyes de nuestros apareamientos: un rayo que nadie más percibe: tiene un no sé qué, que qué sé yo.

La araña salta para irse. No me he movido. Me desestima como enemigo y brinca hacia afuera de la ventana. Más allá de la cortina está el jardín de mis vecinos, los Solera, en cuya mitad existe una palmera canaria o Fénix. Desde mi ventana veo a las ardillas correr hacia su copa y a las palomas tratar de hacer nidos en su corteza, contra la severa vigilancia de un halcón que sale a cazar con cierta frecuencia. En primavera el cazador anida con su chica en las antenas de un Bancomer, un árbol de metal con frutos en forma parabólica. Me dicen que los halcones no son oriundos, que son más bien jubilados de la cetrería: se han escapado de sus amos para acampar y emigrar por los aires de la Ciudad de México.

Pero el dato contundente es la palmera. Fueron traídas desde Islas Canarias por los españoles tan pronto como 1530, cuando se inauguró la Alameda Central. Sin ser predominantes en la ciudad, a las palmeras se les adjudicó el papel de alinear las calles y una de las glorietas de Paseo de la Reforma dedicadas a héroes míticos —Cristóbal Colón, Cuauhtémoc, o la diosa de la fertilidad, la Diana Cazadora sin flecha, puro arco; desnuda pero sin forma de penetrarla—, terminó por ser dominada por una palma plantada ahí quizá en 1924. Digo "quizá" porque nadie lo sabe, es como si esa palma hubiera preexistido a la calzada Reforma, no tiene historia, aunque sabemos que tiene 80 años de altura. Las palmeras son para la ciudad sus reglas, lo que mide verticalmente lo horizontal —la calle— una especie de mojoneras vegetales. Y en mi infancia, los límites de una portería de futbol en el camellón. En el jardín de los Solera es sólo una marca de AQUÍ ESTAMOS O QUÉ SE CREÍAN.

Por supuesto que las palmeras no son el árbol simbólico de la ciudad, a pesar de que le señalan el camino recto. Lo son, en cambio, los ahuehuetes, plantados por el poeta texcocano Nezahualcóyolt en el prehispánico Contador de Texcoco y en Atenco, por Moctezuma II, el último emperador azteca, en Chapultepec, y por el naturalista Miguel Ángel de Quevedo en el parque de la Bombilla, Río Churubusco y los Viveros de Coyoacán. Fueron bautizados como árboles "nacionales" en 1921 por una Revolución que necesitaba del pasado, aunque fuera vegetal. Los ahuehuetes simbolizan la vejez —viven hasta 2 mil años— y la retórica idea de una derrota definitiva sin caer al suelo: mueren de pie. Por eso, antes de las palmeras, los ahuehuetes fueron usados para señalar lugares: las cuatro direcciones del cosmos. Uno de ellos, el primero, salvó de la gran inundación del mito náhuatl —en la que el resto de los seres se volvieron peces— al pájaro Coxcox y a la diosa del sexo, Xochiquetzal: saltaron sobre su tronco para flotar hacia tierra firme en Culhuacán. Los ahuehuetes cuentan casi siempre con un nombre como figuras de autoridad —el de la Noche Triste, en el que Hernán Cortés lloró su derrota contra los aztecas, y El Sargento o Tlatoani en Chapultepec— llegaron a más de 500 años de existencia sin que supiéramos si estaban vivos o muertos. Las termitas fundaban una ciudad llena de calzadas en sus troncos inmóviles sin que nos diéramos cuenta de que ya no eran árboles sino simple madera. Alguien, desde afuera, ¿podría enterarse de que nuestra ciudad está muerta y de pie, mientras nosotros la circulamos a diario haciendo nuevas avenidas?

Los ahuehuetes, apreciados por los aztecas porque retienen los aludes —para esta ciudad no son tan importantes las estaciones primaverales o invernales como las temporadas, de secas o de lluvia—, dieron paso a una dicotomía arbórea y económica: antes y después de la decisión de desalojar de la ciudad lacustre precisamente al agua. Si los aztecas privilegiaron a los puntiagudos ahuejotes porque les daban las raíces para estructurar sus tierras flotantes y sembrarlas con hortalizas para vender sin riesgos de pérdida —su madera es resistente a casi cualquier plaga—, los gobiernos liberales, decididos a exterminar el lago bajo nuestros pies, mandaron traer de Australia los eucaliptos que absorbían el agua como si la sed fuera una regla del orden y el progreso. Los espigados ahuejotes perdieron la batalla contra el egoísta y oloroso eucalipto, cuya resina no permite que crezca otro árbol en sus suelos. Darwinismo importado. Imperialismo Sustentable. Ya derrotados, a los ahuejotes les apareció una palomilla café sepia que se los comió, a ellos que eran inmunes a cualquier hongo, a cualquier insecto. Como la araña saltarina, el nombre de su asesino volador, polvoriento, peludo, terminó por ser sólo de esta ciudad: *malacosoma aztecum*. En cambio, los eucaliptos triunfantes dominaron a la ciudad en el siglo xx: sin competencia, se caían, bobos, con los ventarrones, sobre la gente. Como el sistema económico.

Sopla el viento sobre el jardín de mis vecinos. Todo en él alude a una condición de la ciudad en la que vegetales y animales nos preceden a todos. Antes de los chilangos e incluso del primer hombre sobre el valle de México, andaban, por supuesto, el águila y la serpiente, los perros sin pelo, los guajolotes, y el puma que, dicen, vive solitario en la zona cultural de la Ciudad Universitaria, las hormigas que dan nombre a una zona amplia, Azcapozalco, los coyotes para Coyoacán, las ranas, los gorriones, los patos.

Mis vecinos tienen, por ejemplo, un colorín, ese árbol con flores rojas como espadas al que se le llama zompantle, como las hileras de cráneos con las que los aztecas rememoraban a sus guerreros muertos o a sus enemigos derrotados. Dignidad ante la muerte. No veo nada en los racimos de flores de los colorines que justifique su relación con los cráneos, acaso que explotan, rojas de sangre. La intimidad del nombre náhuatl del colorín es más práctica: sus hojas y semillas —unas vainas tóxicas— son hipnóticas y, en grandes cantidades, te paralizan. No así sus flores que se comen fritas en tacos. Antes de un sacrificio los aztecas paralizaban a la víctima, cuenta Bernal, con un polvo en la cara. Probablemente venía de ese colorín que se agita, con las ramas espinadas, esperando la próxima guerra florida.

Al lado se balancea un tepozán, ese arbusto de hojas aterciopeladas que crece entre piedras de lotes baldíos y en barrancas. Hay tepozanes por toda la ciudad creciendo entre la banqueta y las paredes de las casas, justo en donde el viento acumuló un poco de tierra. Son árboles chilangos al cien: crecen con las mínimas expectativas. El dato aleccionador del tepozán es que, arriba, crece con hojas blancas en forma de cuchillos pero, abajo, su raíz es una droga de la que no hay retorno posible, es un boleto sólo de ida. ¿Cuántas de las plantillas silvestres que resisten entre las líneas entre bloques de concreto son drogas? A mí me acaba de salir una muy verde, asociada a una pequeña con flores amarillas justo entre la puerta y el estacionamiento, en un descanso de una escalera que tiene un agujero donde se acumula el polvo. No la arranco. Ella estaba mucho antes que yo.

Los pirules no siempre han estado en la ciudad, como sí lo hicieron en Perú. El virrey Antonio de Mendoza los trajo en el siglo XVI para los jardines de la Alameda Central. Pero se diseminaron sus semillas con el viento y terminaron por ser silvestres. Dan esos frutos polvosos que se deshacen en las manos como cáscaras de ajos. En alguna época, mi abuela usaba esas bolitas rosas apagadas como pimienta, como también usaba la corteza de los fresnos para curarnos de "espantos". Estoy curado de espantos, es que ya nada me sorprende. Si bien no he visto todo, al menos, lo espero todo de la ciudad: lo malo, lo escasamente bueno, la anomalía, lo milagroso. Toros que se escapan de un camión de carga y terminan adentro de la sucursal de un banco (2005), tigres que se comen a sus dueños en una azotea de un taller mecánico en Iztapalapa (2007), un poeta en la colonia Guerrero que pedía la mano de sus novias para cocinarlas con limón (2008). La ciudad es, todavía, una cadena alimenticia.

Mis vecinos tienen un escobillón calistemo, cuyas flores rojas como cepillos puntiagudos, como orugas venenosas, atraen a todos los tipos de colibríes de la Ciudad de

México. De nuevo, sus nombres originales aluden a la guerra —colibrí en náhuatl es un derivado del nombre del dios de la guerra—, a los espíritus de sacrificados cuyas plumas brillan con destellos de verdes metálicos por haber pasado cuatro años, como fantasmas, en compañía del sol. Moctezuma II se hizo acompañar de los colibríes en su recibimiento al blindado Hernán Cortés, justo en el Huizilán, en donde ahora está la calle de Pino Suárez. El último emperador azteca creyó que los espíritus de los sacrificados atemorizarían al conquistador español, pero éste vio sólo unas aves pequeñas y nerviosas que libaban. Ahora mismo se detiene uno de ellos a chupar de la única planta que traspasa del jardín de mis vecinos hacia mi estacionamiento: una jacaranda con sus flores moradas azulosas. Son quizá las plantas más adaptadas a la nueva Ciudad de México porque absorben la contaminación por plomo en el aire. Sus frutos que son unas bocas abiertas de madera, que uno pisa sin poderlas romper, contienen el plomo de todas nuestras combustiones industriales. Y, aún así, los colibríes recurren a ellas para el néctar. Si se les aplasta con los dedos a sus flores caídas, se obtiene una leche, un semen de primavera. Sus flores caídas se meten por debajo de la puerta y se acumulan, quebradizas, en los rincones donde, a veces, me salta la araña chilanga.

Las ardillas desordenan la copa de la palmera de mis vecinos y las aves empiezan a protestar desde sus nidos. Algunas salen a ver quién arma el desmadre tan temprano. Los pájaros de la ciudad son, sobre todo, tres, además de la plaga de las palomas: el gorrión doméstico, el cocotli —ese ser gris, encorvado, panzón, que se camufla con el aceite de las banquetas— y el tzánatl o chanate, *quiscalus mexicanus*, esa especie de cuervo enano que vivía a las orillas del lago y ahora se agandalla a las especies más pequeñas, les quita las migas de pan, los persigue a grandes zancadas sobre el concreto que antes era un pantano para los de pierna larga.

Lowry creía que los zanates de Cuernavaca eran cuervos, pero ya sabemos que su encanto era la confusión. Los tres pájaros que cuentan con disímbolas actitudes —el gorrión es despreocupado, el cocotli que no quiere molestar y es taimado y el chanate que es un prepotente de pecho sacado— se disputan las banquetas de la ciudad, se te cruzan mientras caminas, comen y beben en los intervalos entre peatón y automóvil. Hay otros que veo de vez en cuando: el nochtótl, con la cabeza con un penacho rojo y el resto gris; el ilamatótl que literalmente es una pájara vieja y camina como con reumas en los pies; y la cuicuitzácatl, una golondrina subdesarrollada que, de niño, oía que le llamaban "tijereta", supongo que porque se para con el pico hacia arriba y la espalda casi vertical, como unas tijeras. Su alimentación es tan variada como lo disponible en la calle: frituras, yogurt con granola, papas fritas en aceite vegetal, pedazos de torta, tacos, restos de chicarrón de piel de cerdo, pedazos de pepino con limón y chile, hasta los frutales que la ciudad sigue teniendo. Si uno observa las avenidas y parques con atención, de pronto, tienen frutos: tejocotes, duraznos, bellotas de encino —con cuya corteza en té mi abuela le bajaba las borracheras a mi abuelo—, higos, aguacates, capulines, limones, naranjas. Jamás he visto que se desarrollen hasta caer al suelo y que los pobres de la ciudad los recojan para aminorar sus cuadros anémicos. Supongo que es debido a que los pájaros terminan con ellos antes, en las copas de los árboles, los comen semi maduros o los arrancan antes de que caigan. Los he visto trabajar en sus nidos en la copa de la palmera de mis vecinos: un gorrión roba algo de mi bolsa de basura y lo lleva, como un hallazgo, con un esfuerzo descomunal, tirando una sustancia parda en su vuelo, seguro de que funcionará como la estructura del hogar de sus hijos por venir. Lo que lleva en el pico es un filtro de papel con café percolado. El lodo de las nuevas aves.

La vida natural en medio de carriles de alta velocidad embotellados, segundos pisos, puentes, claxonazos, hordas de gente cruzando las calles, gritos de vendedores, humo de escapes de autos, estudiantes aventándose las mochilas a la salida de las escuelas secundarias, toldos de plástico de los miles de ambulantes, piratas, ilegales, enfrenones, helicópteros, aviones despegando o aterrizando, jardineros que podan y riegan, novios que se manosean en la sombra de los parques, borrachos que se sientan en las bancas a reflexionar por qué una comida que comenzó a las dos de la tarde terminó doce horas después, y el silencio de un asaltante, asesino o violador, acechando a que cruce por ahí un peatón. Esa vida natural de árboles y animales, con recuerdos pero sin memoria, en el mundo pero sin poder pensarlo, sin distancias, sólo con instintos y reacciones. Esa vida natural de la ciudad en medio de dieciocho o veinte millones de habitantes con preocupaciones de luz y teléfono, fiestas de cumpleaños, con elecciones, con radios encendidas, cines, supermercados, metro, metrobús, peseros, camiones, trolebuses, taxis, coches que todavía no acabas de pagar. Esa vida natural que se trató de limitar al parque y el jardín geométrico renacentista, a la lógica liberal-racional aplicada a las plantas, a los monumentos de la Revolución mexicana cuyos tributos de flores ensalzaban al héroe traicionado, y que se hizo, con los años o de pronto, silvestre, creciendo entre las hendiduras del concreto de la calle y el ladrillo de la pared, en casi cualquier resquicio de polvo, a la mitad de una calle —cuántas en la ciudad deben darle la vuelta a un encino o a un fresno cuya autoridad moral es que nos antecede y nos sobrevivirá—, donde no debería existir. Esa vida natural que abarca murciélagos, abejas, alacranes, un águila ocasional conviviendo con la fauna citadina: ratas, cucarachas, gente sin casa, perros callejeros. Es una capa más de la Ciudad de México. A lo azteca, colonial, liberal, revolucionario y contemporáneo que convive con lo cotidiano, la locura diaria, el combate por la supervivencia de los millones, se le aplica otra yuxtaposición más: el árbol, el pájaro y el insecto. Es la edad del polvo.

Su signo son los pinos. Muchos de ellos no tendrían nada que hacer aquí por la latitud de la ciudad, por el clima. Sobreviven como "fósiles vivientes", por la altura de casi 3000 metros sobre el nivel del mar, por milagro, porque ésa es la consigna chilanga: nadie se va de aquí si no es para mejorar. La chilanguez no es un orgullo, es un fatalismo: ¿dónde estaríamos mejor que aquí, si lo demás es un despoblado ignorante? ¿En Estados Unidos? ¿Y cómo pasar por el despoblado para llegar ahí? ¿No es Estados Unidos un gran despoblado ignorante? ¿Y las salsas con chile? Eso es lo chilango. La nostalgia de lo que aún no se ha perdido. Un descreimiento. Y los pinos pusieron el ejemplo. No sólo no se fueron sino que formaron bosque. Sus nombres remiten a su falsedad, a la capacidad de la máscara, hoy llamada "pirata": Pino de los Tontos (casuarina), El Falso Ciprés, el Cedro Blanco o Prieto —esa ambigüedad de nuestros racismos, por tono, origen y comportamiento, tan complejos como, desde el inicio, lo fueron las castas, las mezclas, la gloria de la diversidad que trataba de nombrar lo híbrido (el "saltapatrás") de las pieles morenas desde "lo claro" hasta lo "prieto"—. El cedro, ¿es blanco o es prieto? Es chilango. La ambigüedad de la mezcla. El desmadre de los tonos distintos. Lo inclasificable de las combinaciones. La burla de la regla étnica o biológica. Linneo en el manicomio.

Y, mientras en el resto de los países la casa presidencial se refiere la construcción —Blanca, Rosada, Quemada— o a la calle donde está, en México se refiere a sus árboles: Los Pinos. Donde nunca hubo nada más importante que la fotosíntesis.

Y yo, que soy ahora el Alexander Humboldt de mi cuadra, que viajo por el mundo desde mi ventana, les digo: mi árbol chilango por elección es el ocozote (liquidámbar).

Es de México y de Estados Unidos, pero la ciudad se plaga con sus frutos. Tiene unas hojas en forma de mano, de cinco dedos. Y suelta unas pelotas de espinas con sus semillas adentro. Las pisas en la calle y te hacen tropezar, te doblan la suela del zapato. Para deshacerse necesitan de las llantas de un camión de redilas. Así de duras son. Como baloncitos de futbol listos para ser pateados, nunca pisados. Las espinas son sólo retóricas; en realidad son flexibles. Los frutos no son comestibles, no son pulposos, no tienen colores. Son duros y del color de la madera, agujerados para que salgan las semillas. Y lo que creías que eran espinas son como frenos para que el aire no se lleve a la progenie, para que crezca cerca del árbol originario. Todo en el ocozote es una metáfora de la Ciudad de México: lo que en apariencia es rudo, pero resulta flexible; puedes patearlos pero nunca aplastarlos; lo que parece peligroso en realidad es protector; los hijos agarrándose con cerdas, así engendradas por los padres, para no crecer muy lejos de su origen. Sus usos humanos son igualmente ambiguos, diversos, "prietos": su resina, el storax, sirve contra heridas de puñal, pero también puede ser un incienso litúrgico y base para la goma de mascar. El riesgo, la fe y la indolencia. Curar, rezar, masticar chicle. Aquí. Ojalá. Ahorita. Los tres espacios en los que se conjuga la Ciudad de México.

Miras a la Ciudad de México sin poner atención a los coches, a las construcciones, a las calles. Sólo a los árboles, a las aves, a las arañas, a los perros amarillos. Con la vista en las copas de los árboles, es otra ciudad: ahí avanza el viento, se caen las hojas, se escucha la fauna en su propia actividad, alejada de la lógica urbana. A cada chilango nos tocan dos metros cuadrados de verde. Pero no es para todos. Desde el aire, la ciudad está dividida entre poniente y el sur arbolado, y oriente y el norte de concreto. No es una ciudad de norte y sur, como la mayoría. Su injusticia se reparte en número de árboles en lo que queda de la división del conquistador: el lago, peligroso, es para los juncos, los carrizos, y los indios; tierra firme, para encinos, cedros, pinos, y españoles. Aunque las inundaciones (la de 1629, por ejemplo, que duró seis años) mezclaron los bandos, y el sexo los revolvió para siempre, la ciudad ha mantenido la idea de rellenar de hormigón al lago desecado y plantar jardines en tierra firme. Ésa es la ciudad de la ráfaga de viento sobre el follaje, la de los higos y limones que caen a las banquetas. La de las hormigas. Mirar a las copas de los árboles e identificar sus nombres y flores te impide ver el tráfico, los semáforos que cuentan los segundos que el peatón tiene para salvar la vida, los rascacielos de cristal (Alec Guinness le pregunta a Salvador Novo en 1953: "¿Cuándo los mexicanos cambiaron la piedra por el cristal?") o las esculturas de Sebastián. Por eso el norte y el oriente de la ciudad son más opresivos: no hay arbusto al que voltear a ver con la esperanza de abstraerse de la aceleración, del grito con bocina, de la fila de humanos interminable, inútil, prescindible. Como la barrera de arbustos —que la gente llama "centavos"— que limita el tráfico de coches del camellón. Estoicos, a la altura de los escapes, chaparros hasta la rodilla de los transeúntes, los "centavos" rara vez están secos. Es como si aguantaran todo. Como si su existencia fuera tan sólo la demostración de que pueden con el humo, la falta de riego, y nacer entre separaciones entre banqueta y el flujo de la gasolina quemada. De nuevo, un tema chilango: lo pequeño y rudo como resistencia. Lo correoso no quita lo valiente.

Sobre el jardín de mis vecinos vuelan las hojas del rojo demeritado de una bugambilia —no buganvilla, como escribía Octavio Paz, el poeta que hizo del árbol una obsesión poética— y el niño antipático sale a jugar con el perro. Le soplo al café, pero está demasiado caliente para beberse. El perro, probablemente comprado, bañado, desparasitado, es uno que se ha salvado de la calle. Pienso en esa extraña profesión del barrio de Tepito: falsificar perros. Les pintan lunares, les retuercen la cola, les tiñen el pelo, sólo para hacerlos pasar por una raza. Y son callejeros. No tienen raza. No son de marca. Son los perros piratas de la ciudad, los "saltapatrás", los que no se sabe si son blanquitos o prietos. Te los ofrecen, como si fueran drogas, en los estacionamientos de los supermercados, en las esquinas, en la plaza de por aquí. El niño se encariña con el Akita y, a los dos meses, se transformó en "Naquita": con las orejas gachas, la cola parada, la mirada chilanga: YA LA LIBRÉ. Y la libran: se quedan, por pura empatía, en la casa, juegan con el niño bobalicón, se salvan. Comen todos los días. Los que no, vagan por la ciudad, de bolsa de basura en bote de basura, hasta que los atropellan. Justo en Insurgentes y Moneda hay un monumento al perro atropellado. Mandado a hacer por Patricia España, de Milagros Caninos y hermana de un ex futbolista. La escultora, Girasol Botello, lo retrata con la pierna rota: "Mi único delito fue nacer y vivir en las calles". Como los futbolistas mexicanos. El perro que la inspiró se llamaba "Peluso" y llegó del arroyo de los coches —arrollo, sería más exacto—, sordo, ahogándose y con todas las enfermedades de vivir entre golpes de defensa. No se enteró de su monumento, porque murió cuatro meses antes. Al lado de su escultura hay un cura Hidalgo liberando a la nación mexicana. Él tampoco se enteró de que era un monumento.

Mientras, enciendo un cigarro. No sé si Humboldt fumaba. A lo mejor estoy cometiendo una inexactitud histórica. Pero una idea me hace sonreír: el árbol del chicle. No es de donde se extrae la resina de la goma de mascar —encuentre una goma de mascar hecha de chicle y arroje la primera piedra— sino un simple árbol de trueno al que la gente le embarra un chicle masticado. Su corteza está tapizada de hules de colores, de chicles masticados, de la vida de quien es tan anónimo que quiere dejar su saliva sobre el tronco que lleva la savia. Mis vecinas protestan: es una porquería —la paranoia corporal—, no dejan "respirar" al árbol —el ecologismo sin información biológica—, es una falta de respeto a la comunidad —el vecino que cree que los transeúntes lo invaden si pasan afuera de su casa—. A mí me divierte: cuando las autoridades, haciéndole caso a los vecinos, lo mandaron a limpiar, surgieron otros diez árboles con chicles masticados y pegados en la corteza. Para mí, es una cooperación cultural con lo natural. Y eso me hace sonreír. Quiere decir que alguien considera a la naturaleza como suya, como un lugar dónde dejar estampado su paso por la ciudad. En algo —un árbol— que estuvo aquí antes que nosotros y que, muy probablemente, siga estando cuando todos hayamos muerto.

Y, en eso, la araña salta de regreso a mi cortina. Creo que podría escribir algo sobre ella.

Ella llega a mediodía, como prometió. Yo todavía tengo pegado al tambor del oído imaginario el ruido crocante de la llave que cerró la puerta del último departamento de mi madre. Un cerrojo que siempre clausuró y que rara vez abrió. Al final, busqué la caja que mi abuelo le había dejado como herencia a mi padre, pero nunca la encontré. Nunca supe qué contuvo. Dejé las cajas tendidas como las encontré: por la sala, el comedor, la cocina, la recámara. No había en el baño. Lo que las tías no recojan será, dicen, para unas de esas monjas que recluyen niñas y que pepenan basura para revenderla y confirmar su bondad.

Me saluda, cordial, amorosa, inquieta. Se sienta con soltura sobre la cama al lado mío. Yo sigo un tanto absorto en el jardín vecino con el sonido de la llave cerrando. Con el dedo índice me recorre la nariz y me pregunta en qué pienso. Siento su respiración húmeda y cálida en mi mejilla. Huele a néctar. No le he dicho nada de mi madre ni de mi familia. Nos besamos con tanto gusto, nos tocamos con tantos estremecimientos, que no hemos hablado mucho. Me quedo callado. Ella insiste:

—Cuéntame algo.

—¿Cómo qué?

—Un sueño.

—Ayer no pude dormir.

—¿Por qué? ¿Qué te preocupa?

—Nada. ¿Qué te cuento? Me sé unas historias sobre escritores en México. ¿Quieres oír una?

—No, luego. Cuéntame algo sobre ti.

—Que me costó trabajo nacer y que espero morirme con facilidad.

—No te hagas el duro conmigo.

—Cuando quieras, reina.

—No. Sobre tu familia, por ejemplo.

—No hay mucho que decir. No los conocí muy bien.

—Empieza por el principio.

—No sé. Hay varios.

—Por alguno que sea importante para como eres ahora.

—Bien. No sé. Bueno, por ejemplo, nunca tuvimos una casa.

42 m² de Fabrizio Mejía Madrid
se terminó de imprimir en noviembre de 2016
en los talleres de
Litográfica Ingramex, S.A. de C.V.
Centeno 162-1, Col. Granjas Esmeralda, C.P. 09810
Ciudad de México.